只向沧海论英雄

CONNECTING WITH HEROES AT HEART

COLLECTION OF POEMS AND ESSAYS BY A HUNDRED
OF CONTEMPORARY SCHOLARS

汤云柯　等著

当代百名学者
读诗随笔集

上海三联书店

诗作者简介

汤云柯，生于 1966 年 5 月，清华大学热能工程系本硕博，曾任上市公司和金融机构高管，现为清华海峡研究院首席经济学家，清华大学经济管理学院 MBA 校友导师。业余时间主编《千秋好诗词》《千秋好文字》《千秋好故事》等少儿绘本系列图书，已出版发行 12 册。另出版有个人文集《三杯淡酒一壶茶》、格律诗集《敢凭诗酒论湖山》等。

內容简介

本书邀请 124 位当代知名学者与读书人从诗作者上千首格律诗中自选出 147 首，并撰写读诗随笔。诗作呈现了作者近 30 年游历中国与世界 60 多个国家山水古迹，以及阅读古今中西著作的情感与思考，以古人经典的文学形式，抒写了古人未曾抵达的大千世界。随笔展现了各位学者由读诗引发的回忆与感想，以及对中外历史文化等多方面的独到思考，汇集成当代思想者与读书人之卓见大观。

本书并邀请了 19 位书体各异，风格有自己鲜明特点的当代杰出书法家，每人挑选有情感共鸣的诗句书写，作为书中插页。诗作者与众多学者和书法家的共同创作，使这本书兼具思想与历史价值、知识与文化价值及审美与收藏价值。

目录

序

第二篇
大观天下

第三篇

论古追贤

第四篇

咏物抒怀

....

后记

不与红尘争九五，只同沧海论英雄。

——《龙年吟龙》摘句（全诗详见316页）

书法：聂成文 曾任第四、五、六届中国书协副主席、草书委员会主任，辽宁省书协名誉主席

一

　　写诗不是寻章摘句的营生，需要出门多看看，多想想。古代诗人们对此有着清醒的认识。

　　五代时期的孙光宪在《北梦琐言》一书中，记载了唐代宰相郑棨与人的一段对话："或曰：'相国近有新诗否？'对曰：'诗思在灞桥风雪中驴子背上，此处何以得之？'"无独有偶，明代程羽文《诗本事》也说："孟浩然诗思在灞桥风雪中驴子背上。"宋代陆游入蜀，于《剑门道中遇微雨》，触发了他的诗兴，挥笔写下一首小诗："衣上征尘杂酒痕，远游无处不销魂。此身合是诗人未？细雨骑驴入剑门。"为诗歌史留下了一位骑驴远游的诗人形象。杨万里对远游与写诗的关系也有深切的体会，他在《下横山滩头望金华山》中写道："山思江情不负伊，雨姿晴态总成奇。闭门觅句非诗法，只是征行自有诗。"此诗道出一个普遍现象：诗人们一路领略自然界的江山壮丽、风雨阴晴，一路体察名胜古迹、风土人情，自然神思飞越，浮想联翩，从而触发无尽的诗兴。

　　现代人认为，"生活不止眼前的苟且，还有诗和远方"，强化了诗与远方存在着某种密切的关联。正是远方的诱惑，吸引着无数的人们背起行囊，跋山涉水，去探寻一个充满未知与无穷趣味的世界。

　　朋友汤云柯博士就是这样一位志在"诗和远方"的孜孜不倦的旅行者。王新在读诗笔记中写道："听我的朋友说，清华大学的汤博士既是一名旅行家，又是一名诗人。"刘溪在读《黄河石林》时指出："真正的旅行家不仅喜于游览名山大川，丽城美郡，对于穷乡僻壤也是乐于涉足的，汤云柯博士就是这样一位旅行家。"朋友眼中这位"真正的旅行家"，他的足迹不仅踏遍国内名山胜水和人文古迹，而且马不停蹄地周游世界，足迹所履已逾六十余国，自是一位"征行达人"，比起古代那些执着于从"灞桥风雪中驴子背上"寻找诗思的人，他看到过更广阔的世界，思考过更悠远的历史。他不仅带着眼睛去观察自然山水和历史风物，而且带着思想去神驰古往今来，感受人情世态，他还携带一枝生花妙笔，将一路上所见所闻所思所感化作美丽诗行，常常"在朋友圈里现写现发"（本书《后记》），通过分享和即时互动，形成了一个创作与阅读的"引力场"。

近年来，云柯兄先后将自己的诗文结集为《三杯淡酒一壶茶》《敢凭诗酒论湖山》公开出版。这次以近十年创作的格律诗为主，选取少量历年诗作，共得147首，编成《只同沧海论英雄——当代百位学者读诗随笔集》一书面世。云柯兄把这些作品分为四辑：一是"畅情山水"，主要记录游历海内外名山大川、文化古迹时的感悟；二是"大观天下"，其中较多对往事与时事的评论；三是"论古追贤"，多半论及古今中外的人物功过，善德懿行；四是"咏物抒怀"，以借物抒情和借事说理者为多。不过，这种分类只是相对而言，究其实，各辑中的绝大部分诗作都是海内外游历时的产物，而不是庭院间的闲情逸致，更不是书斋里的向壁虚造。

云柯兄每当登山临水、吊古伤今之际，往往行诸吟咏，所作或者着眼于刻画风光，或者着眼于关切世事，或者着眼于议论人物，或者着眼于表达情感与认知，彼此各有侧重罢了，其底色都是杨万里所说的"只是征行自有诗"。李红豆对这点看得很清楚，他在读《告别巴黎》随笔中说："他的诗作，是深情而深刻的旅游笔记，也是最隽永的旅游见证。"

这本书收录的不仅是云柯兄的诗歌作品，同时还收录了120余位诗家、学者和实业家撰写的读诗随笔，因而它既是一本诗歌别集，又是一本读诗随笔集。这些随笔具有两方面的属性：一方面，随笔是基于云柯兄的具体诗作而创作的，或交待诗歌的写作背景，或补充诗歌背后的故事，或畅叙与诗人的深厚友情；另一方面，从特定角度对诗作进行个性化解读，与诗人共同构筑起一座精神世界与艺术世界的大厦。可以说，这本书是集一百多位作者的思想、感情与艺术的结晶，它既是别开生面的诗集，又是别开生面的随笔集。

翻开这本书，会是一种怎样的阅读体验呢？

诗人的前脚还停留在初春宿于北疆阿尔泰山脚下禾木村的《雪山木屋》，后脚就来到初冬的中美洲哥斯达黎加《游伊拉苏火山》，接着便是夏日于海边《登山东蓬莱阁》，秋天前往卡尼岛的《马尔代夫度假》，寒露来到加拿大安大略省《游尼亚加拉大瀑布》……或一会儿在西昌《观卫星发射》，一会儿在美国拉斯维加斯《题赌城》，一会儿步履匆匆走过《耶路撒冷》，一会在阿拉伯联合酋长国告诉我们《迪拜印象》，一会儿便《告别巴黎》，来到泰国《重登神仙半岛》……时空变幻大开大阖，令人眼花缭乱，措手不及。

而随笔的作者们，一路追寻云柯兄漫游天下的足迹，又能不为诗作所囿，只是一任云柯兄笔下的风景与情思触发各自心中的天机，逗引出各自生命历程中沉埋已久的记忆，思逐风云，笔吐珠玑，成就了一篇篇如诗如歌、如梦如幻的文字传奇。其中不仅有随笔作者与诗人一道重回现场的亲切感，朋友之间感情碰撞的灼热感，而且充满砥砺思想的锋芒，纵论文化的快意，和谈诗论艺的从容。

翻开这本书，我们将邂逅一场多么酣畅淋漓的阅读之旅呀！

二

王国维把诗人分为两类，一类是客观之诗人，一类是主观之诗人，他在《人间词话》里分析这两类诗人的不同时说："客观之诗人，不可不多阅世，阅世愈深，则材料愈丰富、愈变化，《水浒传》《红楼梦》之作者是也。主观之诗人，不必多阅世，阅世愈浅，则性情愈真，李后主是也。"细读云柯兄的诗作，可以说，这是一位基于客观上"多阅世"的"主观之诗人"，其诗歌立足于对现实世界的感知与思考，以表达其性情之真。字里行间不注重对景物的刻画，不追求"状难写之景如在目前，含不尽之意见于言外"的古典含蓄之美，在表达上以议论和直接抒情为主，观点鲜明，格调明快，风格亢爽，读来干净利索之极。

云柯兄的诗固然不乏纷至沓来的物象，但诗中景物描写多与叙事、议论交相融合，莫辨彼此。如在非洲大草原上欣赏《马赛马拉落日》的奇景，诗是这样写的："轻车十里觅夕阳，录下苍穹万道光。碧草长荫先祖地，人同百兽共家乡。"此诗显然是一个写景的题目，但采取了以事为主、以景为辅的写法。于"夕阳"之前着一"觅"字，于"苍穹万道光"之前着"录下"一词，便化景为事。而"碧草长荫"不过是"先祖地"的修饰语，至于草原上的"百兽"这个极其虚化的名词，并非是草原景色的有机组成部分，而是"人同百兽共家乡"这一理念的背景。《西藏印象》也是如此："千古白云伴远山，黄沙烈日亦家园。一江碧水凭天赐，心有苍穹无限蓝。"这里的白云远山、黄沙烈日、碧水苍穹，无一不是被叙事与抒情虚化了的景物。至于"云连古架峰叠翠，水走高峡气化丹"（《登武当金顶》）、"芦苇轻摇水鸟闲，白云飘起绿波间"（《游曹妃甸湿地》）这类通过"气化丹""闲"

等评述性字眼，将客观景物染上主观色彩从而虚化客观景物的句子，在诗集中俯拾即是。另外，像"几朝胜败硝烟散，犹是春风蓝海城"（《题亚历山大城》）、"一城风物尽斑斓，上帝打翻调色盘"（《题彩色城市瓜纳华托》）、"山海七重凝画壁，龙蛇两列护云梯"（《吴哥窟》）、"清江飞坝起平湖，烟水千重翠岛孤"（《宿金蝉岛》）等景语，都是这种极具主观性的写法。

此种特点延伸到云柯兄诗作的叙事方面，其叙事也带上了浓郁的评述色彩，形成简洁省净的风格。如《十渡涉水》："眼入白云少，胸藏翠岭多。深山行野老，赤脚踏秋河。"前两句依然是通过使用"眼入"与"胸藏"等叙述性词组，将"白云""翠岭"等客观景物加以虚化，后两句则以旁观者视角，写出深山野老赤脚涉水的形象与动作。再如"足下云开一岭翠，身旁雾起半峰孤"（《游伊拉苏火山》）、"游心更趁秋风好，一叶扁舟入大千"（《游曹妃甸湿地》）、"一夜春风颜胜雪，三杯好酒趁梨花"（《梨园赏花》）等，都是这样的句子，景物描写常常被浓郁的叙事与抒情成分所裹挟，甚至诗中的叙事也多半是为抒情服务的。由于诗中景语和事语相对缺位，便给言情留出了广阔的空间。如在《登岳阳楼》时，他想到的是"千里湖山谁作赋，万家忧乐此登楼"，来到《兰亭怀古》，眼见的是"碑断池荒草愈青"，心头涌起的念头却是"堂前王谢久知名"，在《吐鲁番》，诗人看到的是"连绵戈壁起苍澜，大漠长风剑胆寒"。

云柯兄足迹所履，多自然胜景，亦多名胜古迹，当他怀古凭吊时，通常脱略景物甚至事件，而以议论见长。正如中国传媒大学政治传播系主任白文刚在《读＜西柏坡＞随笔》中指出的那样："这些诗不仅气势磅礴，而且格局远大、见解深刻。读者在领略诗歌艺术的同时，还能够感受到作者对历史理性而深邃的思考。"民本思想是贯穿其诗作的一条红线。如"从来降战分忠佞，毁誉为民皆可堪"（《钓鱼城怀古》），云柯兄认为，评价军事人物时，不能以降战为标准来简单化地区分忠佞，而要看是否为了民众的根本利益；"养民当续三分策，逐鹿休争一代成"（《五丈原怀诸葛》），对诸葛亮汲汲于统一中原，滥用民力导致蜀国迅速覆亡提出了严厉批评。其对时事的见解，思想锋芒并不稍减，如"休夸天下凭三战，牢记民心抵万军"（《西柏坡》）、"长记屈敌非好战，每忧劳众是虚张"（《大阅兵观感》）、"霸气已难论兵甲，韬光犹可养炊烟"（《地摊经济有感》），等等，莫不如是。

然而，云柯兄并不乏叙写景物的能力，他的诗中也有极富动感的景语，如"风来千岭树，云去满天星"（《游大明山》）、"泻地波涛崩玉壁，腾空烟气走龙门"（《游尼亚加拉大瀑布》）这类用对仗写出的景语，都显得生机勃勃。再如"雾散光从天际起，风来云自水中生"（《游贝加尔湖》）这一对偶联，各在上下句第二字、第七字处使用动词，恰当地处理雾、光、天及风、云、水的动态变化，揭示出不同景物出现的时空 - 因果关系，构成一幅幅极其唯美且充满生机和动感的连续性动图，宛如一帧帧视频画面，完美展示了贝加尔湖奇特的自然风光。

如果结合读诗随笔来看，云柯兄诗作的上述特征会更加清晰。

三

　　读诗随笔的作者都是诗人的朋友，有些曾与诗人一同结伴出游，"得与诗人同游大明山，人生快事"，旅行者樊华如是说。像他一样曾经与诗人同游的作者还有不少。如董斌读《登开封黄河南岸》随笔，开头就说："其实我是这首诗创作过程的亲身体验者和见证者。"蓝飞说："与汤博士云游北京石林峡，一路景色与博士归途中的诗皆是先见先得。"任振广在读《登平遥古城》随笔中写道："陪同云柯兄登临古城，正值大雪初候，'鹗鸣不鸣'。"辛欣说："有幸与汤博士一行共赴中东和非洲，去探寻人类起源和神秘的阿拉伯文明。"所以，"重读这首诗，思绪一下子又回到了那个神秘的地方——吉达。"

　　另一类随笔作者与诗人先后游览同一个地方，观赏同一处风景，异时怀想，未免感同身受。解峰说："前不久恰巧曾到蓬莱游览，看到这篇作品倒有故地重游之感。"韩景阳说："我也曾经站在好望角的峭壁上，顶着呼啸狂暴的罡风，俯瞰奔腾咆哮的大海，望着阴云翻滚的天空，心灵受到强烈的震撼。""读云柯的诗《好望角》，'两洋冷暖斗罡风，驾浪行船半死生'，仿佛又把我带到了那疾风劲吹、巨浪翻腾、天海苍茫的好望角。"王秀云说："对禾木村那种美妙的感触，原本随着岁月的流逝已经渐渐淡忘了许多，但云柯这首诗又把我带回了禾木村，那是一种很美妙的久违的欢愉。"

　　这两类随笔作者都与诗人有着"时空伴随"的经历，有的还见证了诗人的创作过程，彼时彼地的场景，更能触发其心底的深层共鸣，读诗时自然容易与诗人感同身受。余龙文在读《漂游地下河》随笔中写出了他们共同的心声："墨西哥西卡莱特公园的地下河漂流是印象最深刻的，一是景色奇美，二是畅快同游，更重要的是云柯在此地留下了一首佳作。"因此，"读云柯的诗，于我心有戚戚焉！"心理咨询师林薇读《吴哥窟》随笔，便是一篇典型的吴哥窟游记，字里行间与诗人"阅尽生灵悲苦事"的情愫相通。任振广回忆登上平遥古城时的情景时才会产生这样的感慨："阴阳交替，正如这历史的兴衰成败，茫茫大雪中的古城景象，令人思接千载，感慨万端。"邱钦伦则潇洒地回忆道："我们面对着波涛汹涌的大海，把酒言欢，畅谈今古，共叙豪情。"正如曾经"八次进藏"的游记作家付莉在读《南寺怀仓央嘉措》随笔中所言："西藏每一粒穿过荒原的沙，每一缕吹过经幡的风，都深深沉淀在我的灵魂里。"她说："能够在一首诗中，不但走过主人公的人生，而且感悟到自己的人生，需要深厚的功底积累。"因而在文中谦虚地表示"不敢妄评作者的作品，仅仅记录一下阅读这首诗时自己的思想经历和过程"。

不少读诗随笔表达的正是"自己的思想经历和过程"。旅加学者王弘说："震撼的视听记忆今天被诗人用'悬湖云外''绝壑惊雷''崩玉壁'等通感修辞再次唤醒。"魏福生以自己的游览体验来想象诗句的意境，他对"平湖千里乘舟行，叠翠群山倒影清"，是这样解读的："贝加尔湖水面浩瀚如汪洋，湖水清澈见底，湖的两边群山环绕，形态各异，乘舟而行满目湖光山色，甚为壮观。""奥利洪岛两边都是湖光山色，徒步的时候每走几百米就是完全不同的景象，身在其中真是人间仙境！特别是在早晨和雨后的湖面，'雾散光从天际起，风来云自水中生'，让身在其中的我们流连忘返。"宁向东读到《宿金蝉岛》时，情不自禁地说："云柯这首诗，写的是我的故乡。翠岛，就是湖中间那个散落着零星酒馆的小岛。那天在他的朋友圈上读到这首诗的时候，正是傍晚，我下意识地就开始盘算飞回去的可能性，加入到他们饮酒、写诗的行列。"张志勇在读《观卫星发射》随笔中直言:"作为一位航天事业的躬身入局者,每次在发射现场看着火箭如同一道炽热的火龙,破空而出,划破天际,带着无尽的勇气和决心,向未知的宇宙深处进发,都会觉得无比的激动、自豪、神圣。"作家马晓读《水墨宏村》时,借助原作中的诗句来强化这种印象:"'天人水时天作影'……天水一色,浑然一体,原本是一种无我之境,却被读者的我以观察者的视角,注入了'情感纠缠'。"

随笔作者们用自己的生活经验和诗歌意境互相印证,这批读诗随笔因之呈现出强烈的现场感,成为充满激情和生机的抒情小品。这种读法,可视之为"原生态解读"。

四

云柯兄所到之处,必考究其典章文物、社会制度、风土人情,发而为诗,为读诗者思考世间百态、社会万象、历史经验提供鲜活的案例。另有一类读诗随笔,重在与此相呼应,表达阅读时引发的理性思考,比如对宗教的讨论,对历史的沉思,对中西文化的比较等。

如果说,云柯兄诗中的宗教哲学与文化元素,或缘于历史遗迹的触发,或缘于生活点滴的感悟,往往是只言片语,一笔带过,那么,相关读诗随笔则对此展开专门的解读。如周月亮读《山中客》便借题发挥,从《庄子》中"散木"的典故,谈到"材"与"不材"之间的处世之道。肖武男读《禅修有感》,则结合自己的禅修经历,作了一篇禅修简史。宋湛认为云柯兄在《潭柘寺春行》中,"不仅说出的都是内心真实的感受,而且毫无保留地分享了自己参禅后的'觉悟'"。王世红在读《重登神仙半岛》随笔中说:

"云柯是大隐者,短短四句诗道出了他的佛学造诣。"从"人间欢喜缘如幻,谁问东风谁问佛"中的"缘"字出发,讨论对佛法的体验,愿意"用我自己学佛的感悟来呼应云柯充满禅意的诗句"。在李镇西看来,"垂钓蕴含着人生的禅意"。"只爱青山一盏茶"这句诗,也让董巍想起了"茶禅一味"的著名公案。

云柯兄诗作对历史的观照,没能逃过读诗人的眼睛。宋军从《卡拉库里湖撸串》中读出了"丝绸之路上的浪漫传说",文史学者王鼎杰则从《登武当金顶》中读出"人间烟火里的侠肝义胆",感受到"中国文化的真正力量,就来自那些无名之辈的侠义传承"。海南大学孙绍先教授读《观南宋皇城遗址》,可作一篇洋洋洒洒的《宋论》来读。文章援古证今,认为宋代过于超前的"和平发展"理念"不仅当时行不通,就是放到现在也是自取灭亡之道",则又是一篇地缘政治论。而投资人霍中彦读《沈阳故宫》,探讨大清帝国的兴亡,可视为《清论》。科技史学者熊卫民读《游项王故里》随笔,则可视为《项羽论》。自由学者王玮读《登岳阳楼》时,紧扣"潇湘浩气曾独醒"一句,视郭嵩焘这位"那时泱泱大国的独醒者"为"最具代表性的人物",流露出对洋务运动的反思。

云柯兄穿行在中外文化的丛林,字里行间流露出对中西差异的感悟,如吉光片羽,弥足珍贵,读诗随笔中亦不乏贯通中西的论述与之桴鼓相应。历史学家吴思在读《凯撒利亚古城遗址》时写道:"'一朝信仰成权利',此处的权利,应读为权和利,权力和利益之谓也。……信仰,可以转化为刀枪,可以带来权力和利益,这个道理很重要。欧亚大陆西部和中部的实例是'真主基督披战袍'。"文中援引所读诗句,毫不费力地建立起"信仰"与"刀枪"之间互相转化的历史真实,并进一步引申出对"罗马和平"和英国

"大宪章"两种模式的思考。再如涂方祥博士读《三峡大坝》，联想到的是不同国家不同时期对待传统建筑的不同态度，进而引发"当今盛世，是工业和科技之盛世，却也是生态环境之危世"的盛世危言。肖武男读《题伊斯坦布尔》随笔，结合伊斯坦布尔的崛起过程，思考一个国家在国际舞台上如何"构建出自己独特的政治和外交生态圈"这一地缘政治命题。修磊在读诗随笔中说："快乐不仅是一种心理状态，也是一种道德追求、责任与义务。因为正是由于自己内心无所歉疚，无所自责，才可以达到君子的状态，也就是快乐"，他对比孔子"君子不忧不惧"的风度和西哲伊壁鸠鲁"快乐是最高的善"的格言，体悟到"东西方的哲学在这一点上达成了奇妙的共鸣"。

其他如书法家邵秉仁从《电影＜无问西东＞观后》中读出的是"士人风骨"，以"赓续风骨情怀"与诗人共勉。中国文字学会会长黄德宽自豪地宣称："汉字是唯一来源古老且至今使用的文字，数千年来记载和传承着博大精深的中华文明。甲骨文是目前所发现的最早的成系统的汉字，从殷商甲骨文到今天的现代汉字，汉字的发展历史未曾中断，是中华文化真正的基因。"浙江大学教授吴华则认为清华大学校歌中"无问西东"提倡的办学宗旨是明白无误的"文化包容立场"，对电影主创人员将"办学宗旨的本意"曲解为"抵抗红尘纷扰"提出质疑，恰似一篇具体而微的影视评论。余晨在读《题彩色城市瓜纳华托》随笔中，讨论的是"生命和死亡的意义"这一重大主题，最终得出"无论是瓜纳华托的缤纷色彩，还是古希腊的不朽荣耀，它们都指向了同一真理：生命的脆弱和有限赋予了它独特的尊严和价值"的结论。

与前述重在感性体悟者不同，这类读诗随笔与诗作的关系在若即若离之间，他们往往从诗篇中找到思想共鸣或自己感兴趣的话题，加以理性阐释，是近乎短小精悍的文化随笔。

五

如果说读诗者们试图从具体的诗歌作品出发，随性挥洒才情，互证学问，那么，谈诗论艺同样是题中应有之义，然而，聚焦于诗歌话题的读诗随笔也多半无意于写成鉴赏文字，更多的是表达阅读时被唤起的艺术想象和心理共鸣。

诗人形象是读诗者频繁提到的话题。在周月亮眼中，"云柯身是'市中客'，心是山中人。现代隐士不好当，但他心里一点也不迷茫，面对峰顶重重雾霭，他的'一啸'像极了陶渊明的刑天。这个清华工科博士因为深爱传统老调调反而比文科生更能写出格律的清贵，真切有韵味。他是从生命里面往外涌，打的是内家拳。"那么，被周月亮盛赞的云柯兄诗歌之"内家拳"的功力来自何处呢？读诗者们从不同的侧面对此给出了自己的答案。刘溪"感觉这位清华大学的热能工程博士是位奇人，他博闻强记，文理兼修，专业之外，还是经济学家，对于历史文化也十分精熟，特别是写得一手好诗。"李红豆说："我与汤哥相识十余年，回想起来我们已经携手七出国门，游历世界各地，称得上铁杆旅伴。本次行程两万里，十分荣幸再次见证了他游历写诗的整个过程，其学识，其才情，着实让人佩服，让人受教。"李镇西认为，"汤云柯博士正是这样真正懂得美的学者"。所以，他们读诗首先是读人，如韩景阳说："读云柯的诗，不仅有瑰丽的风景、名人古迹、恬淡闲趣，也有困惑与纠结、深思与顿悟，更有他的博闻强记、机智幽默和积极乐观向上的精神状态。"

他们不仅读人，同时也读诗。画家傅微薇称道云柯兄的诗富有画意时说："虽然与他交谈时他曾说由于不会画画，遗憾不能像我一样把所见的风景描画出来，可在他行走过程集结的字里行间，那份绿水青山，彩云飞舞，不只是体现了他的文字之美，明明也呈现给读者以色彩缤纷之画面。"吕玮在读《赛里木湖的早春》时联系自己放弃了写诗的梦想，却"阴差阳错地拿起了相机，搞起了摄影。用镜头的语言，表达触景而生的感触"的人生经历，感慨地说："读云柯师弟这首诗，在摄影师或画师的眼中，一幅幅画面会油然而生。"在他看来，这首绝句成了由四幅画面组成的"一部风光大片"，它既有"动态风光"，又有"特写"，还有"浓墨重彩"的描画，"这是一幅可细细体味的风光佳作，也是一段在悠悠播放的唯美影像。"赵政文分析《静夜泉池》时是这样说的："云柯的这首诗中除了画面中可见的水月星光，还有调皮的春风来悄悄捣乱，平静的湖水倒映着漫天的星辰，水笼云天，一湖星河，却被一阵微风掀起片片涟漪！平静的水面，微波泛起，那散落的星光，一圈一圈化作流影飘摇，四散滑去。透明如水晶一般的时空，也瞬时散乱！"诗的意境就在美丽如斯的文字描述中袒露无遗。

这种细致入微的艺术体悟，在本书中随处可见。

诗歌是抒情的审美艺术，李镇西正是立足于无功利的审美来阅读《水中独钓》的，他说，无论对钓者还是观钓者而言，"一个人的精神世界如果没有美的位置，一个人如果没有美的需求，那他绝对不是真正的完整的人。"诗中存在不同的情感状态，审美也充满个性化差异。修磊从"快乐"的角度来解读《夜宿黄姚》，认为"诗中所描绘的'坐对星天说万卷，一壶闲煮半山秋'就是一种快乐的境界。"刘兆琼读《静夜泉池》的随笔，开篇说："我想这是一首关于'孤独'的诗。"接着就"孤独"发表了一段长长的高论，在做了一番"理论铺垫"之后，才进入对诗篇的分析："诗作开篇明义，即把自我置放于孤独之中。'湖光孤坐夜空灵'，这是什么样的孤寂呢？是以湖光、夜晚和夜晚的寂寥为背景的孤独。'细数灯花水上星'，在孤独中，诗人却丝毫没有悲凉之意，转而在灯花、水性这些充满光芒的细碎波动中开始了全神贯注的'细数'。""最后一句突然把孤寂之境拽入了春境：'碧波微动更清明'。'清明'二字与众不同，独领理性之风骚。"认为"这种孤独摆脱了情感的孤寂，肉体的饕餮，而直指向了理性的光芒"。

当然，读诗随笔中也不乏字斟句酌的艺术分析。如作家吕俊义评论《吐鲁番》时写道："此诗起笔辽远壮阔，首、颔两联中"'戈壁''大漠''长风''烈日'，将浩渺、苍劲的茫茫西域展现在读者面前；颈联中'坎儿井'与'火焰山'则将画面永久定格在'火洲'与'葡萄之乡'——吐鲁番。通过令利剑胆寒之长风与绝地红尘之烈日，对吐鲁番炎热气候极尽渲染铺陈，读者顿感热浪扑面而来。……这首诗以写景为主，即景抒怀，颔、颈两联对仗工整，色彩鲜明，意象丰富，黄、碧、红三色皆有，日、云、河、路、水、井俱现，做到了刘勰所谓'自然成对'，尾联抒怀更增添了全诗的历史厚重感。"

这类读诗随笔跳出感情呼应和文化分析的路子，从文学审美的维度掀开了原作的面纱，引领读者去欣赏面纱遮蔽下的美丽容颜。

还有的随笔作者，不局限于就诗论诗，而是把眼光投射到当代旧体诗的创作环境，发出了对当代旧体诗写作的针砭。马国川在读《登郁孤台》时写道："对于现代人写旧体诗，我曾经敬而远之。因为我认为，除了聂绀弩、邵燕祥等极少数旧学修养深厚的老先生之外，绝大多数现代人写的旧体诗都是口号堆砌，诗意全无，不堪一读。但是，汤博士的诗击破了我的成见。"王鼎杰更看重的是云柯兄能将旧体诗的格律和诗歌表现出的"生气"相结合，他说："当下写古体诗者多，有生气者鲜。有生气者多，能驾驭古体者鲜。……云柯兄的古体诗，能兼得之，是为难能。"所谓"生气"，就是"澎湃的诗情"，它既有超然物外的逸兴，又有世俗担当的情怀。

我们吟咏书中纵横中外、扬榷古今的诗作，阅读这些别出心裁、妙趣横生的随笔，忽然发现：原来诗歌解读竟然有这么多意想不到的角度！实际上，诗歌文本的"召唤结构"与读者心灵的交流融合，造就了一批批古典名作并使之代代相传。当下也不例外，优秀诗作是作者和读者共同创作的艺术精品，其生命力就存在于读者的理解与解读之中。

我想，这本诗歌与随笔合集在出版史和诗歌史上的双重意义，也许就在此吧。

莫真宝

2024 年 6 月 8 日

滄海一壺新釀酒
白雲兩袖舊相知

雲柯空山東蓬萊閣詩句

時在甲辰之春楊廣馨書於京

沧海一壶新酿酒，白云两袖旧相知。

——《登山东蓬莱阁》摘句（全诗详见110页）

书法：杨广馨，中国书协理事，北京书协副主席，北京市特级教师，主编北京市《中小学书法教材》和《书法教材教师用书》

畅情山水

第一篇

罗卡角

白日悬沧海，长风起大洋。

天涯足下尽，万里是家乡。

——乙未夏日写于欧洲大陆最西端

读诗随笔

冯卫东

投资人、《升级定位》作者

罗卡角位于葡萄牙境内，地处欧亚大陆最西端，面朝大西洋，崖高140米，环球游历，不可不至。"白日悬沧海，长风起大洋"，本诗情景宏大，一气呵成，有"明月出天山，苍茫云海间。长风几万里，吹度玉门关"的天地苍茫和遗世独立，也有"月下飞天镜，云生结海楼。仍怜故乡水，万里送行舟"的豪迈洒脱与淡淡乡思。

远方，是生命底层代码中的永恒诱惑。只要有远方，智人就会义无反顾地前往，直到天之涯，地之极。尼安德特人来了，弓箭鱼叉独木舟，只能望洋兴叹。智人也来了，取代了尼安德特人，但仍止步于大洋之畔。而远方仍在，殊途可以同归。向东远行的智人，在冰期跨越白令陆桥，最终遍布美洲，与欧陆隔洋相对不相知。

　　直到几百年前，进入大航海时代的智人，才从欧洲越过大西洋到达新大陆。新大陆的先行者，只比尼安德特人幸运了一点点。幸好人类终于走出蛮昧进入全球同村的现代文明，有了存亡续绝的生态自觉，也有了万里家乡一日还的技术手段。全球最长航线三万里，飞行时间不到二十小时。让游子久不归的，不再是空间的阻隔，而是对远方的永恒追寻。

　　人类无限向往的下一个空间，同时也是灵魂上的远方，应该是埃隆·马斯克让智人成为多星球物种的愿望。身在荧惑，遥望地球，诗人对此又会有何等瑰丽的篇章？

　　"万里是家乡"，是身后万里还是前方万里？限于格律字数，诗人不能完全道出；但省略带来的多义，更耐咀嚼。身来处和心安处，都是家乡吧。只有这样，我们才有勇气在路上。

十渡涉水

眼入白云少，胸藏翠岭多。

深山行野老，赤脚踏秋河。

——壬寅初秋于北京房山

读诗随笔

涂方祥

工学博士、教授、中国武术六段

犹记初中时老师经常讲陈景润的故事：陈景润太痴迷于数学，走在路上都在思考着数学问题，有一天下班路上手捧着一本数学书在思考，撞到了路边的电线杆，急忙鞠躬说"对不起！"一时传为美谈，被认为是专心致志的经典案例而传颂。

心里只有数学，眼中全是数学。内心清净，眼里才看得到绝美的风景。而当你眼里只有"生计"，则无数美景都视而不见，你会错过人生的无数风景。

　　某养生专家，本身也是太极拳名家，写了大量养生著作，强调心胸豁达和超然出世的重要性，可他自己，端着名人的架子放不下，各种利益也不想舍弃，整天赶着各种场子，参加各种酒局，结果年龄不大就撒手人寰。可见不是他不懂，而是名利遮住了双眼。所以说，"静生定，定生慧"。静者，心静也。诸葛亮说，"非淡泊无以明志，非宁静无以致远"，也是此意。

　　道家练气，讲究不求而得，你用力，你用意，那都是拙力，拙力之下绝对不会产生先天真气。只有把拙力全部退去，把意念全部摒弃，彻底松静自然，真气才会上升。而靠拙力得来的气只能算戾气，久后必然伤身。所以，放下了浊气，才能得清气；放下了后天，才能得返先天。

　　我觉得云柯诗中最妙两句就是"眼入白云少，胸藏翠岭多"，胸中有丘壑，才能将万里浮云，一眼望穿。

宿金蝉岛

清江飞坝起平湖，
烟水千重翠岛孤。
野浴归来鱼宴晚，
秋山可饮一杯无？

——甲午秋写于吉林松花湖

读诗随笔

宁向东

清华大学中国经济研究中心常务副主任

云柯这首诗，写的是我的故乡。翠岛，就是湖中间那个散落着零星酒馆的小岛。那天在他的朋友圈里读到这首诗的时候，正是傍晚，我下意识地就开始盘算飞回去的可能性，加入到他们饮酒、写诗的行列。

这个湖，从童年起，就是我和家人、同学游玩欢聚的地方。

有一年，和母亲、还有她的同事一起去岛上游玩，我不顾母亲的劝阻，执意要游到对面的另一个小岛上。现在想来，母亲的担心一直追随着我莽撞的身影。我那时年轻，经常逞能，要证明自己已经长大，全然不懂母亲的担忧。我现在还清晰地记得当我游回来时，母亲看着我的目光。那目光是复杂的，既有骄傲，也有释下重负的轻松。那目光中的各种意味，直到很多年，我才猜得到，才能感受得到。

还有一次，和几位同学一起坐船去湖里游玩。玩得兴起，我一个人跳入湖里，开始野浴。结果，船渐渐地开远了，而我也没有了力气。那是我第一次感受到生命力量的脆弱。我也开始懂了，乐极如果不加控制，可能生悲。

我和云柯都是游子。高考离家，老大偶回。身边的朋友也大约如此。故乡对于我们这些人，有着特殊的意义和情感。这些年，家乡发生了翻天覆地的变化。所以，即使返回家乡，也常常有物是人非的感觉。楼不是先前那些老楼，街道也不再是旧时的小街。一切都变了，不变的恐怕只有那一片青山、流淌不息的江水，以及由高坝拦起的平湖。

我读过云柯的很多诗，这一首不能算是他的代表作，但这一首却有熟悉的闲适感，以及可以立刻勾起无限回忆的亲切感。每次读到这首诗，我的眼前都会浮现出一桌全鱼宴、几箱啤酒、肆意开玩笑的朋友，以及拉着电线的柔和灯火。

题大峡谷自然保护区

四壁绝崖别有天，
野猪猎豹亦神仙。
遥知俱是云中客，
长啸三声一抱拳。

——丙申正月于广西大明山

读诗随笔

王锦江

笔名锦衣郎，央视签约撰稿人，导演，诗人

开启童蒙的第一本手边书，便是少年望向世界的开眼之窗。西方的《格列佛游记》，东方的《镜花缘》；西方的奥林匹斯山，东方的昆仑山；西方的酒神、爱神、美神、战神，东方的天仙、散仙、金仙、花仙；西方的《创世纪》，东方的《山海经》。凡此种种，都飞满了我的左半脑和右半脑。我时常想象着，云海之端，有一异人御风驭剑而行。

"遥知俱是云中客，长啸三声一抱拳。"人与披毛饮露的森林君臣，相揖为礼，跨语而谈。浮浪的梦幻场景，并不因年岁的成熟而落幕。我珍惜着人类童年的想象力。当灵感飞过上空，我会挥臂出手，以一根细细的权杖，迅捷击落一划而过的光痕。哪怕这无翼而驰的句子，很野蛮、生猛、荒诞。

　　我爱初始、本真、独特的火星，它常常能点燃我思想的草垛。一念，往往终一生。我爱恋文学和广义的美术，未曾想到这两样情结，竟然真的厮磨了我几乎所有。文学的工具赐予了我运斤成风的法力，在新闻职场上游刃有余，刺虐刺暴，成了一头不败的狮子。而另一厢，软文、台本、创意、策划领域的稿约，接踵而至，叩门不止，使我免于饥饿的恐惧。"穷书生"的魔咒从不属于我。骄傲便有尊严，布衣之我，总有一股自命不凡的英雄气。相如赋贵，待价而沽，比贪渎之徒的狗苟与危险，我不知要心安多少倍蓰！

　　理想，不只是少年事功，不只是职业选项，老去仍怀理想，不再系个己圆缺，而是天下安危。普世大道，虽远必追。笔端万千，驱动黑豹白猿，长啸高鸣，知我所愿。

普陀山

踏浪南行不染埃，
云烟如去我如来。
波光万里风吹过，
又见莲花海上开。

——甲午冬日写于观音菩萨道场

读诗随笔

何忆平

投资人

"踏浪南行不染埃"。普陀山，观音菩萨的道场，如一片宁静的净土，接纳着世间的纷繁。漫步其中，烟云缭绕，恍若仙境。在这片禅意浓厚的土地上，世事如过眼云烟，能够体会"如来"的妙境，感受岁月流转中的静谧与淡然。

观音菩萨，代表着慈悲与智慧，是无数众生心中的庇护所。无论是闲庭信步，还是虔诚朝拜，普陀山观音菩萨的道场都会让你感受到一种超脱尘世的自在。

透过渺渺的烟雾，感悟人生的真谛。借助观音菩萨的智慧，破解生活中的困局，会让心灵在这片禅意中得到安抚，让灵魂在这片神圣的土地上得到净化。

"波光万里风吹过，又见莲花海上开。"四面波光，清风拂过，浪花朵朵，犹如观音菩萨的慈悲，无时无刻不在关照着我们。向着普陀山踏浪而行，如脚踩清风吹开的万朵莲花，我们可以共同领悟大千世界，领悟生命的奥秘。

游曹妃甸湿地

芦苇轻摇水鸟闲，
白云飘起绿波间。
游心更趁秋风好，
一叶扁舟入大千。

——乙未秋作于河北唐山

读诗随笔 ·

邰志强

清华投资人、摄影师

宁静美丽的曹妃甸湿地，芦苇摇曳、水鸟徜徉、白云飘荡，清新、自然的景象令人心旷神怡，虽未亲临其境，读云柯诗已经感受到了。我平时喜欢摄影，说风景美常用"如诗如画"，看来摄影和写诗也是相通的。

云柯将自然的美融入诗意，水鸟仿佛成为诗歌的主人公，芦苇轻摇，不仅传达了秋风拂过的爽，更让人感受到自然的韵律。水鸟悠然地在湿地间徜祥，似乎与这片自然环境融为一体，构成了一幅和谐的画卷。而白云与绿波的交相辉映，便是宁静的壮阔背景。

"游心更趁秋风好"，这似乎是在传达诗人追逐美好山水的急切。秋风带来的清凉，更让人愿意去游走其中，去感受这份宁静与美好。到底是急是缓？还是忙里偷闲的负疚幸福感？诗人的下一句给出了答案："一叶扁舟入大千。"一叶扁舟穿梭在大千之间，更是将诗人的心情表达得淋漓尽致，游于山水，行于时空，原来答案是说，问题其实是不存在的。

云柯对自然的热爱与敬仰，使风景成为他心灵的驿站，扁舟是他游走的交通工具，而秋风则是他的知音。我钻研摄影，其实是把自己在投资经历的感悟向另一个看来不相干的方向宣泄，希望从另一个方向印证自己的感悟。现在看来大家都是求道之人。

诗咏志，志在大千。

漂游地下河

碧波仙境任逍遥，
天上风光地下求。
雨落高空无净水，
位卑方可养清流。

——己亥冬日记于墨西哥西卡莱特公园

读诗随笔

余龙文

清华大学博士、泰有基金董事长

2019 年初冬，和云柯等好友一起游历了墨西哥、古巴等地。墨西哥西卡莱特公园的地下河漂流是印象最深刻的，一是景色奇美，二是畅快同游，更重要的是云柯在此地留下了一首佳作。尤其喜欢后两句，"雨落高空无净水，位卑方可养清流。"既是对自然规律的总结，又是云柯自身心性的显露。是啊，雨落高空，难免染上空中风尘，但沁入地下，缓缓流淌可得清流。人生又何尝不是如此？同样是风华正茂的青年，有人追高位，逐名利，但风尘浸染太深，渐渐变成了自己原来所不喜欢的样子。但有人却甘寂寞，居低位，守住了自己的心性。而做到这一点，其实是很不容易的。

作为云柯三十多年的老友，在清华读博士时我们宿舍相邻，也都是学校的活跃分子，云柯担任过校研究生会副主席、华实科技中心总经理，还以学生身份当选为海淀区人大代表。我也曾担任校研究生团委副书记、三联科技中心副总经理。在那个风云际会的年代，一群年轻人经常一起指点江山，激扬文字。按照一般的发展轨迹，云柯如果想逐高位，凭他的素质和能力，是可以有一番天地的，但他在努力做好科技与金融本业的同时，潜心历史文化，游历一处处名山大川，留下了一首首脍炙人口的诗篇。

古人说，诗如其人，诗以言志，诚不欺也！我在年轻时曾担任过沿海开放城市的市领导，也担任过大型金融企业的高管，但最终也和云柯一样做了类似的选择，于 10 年前辞去体制内职务，创办了一家专门投资高科技创业的基金，投资了数百家高新技术企业，其中有一些成为了各自领域的领军企业，为科技创新做了一些力所能及的工作。

读云柯的诗，于我心有戚戚焉！

题喀纳斯湖

翡翠清波冰雪魂，
白云身世隐孤村。
千年一片心湖水，
不让烟尘染半分。

——甲辰初春云柯写于阿勒泰地区布尔津县喀纳斯村

读诗随笔

韦伯

维伯教育集团掌门、新国际教育理念践行者

初识云柯兄时即有缘论诗，急不可奈与其分享自己的闲来无事之"打油憨作"——《过个P年》，扑哧一声道出同庚之人对于时事之感叹！

云柯来到喀纳斯湖，水怪纷杂消弥，诗中尽呈一片静隐之意境，足见其别样之境界，时下经济与金融领域之纷杂在清波白云孤村之间早已烟消云散！

从读诗到舞弄文字常有感慨，但凡写古体诗之人要么憋屈偶成，要么借酒兴发，又抑或是情境触动诗瘾，这第三种情况尽显文学之功底。汤兄云柯本属理工男，搞的是经济金融，诗作集出，读其诗可见其交游甚广，涉猎颇多，雅兴天成！

诗意由心生，酒香源于曲，不同人不同状态下读同一首诗可以品出不同的意境。有感于个人所投身数十载的民办教育事业，特别是为之倾注心血所系之儿童创新教育项目所遇之困顿，细品这首《题喀纳斯湖》，渐入清凉通透之景，感悟时势变迁，然社会发展总是往前无需心浮气短，深知心平气静带来之定力尤为可贵！

坚持民办教育的不易，唯有从业者甘苦自知，特别是三年期间是怀着大愿硬扛下来。最难的时候，我还写过一首词，就叫《硬·扛》："把酒温炉叹声呵，病已沉疴，事也沉疴！红尘路上影婆娑，来是恁么？去是恁么？耳热酒酣憋首歌，酒我能喝，诗比他多。旧城原地马嵬坡，贵又如何？贱又如何？"

读罢云柯兄诗作，再回看自创词句，深感时事参悟不通透，句虽诙谐而憋屈心不能入定，天天划艇出没于清泉之河，却倏忽若然已漂浮于翡翠清波之上，相比云柯兄坚守"千年一片心湖水，不让烟尘染半分"之定力，深感惭愧！

相较于个人集出之诗作，更喜欢云柯兄主编的《千秋好诗词》《千秋好文字》《千秋好故事》等少儿绘本系列图书。深耕儿童教育领域数十载，阅读中外优秀作品无数，细读云柯兄主编的几个系列，叹为国内儿童读物之精品。通过绘本阅读来根植传统美学与传统文化，选题与手法独特，老幼皆耳熟能详。

总感觉，志同道合的云柯兄应该与我一起花更多功夫在颠覆与创新儿童教育上，经济与金融干脆先放一放，当下儿童教育这个领域更有研究之价值，儿童是中国与世界的未来，教育事业更值得我们穷尽一生之力，无怨无悔。

有道是：大漠一声孤，方寸有屠苏。烟尘染圣水，冰心尽在壶！

游天涯海角

临风椰树望无边，
碧海平沙已等闲。
一尺素心何处寄，
山中岁月海中天。

——戊子春于海南三亚

读诗随笔

高瑄

清华三亚国际论坛管理中心主任

2013年3月，当时的学校主管领导找我谈话，说要派我从北京去海南三亚，负责清华三亚国际数学论坛的建设、管理、运行和服务。当时我的心中一片茫然，对未来的这项工作任务一无所知，只知道我的主要服务对象是国际著名的数学大师丘成桐先生。

第一次去见丘先生，心中不免有些惶恐。见面握手之后，丘先生也没说什么客套话，很快就给我讲起了他建设清华三亚国际数学论坛的设想。他一边讲，一边在黑板上写写画画，讲他心目中的这个论坛应该是什么样子，讲得很投入。他希望这个论坛能够吸引世界各地的数学家前来开会交流，希望这个论坛将来能办得和德国黑森林的奥伯沃尔夫、加拿大国家地质公园的班夫一样有名，成为世界三大数学会议中心。

说话间，陪我一起来的肖杰教授提议，让丘先生给我赠书。他便毫不犹豫地取出一本《丘成桐诗文集》，还在上面题了字："高瑄先生惠存，丘成桐赠"，送给了我。随后，他还特别指给我看，收录在诗文集中的这首诗《游海南凤凰岭建国际数学论坛有感》："乔木青葱，凤凰花红，凤凰岭上，壮气谁同？天南切磋，振翮腾空，朝鸣九天，暮集梧桐，筹学四方，百代之雄。"

听了丘先生描绘的论坛远景，读了他写的诗，感受着他创办一个高水平国际会议中心的愿望，不由激发了我心中的豪气。想着自己在即将知天命之年，能够有机会去实现这个理想，是一件很有挑战性同时又很有意义的事情。于是，便毫不犹豫地答应了学校领导。

在收拾行李，即将动身前往三亚之前，我也写了一首诗来激励自己："行知命时远辞家，男儿负志走天涯。此去应知多险阻，心怀南海凤凰花。"光阴似箭，日月如梭，倏忽之间十年过去了。2023 年 12 月 13 日，在金属网架支撑的圆穹形的会议大厅里，举行了清华三亚国际数学论坛落成十周年庆典。典礼简朴而又隆重，许多嘉宾专程赶来参加。听着台上丘成桐先生热情洋溢的致辞，我坐在台下，回想起十年前我与论坛发生的这段缘分，心中有许多感慨。

"一尺素心何处寄，山中岁月海中天。"写下这篇小文，权充上交给云柯师弟的读诗随笔作业。

静夜泉池

湖光孤坐夜空灵，
细数灯花水上星。
偶见春风吹入画，
碧波微动更清明。

——辛丑初春于博鳌金海岸温泉大酒店

读诗随笔

刘兆琼

环球老虎财经创始人

　　我想这是一首关于"孤独"的诗。

　　孤独是一个人极高的人生姿态，也是一种最高级的生存方式。古往今来，孤独超过了其本身的生活方式的描述，而成为一种哲学和文学意象。孤独所孕育的伟大艺术作品数不胜数；孤独所造就的哲学家、思想家更是灿若星河，甚至，一个不懂得孤独的人，很难与"思想""艺术"搭界。进而，孤独是一种根源于人性本身的品质，也是人通往成熟、高阶的必由之路。

诗作开篇明义，即把自我置放于孤独之中。"湖光孤坐夜空灵"，这是什么样的孤寂呢？是以湖光、夜晚和夜晚的寂寥为背景的孤独。"细数灯花水上星"，在孤独中，诗人却丝毫没有悲凉之意，转而在灯花、星光这些充满光芒的细碎波动中开始了全神贯注的"细数"。一个陷入通常情绪孤独的人不会注意到外界与情绪相反的细节，所以从第二句，诗人就开始铺垫积极和乐观。"偶见春风吹入画"，在孤寂中竟然能感到春风的人，是怎样的独独之悠然、慨慨之荡然。最后一句突然把孤寂之境拽入了春境："碧波微动更清明。""清明"二字与众不同，独领理性之风骚。

有关孤独的哲学、文学著作浩如烟海，而汤博士这一诗作中的理性之美则非常罕见。现代社会中，视频、直播、带货充斥着人类日夜不能离开的手机，人们在日复一日的刷手机中，以为体会到的是快乐与狂欢，但其实恰恰是人类最孤独的写照。只是，作为集体无意识，人们需要这种最低级的喧哗来掩饰孤独的本质，需要这样的嘈杂和看似热闹的方式，来抵制孤独、掩饰孤独，以至发泄孤独。绝大部分时候，孤独必然导致的是寂寞、混沌以及痛苦，孤独本身并不会自然导致理性的光辉。

这首诗却如此与众不同，诗人的孤独不仅不同于普世的嘈杂，甚至和孤独尽头的寂寞和空门也是不同的。诗人的孤独是清明的、清醒的、克制的、黑白分明的，是理性的。这种孤独摆脱了情感的孤寂，肉体的饕餮，而直指向了理性的光芒。

事实上，也只有孤独中所蕴含的理性才是深刻的，才是艺术和思想之精华，也才是人类能够不断螺旋上升之阶梯。

读诗随笔

赵政文

投资人、设计师

诗以咏志，诗以言情，许多伟大的诗人都写下了不朽的句子，写下了对大自然的感叹和敬畏，"大漠孤烟直，长河落日圆"是一种空阔的寂寥，"水晶帘动微风起"是心情的微微变化，"月照花林皆似霰"是对时空探索的迷茫！

云柯的这首诗中除了画面中可见的水月星光，还有调皮的春风来悄悄捣乱，平静的湖水倒映着漫天的星辰，水笼云天，一湖星河，却被一阵微风掀起片片涟漪！平静的水面，微波泛起，那散落的星光，一圈一圈化作流影飘摇，四散滑去。透明如水晶一般的时空，也瞬时散乱！

一念动而万法生，人生世事，莫不如是？春风无形，化入虚空，一念灭而万法寂，刹那间湖面又归于平静，万籁无声，又如之前！诗人的心应该出云万里，复又归于丹墀，依然平静，碧波微动，心境依然清明！

这风从何处来又往何处去？吹皱一池春水，却吹不起诗人的一点点内心波澜。

其实这春天的夜里，当有一壶茶，一杯酒，要不孤坐行禅岂非无趣！一啜一饮，箪酒壶浆，看远处星光坠湖，听近处桃花落春，袒胸裸足，斜仰箕张；或当执剑在手，狂歌疯舞，指点江山，斜望天狼，舒袖流云，豪气如虹，十步杀一人，千里不留行！或当琴瑟和鸣，高山流水，嫦娥广袖，飞燕掌轻，垆边人似月，皓腕凝霜雪！

如此世界，无它，一舟、一水、一境，并诗翁可也！

上帝開席向海天一
桌煙雨萬千年我登
絕頂食秀色聚散
風雲是大餐

雲柯登開普敦桌山

癸卯夏 王琳書

上帝开席向海天，一桌烟雨万千年。我登绝顶食秀色，聚散风云是大餐。

——《开普敦桌山》（详见102页）

书法：王琳 北京书协会员，现任北京市少年宫书法教师

年年风景此山中，
枫叶相识人不同。
旷古离愁无寄处，
红黄诗句写秋风。

——辛卯深秋登香山而作

读诗随笔

李子迟

作家、诗人

香山红叶，满坡绚丽，层林尽染，天下闻名。诗人与好友在深秋时节登攀香山，遂有此一等佳作。前两句就有很浓的诗意、很深的韵味：香山之中年年都有美景，可年年满山枫叶是相似的、相识的，而游客却每次都不相同，面孔是陌生的，变化不断，让人顿生物是人非、岁月沧桑之感。

朋友见面之后，也很快就要分手。这旷古少见的离愁别绪，几乎没有可寄托之处，只好将其与红叶一起写入诗中，有红有黄，有声有色，尔后随秋风至远，流传百世。

最后一句"红黄诗句写秋风"乃神来之笔，有色彩有动感，韵味深长。

读诗随笔

李景新

海南热带海洋学院教授、书法家、诗人

读云柯博士这首即景抒情的优美小诗，让我联想起很多古体诗的佳作。"去年今日此门中，人面桃花相映红。人面不知何处去，桃花依旧笑春风。""毕竟西湖六月中，风光不与四时同。接天莲叶无穷碧，映日荷花别样红。""古人无复洛城东，今人还对落花风。年年岁岁花相似，岁岁年年人不同。"

我举出这些诗句，大家就不难看出，这首诗的前两句，对古人作诗的构思和手法是有所借鉴的，音节回旋，哲理内含。第三句荡开，为旷古的离愁都寄到何处了呢？第四句收到红叶上，原来都把那心中的秋意寄托在红叶之上了。"旷古离愁无寄处，红黄诗句写秋风。"转接自然，情深景美，诗味浓郁。

西藏印象

千古白云伴远山，
黄沙烈日亦家园。
一江碧水凭天赐，
心有苍穹无限蓝。

——戊子秋日初到拉萨

读诗随笔

傅涛

环境学者、E20 环境平台创始人

　　诗是艺术，始于心，寄于情，慧于意，成于文。一首好的诗能够直指人心，那是因为诗人能够在一个特定的时点，激发心性，接通大道，从而引起心心相印的共鸣。

　　云柯无疑是一个有诗心的诗人，一个融合清华理工男身份的古体诗诗人。

　　云柯诗文的许多佳句，恰如其当，妙而生灵。"千古白云伴远山，黄沙烈日亦家园。"在现今社会，能在世俗羁绊之下，既游于凡俗，又不时抽心成仙，把当代古体诗带高了一个境界。

"一江碧水凭天赐，心有苍穹无限蓝。"心的感应可跨时间和空间，既可通向未来，也跨区域，诗心、文心、画心、乐心都相通。道大而同，道不孤，必有邻，只要是有心之作，他们都能感应到大道，每一个细小的表达都体现着大道。

以此祝贺云柯兄又出版诗集，并致敬同道人。

农家小聚

万里风尘半日暇，
相呼兄弟到农家。
三千弱水不足贵，
只爱青山一盏茶。

——丙申夏日差旅途中在农家小聚，作于无锡江阴

读诗随笔

董巍

华龄出版社副社长兼副总编

　　古人云："仁者乐山，智者乐水。"汤博士显然是一位仁者，弃三千弱水，而取青山泡茶。当然泡茶也是需要水的，不过，弱水三千，取一瓢足已。博士之意不只在茶，而更在乎山水之间。

　　国人对茶的爱好是深入骨髓的，不管是俗人的柴米油盐酱醋茶，还是雅士的琴棋书画诗酒茶，都离不开茶。茶可以止渴，润身；也可以修心养性。茶一直贯穿于中国人的生活当中。中国关于茶最早的记载是《神农本草经》："神农尝百草，日遇七十二毒，得茶而解之。"而人工种植最早的是西汉时

期四川雅安的蒙顶山。唐代陆羽的《茶经》则奠定了茶在中国人生活中的重要地位。后来，茶又漂洋过海，到了日本，到了英国，一片来自东方的树叶，影响了数百年的世界史。但从字源上看，"茶"源于"荼"，作为现代汉字，出现得比较晚，没有资料证明《茶经》之前，出现过"茶"字。可见，茶是随着历史的风雨慢慢浸入中国人的身心的。所以，中国的文人一张口总有一种大自然的味道。

常人喝茶只是解渴，文人墨客喝茶是交游，是雅兴，历代文人咏茶的诗词歌赋不计其数。而到了禅师那里，则成了修行的助缘。据《五灯会元》记载：赵州从谂禅师问新来僧人："曾到此间否？"答曰："曾到。"师曰："吃茶去。"又问一新来僧人，僧曰："不曾到。"师曰："吃茶去。"后院主问禅师："为何曾到也云吃茶去，不曾到也云吃茶去？"师召院主，主应诺，师曰："吃茶去。"这是一个著名的禅宗公案，据说由此悟入，也能证得菩提。于是，从此茶与禅的关系纠缠不清。到了宋朝，高僧圆悟克勤禅师曾挥毫写下了"茶禅一味"四个大字，其真迹被弟子带到日本，现珍藏在日本奈良大德寺，作为镇寺之宝。与其一起带去的还有成为现代日本文化代表之一的"茶道"。

茶，何以有如此高的地位，有如此大的影响。窃以为，除了现代科学技术检测出的茶多酚等一些对身体有益的物质外，一杯茶中，经过日月风雨的洗礼、饱含天地山川之灵气，不仅可以通经络、舒畅身体，而且可以与人的精神交织，冥冥中可以触摸到宇宙与生命的实相。这说法听着玄之又玄，但确实也是很多人沉迷其中的原因。

正因有爱，则世间有病。执着于觉者，终迷于觉。你问，迷个什么？吃茶去！

端午垂钓

碧山深处隐兰皋，
垂钓云溪心自淘。
日月不淹风骨在，
与君持酒唱离骚。

——二零一四年六月二日端午节于广西灵山

注：首句"兰皋"为兰草水边，语出《离骚》，"步余马于兰皋兮，驰椒丘且焉止息。"三句"淹"此处是停留之意，亦出《离骚》，"日月忽其不淹兮，春与秋其代序。"

读诗随笔

解峰
工商管理博士、清华大学荷塘诗社原社长

　　端午怀屈子，是中国人的精神祭祀和心灵回归。《离骚》是最能体现屈原内心世界的代表作，也是中国古代诗歌的重要源流之一，提供和确立了很多中国古典诗词中的语言意象和文化符号。兰皋也是一个很重要的意象，驱马缓缓行于长着兰草的涯岸，这是怎样的一种孤清高峻。而"步余马于兰皋兮，驰椒丘且焉止息"之句在"回朕车以复路兮，及行迷之未远"之后，更显一腔忧愤难抒。

在本诗中，作者开篇即以"隐兰皋"入手，也似满怀思绪而迎来端午节日。在作者的作品中，诗与酒是永恒的主题，恣意放旷、潇洒任侠，自然一段楚人神韵。在多年的相交中，更知作者的内心无时无刻不忧思着家国天下、黎民苍生。在隐入碧山深处的兰皋之前，不知道是否也有一番"行迷之未远"。

钓乃以闲以静而待之取之。晋人张协说："右当风谷，左临云谿。"杜甫有句："云谿花淡淡，春郭水泠泠。"作者随遇而安，在一片幽谧山水中放空身心，以冶情操。但萦在心头难散的仍然还是屈子那始终回荡在天地间的千古叩问。

日月不淹，风骨不朽，幸有君在，以酒酹之。

马赛马拉落日

轻车十里觅夕阳，
录下苍穹万道光。
碧草长荫先祖地，
人同百兽共家乡。

——二零二三年七月记于人类诞生地东非大草原

读诗随笔

康国栋

外企高管，《千秋好诗词》系列童书副主编

每次听到马赛马拉，耳边就想起赵忠祥那熟悉的声音："在马赛马拉这块神奇的土地上……"，那里有神奇的动物，奇异的美景。我开玩笑说，摄影家罗红除了卖蛋糕外，更多的是在非洲的大草原上拍各种动物。汤博士也是在清华经管院培养研究生之余，游历在众多国家的各种古迹和自然风光之中，一路留下优美的诗篇，可谓千首诗酬万里路！

　　用七绝的形式，描绘非洲大草原奇绝的风景，想起来都让人神往。李白曾写过"林深时见鹿，溪午不闻钟。"这是蜀地山林里的秀美。"轻车十里觅夕阳，录下苍穹万道光。"这是非洲大草原的壮美。驱车在广阔的马赛马拉大草原上，夕阳西下，碧草长荫。狮群逐猎，斑马飞奔，百鸟翱翔，河马悠闲……如汤博士在另一首诗中说："万物天生法自然，闲禽猛兽各相安。"

　　这样的景色，也是我一直极力向往的，去非洲大草原看野兽，去太平洋看一次鲸鱼，是我儿时的理想。读万卷书，行万里路，汤博士都实现了。他还写过一首《印度洋蓝鲸》："天上心情海上身，碧波一跃起昆仑。"读到这样的诗句后，我和很多朋友说这世上最让我羡慕的人不是高官，也不是富豪，而是汤博士。

　　我想对汤博士说，下次去非洲看动物，或者到印度洋看鲸，一定要带上我啊。

卡拉库里湖撸串

王母相邀聚雪峰，

瑶池如镜亦如空。

证得酒肉穿肠过，

也叫云霄碳火生。

——辛丑春写于帕米尔高原慕士塔格峰脚下

读诗随笔

宋军

清华大学工学博士、中国科技发展基金会理事长

西王母居于昆仑山，是中国古典神话中的"诸神"之一，是新石器时期母系社会新疆氏族领袖的象征。神化的西王母人面兽身，人格化的西王母下凡人间。

西周第六代君主周穆王姬满西巡昆仑，"遂宾于西王母，觞于瑶池之上"，是丝绸之路上浪漫的传说，意味着中原与西域早有联系。

早年有周穆王千里迢迢到瑶池宾宴西王母，赏酒册封以治后世；又有汤博士风尘仆仆奔慕峰"受邀"西王母，于雪山之巅瑶池之畔烤肉撸串，生出云霄炭火，证得酒肉穿肠；而今我退休无忧无虑再来葱岭赏雪观冰川，享尽中华美景与文化之博大交融。美哉，幸哉！

烤串何时有，穆王是曾用？王母摆盛宴，仙桌尽蟠桃。

读诗随笔

樊华

旅行家，已行走近 150 个国家

新疆阿克陶县的卡拉库里湖位于"冰山之父"——慕士塔格峰的山脚下，距离喀什 191 公里，中巴公路从湖畔经过，这里离攀登慕士塔格峰的大本营不远（徒步或骑骆驼，5 小时到达）。"卡拉库里"意为"黑海"，是一座高山冰蚀冰碛湖。水面映衬着巍峨又神秘的慕士塔格峰，白雪皑皑，山水同色，景色十分迷人。

食、色，幸也，在这样迷人的、色彩鲜明的冰川雪山脚下享受美食，是很幸福的一件事。

"王母"是昆仑山神话传说人物，相邀来聚的故事以《西游记》里蟠桃宴最为有名。而此次王母相邀宴会品的不是蟠桃，而是在云中用碳火烤肉撸串，更为自在，相邀来聚的人更是像神仙一样自由自在的人。

俗话说："酒肉穿肠过，佛祖心中留。"把人间烟火的气息巧妙地和神仙逍遥的日子融为一体，在汤哥的笔下才能办到。

"证得酒肉穿肠过，也叫云霄碳火生。"真是得大自在。

棉花堡温泉

千古兴衰何处知，
美人断柱共一池。
沉年地火颜如玉，
化作蓝白几句诗。

——己亥初春写于土耳其希拉波利斯

读诗随笔

胡海森
投资人

读博士的诗，突然翻到这一首，回想起五年前在土耳其游历的日子。

棉花堡的土耳其文 Pamukkale 是由 Pamuk(棉花) 和 Kale(城堡) 两个词组成的，棉花是指其色，远看雪白，如棉花团，但是下脚踩着试试，其实是坚硬的石灰岩。城堡是说它由整个山坡构成，一层又一层，形状颇有几分像城堡。这种古怪的好似棉花一样的山丘城堡簇拥着天然的温泉，故名为棉花堡温泉。

游客按要求必须脱鞋游览，那玉一样的半圆形白色天然阶梯，层层叠叠，犹如雪砌梯田，远看像大朵棉花矗立在山丘上，温热的水蒸气让棉花堡氤氲在淡淡的缥缈雾气里，确为土耳其景色中的独特奇观。

那次是在大范围游览了土耳其阳光靓丽的西部、苍凉的中部和破破烂烂的偏东部地区之后，我们才去到了棉花堡。前面的落魄沧桑在这里都不见了，满眼是童话般的景致，一时间反差太大，非到现场不能体会。

"千古兴衰何处知，美人断柱共一池。"博士此作，写景处着墨不多，但寥寥几笔就写出千古的兴衰，亿万年的地火。"沉年地火颜如玉，化作蓝白几句诗。"结句简洁优美，回味无穷。

賽里木湖早春

天风浩荡捲云船，
时雨时晴过雪山。
最是冰开颜色好，
湖光万顷尽青蓝。

——庚子初春写于新疆博乐

读诗随笔

吕玮

摄影师、《正阳天衢》作者

．．．．．．．．．．．．．．．．．．．．．．

诗，"文喻之炊而为饭，诗喻之酿为酒。文之措辞必副乎意，犹饭之不变米形，啖之则饱矣。诗之措辞不必副乎意，犹酒之尽变米形，饮之则醉也。"此为清代吴乔在《围炉诗话》中所述，深以为然。

记得曾经也有过写诗的梦想和冲动。刚刚上中学时，恰逢恢复高考，为此写了一首五言诗作为座右铭立于桌上，陪着我一路走向高考，并幸运地考上了清华。故而诗之于我就有了另一番特殊的意义。可惜从那以后，写诗的种子一直安安静静地待在心中最隐秘的角落里，没有发芽，更没有长成一棵大树！

时光荏苒，一晃多年。我最终也没有再尝试写诗，但阴错阳差地拿起了相机，搞起了摄影。用镜头的语言，表达触景而生的感触。

不同的艺术形式都是不可替代的，但好的艺术又一定是相通的。读云柯师弟这首诗，在摄影师或画师的眼中，一幅幅画面会油然而生。

图画之一："天风浩荡捲云船。"广阔无垠的湛蓝的天上，漂浮着大片大片的朵朵白云，云乎？船乎？一个"捲"字，拟人化了天风，仿佛这挂在头顶的画卷完全出自于天风之手。云是许许多多摄影师喜欢拍摄的题材之一。大自然的鬼斧神工不经意间会把天空中的云彩揉捏成各种各样栩栩如生的形态。

图画之二："时雨时晴过雪山。"时雨时晴是动态风光。远处水平面之上，铺陈着连绵不断的山影，白皑皑的山头在阳光下熠熠生辉。"云船"，以肉眼可见的速度一片一片地驶过。记得第一次去拉萨，印象最深的有两个：一个是夜晚密密麻麻镶嵌在藏青色天空里漫天的繁星，好像在头顶一伸手就能抓下一大把来。另一个就是经常隔个三五分钟，头顶上就浇下一场雨，不等你找好地方避雨，下一刻就雨过天晴，阳光继续普照大地。时雨时晴，应该是高原非常常见的自然现象吧！

图画之三："最是冰开颜色好。"冰开表示春天来了。北国春天的复苏是从冰雪消融开始的。晶莹剔透的冰凌上，水珠不急不慌地一滴滴落下，这是一个特写。冰面在不断延展出来的湖水中融退，显出深邃的蓝。早春在北国，千百年来似乎就是这个样子。

图画之四："湖光万顷尽青蓝。"尽青蓝表示浓墨重彩。我非常喜欢湖、海，每每长时间孤坐水边，头脑里满满的，又好像空空的，非常治愈。永恒的大自然，永远是人类净化心灵的良药。

整首诗犹如一部风光大片：早春，料峭的冷风扑面而来。头顶刚刚还下着雨，倏忽间暖阳重又裹满全身。广阔、平静、青蓝、冰水交融的湖面，从眼前铺陈到远方连绵的雪山脚下。近处的冰凌一滴滴在融化，高高的天空中朵朵白云飞驰而去。置身在这一片静谧的世界中，时间仿佛在此拉得很长很长。面对天高水阔、亘古未曾改变过的旖旎风光，远离了喧嚣，尘世的诸多烦恼，一瞬间被洗涤一空。

这是一幅可细细体味的风光佳作，也是一段在悠悠播放的唯美影像。诗歌对美的表达或许没有摄影摄像作品直观，但一千个读者会"看到"一千幅不同的画面，因而更浪漫，也更回味无穷！

黄河石林

立地奇峰百万重，
羊筏驴辇看枯荣。
江山岁月谁雕刻，
铁马冰河塞上风。

——庚子寒露于甘肃白银

读诗随笔

刘溪

诗人、学者

　　真正的旅行家不仅喜于游览名山大川，丽城美郡，对于穷乡僻壤也是乐于涉足的，汤云柯博士就是这样一位旅行家。黄河石林现在是 4A 级景区，即便如此，因为地处偏远的甘肃白银景泰县域，专程前往旅游的人还是相对较少。从我与热衷旅游的朋友的交谈中，从这次汤云柯博士诗作的点评拣选中也可以看出，黄河石林虽然有些著名，对于大众游人还是显得陌生。

　　一个偶然的机会，我于 2009 年去了黄河石林。甘肃朋友向我介绍黄河石林是电影《神话》的外拍景地，那部电影我没看过，但其中男女对唱的主题歌我听得很熟，唱得很好。走进石林，我最大的惊异是，那些峰柱竟然不是石头，而是沙砾，沙砾也可以经历百万年雨浸风蚀伫立百米而不塌不倒？我走向峰柱摸摸抠抠又赶紧倒退回来，心里还是担心它会倒下来，砸下来！那种震撼的感觉是难以形容的，就像你突然被抛入明明是几百万年却又是在瞬间发生的地球运动中，你身临其境，你当即死去，你的肉体与骨骼都没有资格在其中留存，而一颗沙砾却拥有粘接成为高大峰柱的血统，比你高贵。在黄河石林中，人的渺小是当然的。

"江山岁月谁雕刻"？诗人的提问让我想到了鬼斧神工。"鬼斧神工"算个俗词，但在黄河石林是一个真词，没有比这个词更精准的了。我以为这与中国人的思维方式有关，更与中国的文字有关。汉字是一种象形文字，虽然经过了一定的简化与抽象，象形依然是其主要特征。使用这种文字的人自然而然会形成一种"拟象"习惯，凡事凡物都要赋予一个俗常的名称，问题在于当大众把这种基本雷同的形象拟来拟去，也就把几乎所有的名山大川拟重了，叫俗了。因此我更愿意看到读到那些从未命名的山峰自然地伫立，它们那种原始的形貌带给我们的是最质朴最纯粹的观感，那种观感既是具象的，也是抽象的。我在黄河石林既看到读到了自然的"鬼斧神工"，也看到想到了地球的运动与演进，黄土高原的起源与生成。

那天我们是下午赶到石林的，因为还要赶回兰州，只在石林的一个中心区域逗留拍照，没有提前攻略，并不知道景区"一轴三片一带"的分布和几条著名的"沟"。我试着往一条沟的深处走去，但是太荒凉阴森，赶紧退回，这个时候从另一个沟口竟然走出一群羊，跟着走出一位牧羊人。羊与人从巨大的峰柱阴影中闪出，陡生一种诡异与神秘。许多年过去，想起黄河石林就想起那群羊，那个人。看见羊也就坐上了羊皮筏子，从河面平视浸泡在河水中的石林又是另一番景象，羊皮鼓胀，河水鼓胀，夕阳鼓胀。我是在对于眼前景物一种如梦如幻的鼓胀感觉中离开黄河石林的。忘记说了，驾车的是一位退役空军地勤师长，他开车飞快，更加重了西北黄昏的鼓胀感觉。

与汤云柯博士相识是通过我的朋友李红豆。几次见面，感觉这位清华大学的热能工程博士是位奇人，他博闻强记，文理兼修，专业之外，还是经济学家，对于历史文化也十分精熟，特别是写得一手好诗。因为我写诗也是从古体诗词开始的，所以对他的诗作印象深刻。合辙押韵等古体诗词的严谨律条自不待言，我尤其佩服的是其以单音节汉语为主的古典诗词描绘抒写域内域外之当今风土人情，自然贴切，毫不违和，足以表明其对于传统诗词与现代汉语的语感关系已经把握得相当了得。写诗的人都知道，这才是诗歌写作最困难、最微妙的地方。

这首诗应属即景之快作，但是七言四句已然概括了黄河石林游览的全程，其中除了驴辇我没有亲历，可以说与我在黄河石林的所看所行感同身受。一首绝句，由"万千重"至"看枯荣"，再至"江山岁月"已将游览提升到历史兴衰的高度，而借用陆游的"冰河铁马"则经过一次即时穿越，让寒露时节的塞上风景平添几分豪气！

足下云开一岭翠，身旁雾起半峰孤。

——《游伊拉苏火山》摘句（全诗详见108页）

书法：陆东 自幼习书，作品多次获奖，曾任人大附书法教师

涠洲岛

天飞巨蟹海流开，
壁立洪波风自来。
偶动神思通万古，
惊涛拍上火山台。

——戊戌冬日于广西北海

读诗随笔

余龙文

清华大学博士、泰有基金董事长

涠洲岛是一座位于广西北海市南方北部湾海域的海岛，是中国最大、地质年龄最小的火山岛。本世纪初我曾在北海工作（担任副市长），多次登临涠洲岛。

云柯的《涠洲岛》以"天飞巨蟹海流开"的凌空一句开篇，廖廖几字瞬间勾勒出涠洲岛独特的地形地貌和大自然的鬼斧神工。涠洲岛因北部湾海域数次火山爆发岩浆堆凝而横空出世，形如横卧海面的巨蟹。海天一色、浪花奔腾中，巨蟹有如自茫茫天宇中飞临。诗人的描写大气传神，让人仿佛亲历其境。

随后，"壁立洪波风自来"一句，形象生动地表现出海浪的雄伟壮观，如巨大的屏障屹立于大海之上，风自远方来，激起千层浪。这些描绘让人感受到大自然无尽的力量。

然而，诗中不仅仅是对自然景观的描绘，还融入了"偶动神思通万古"的哲思，使诗歌更具内涵。这一句表达了诗人对自然的感悟，认识到大自然的伟力与宇宙的永恒，使人不禁沉思自身在宇宙间的渺小和时间的无垠。

最后一句"惊涛拍上火山台"将诗歌推向高潮，仿佛大自然的伟力与人类的思想的巨大能量在此刻相遇。这景象不仅仅是自然与历史的壮美，也是人类智慧与大自然的奇妙交织。

翡翠湖

玉镜蓝光几世知，
茫茫戈壁隐瑶池。
此情不是人间事，
爱在深秋亦未迟。

——庚子秋写于青海大柴旦

读诗随笔

张翔

青海师范大学文学院副教授

....

　　青海的旅游资源非常丰富，但除了青海湖和塔尔寺，好像其他的地方很少被人提到。究其原因，大概是因为景点分散且非常偏远，游客不容易到达吧。

　　大柴旦是蒙古语的译音，意为"大盐湖"。大柴旦翡翠湖的水来自柴达木山，由于含盐量高，四季不冻。翡翠湖内层呈碧蓝色，外层呈现奶蓝色，湖面色彩斑斓，湖水清澈见底，美若仙境。

"玉镜蓝光几世知，茫茫戈壁隐瑶池。"翡翠湖位于青海海西人迹罕至的地方，很多青海本地人也未曾见过。但也正因如此，翡翠湖的绝世容颜和优美传说，才更加令人着迷。

王安石在《游褒禅山记》中说："世之奇伟、瑰怪、非常之观，常在于险远，而人之所罕至焉，故非有志者不能至也。"翡翠湖湖区寒冷多风，年平均气温仅 1.1 度，秋冬季气温均在零下，但四面冰雪环抱之中，翡翠瑶池与蓝天雪山交相辉映，景色尤美。

"此情不是人间事，爱在深秋亦未迟。"能如诗人这般做一次探险式的远游，在偏远严寒之地爱上绝世风景，必将是人生难忘的经历。

津郊采摘

紫串青瓜抱满怀，
红黄李杏一筐开。
蓝天碧水清风树，
几片白云顺手摘。

——壬辰夏于天津宝坻京津新城

读诗随笔

傅微薇

内蒙古大学教授、画家、杨氏太极拳传人

　　"蓝天碧水清风树，几片白云顺手摘。"太喜欢这种出神入化、道骨仙风的诗句了！诗短意境大，平淡出精华，每每读汤博士的诗都有畅快淋漓之感！因而感叹，人人皆有放下之梦，可生活给了当代人太多羁绊，太多借口，能在当下做到如此洒脱的又能有几人？汤博士是当代少之又少有如此魄力与情怀的践行者，和能以他的学养与积淀写出气吞河山的韵律的人，他的诗境时而激昂文字，时而云淡风轻，是破万卷书之后又有能力去行万里路的亲历者，是带领读者去神游畅怀的行吟诗人，由衷敬佩！

时光荏苒，与汤博士幸会已是近十载矣！其间缘起是为他编写的学龄前儿童诗集作插画，之后几年的接触大部分时间也都是在为这一系列"千秋好童书"作切磋与出版，日久发现汤博士可谓是一个身份多重的人，不仅是清华才子，工作一丝不苟的狂人，还十分跨界。其实他更是一个在业余时间马不停蹄地去更新视野、放眼世界的人。

几年间，也陆陆续续看到他的遍布世界各地的足迹与诗文，虽然与他交谈时他曾说由于不会画画，遗憾不能像我一样把所见的风景描画出来，可在他行走过程集结的字里行间，那份绿水青山，彩云飞舞，不只是体现了他的文字之美，明明也呈现给读者以色彩缤纷之画面。

"紫串青瓜抱满怀，红黄李杏一筐开。"用文字去赋予生命色彩，真乃云游仙人，一句一个畅怀淋漓，一步一个不辜负人生！

夜宿黄姚

清风朗夜正堪游，
古镇归来兴未休。
坐对星天说万卷，
一壶闲煮半山秋。

——己亥秋应邀参加广西黄姚古镇文旅规划，
记于酒壶山宾馆顶层露台

读诗随笔

修磊

新东方历史教师、专栏作者

"上学后，人们问我长大了要做什么，我写下'快乐'。他们告诉我，我理解错了题目，我告诉他们，他们理解错了人生。"——约翰·列侬

我初次听到这个故事，大约是在十年之前了，以我当年的思维，当然无法接受这样的人生态度。人生在世，宁鸣而死，不默而生，这样才不枉来这世间走一遭，怎么能够将快乐作为人生的奋斗目标呢？这甚至有某种玩物丧志的嫌疑。

但正所谓"弓满易折，弦紧易断"，经历的多了，才慢慢意识到随性而为的重要性，这个"性"就是自己内心真正的状态与期待，而它的表征，就是快乐。符合你的天性，符合你的天赋的，你做起来自然顺心如意，即便未成也无所遗憾，因为

这是你的心之所安。而如果不符合你真正的内心，即便有所收获，你也很难获得如斯蒂芬·茨威格所言的"纯粹的快乐"。体会到这一层，再想到列侬这句名言，我的内心开始对快乐有了别样的理解。

体悟到这一点之后，再回头看我少年时曾经阅读的一些经典文字，就对快乐赋予了更深一层的含义。孔子说"君子不忧不惧"。少年时读到这句话，并无甚解，但对于快乐有了以上的体悟之后，再看到这句话，就忽然意识到，快乐不仅是一种心理状态，也是一种道德追求、责任与义务。因为正是由于自己内心无所歉疚，无所自责，才可以达到君子的状态，也就是快乐。意识到这一点，再想到孔子所言的"七十而随心所欲，不逾矩"，才体会到那是一种多么洒脱高远的境界。

2023 年夏季，我们师兄弟妹随老师一起出游，在山水间的闲谈中，老师向我们推介一位古希腊哲学家伊壁鸠鲁以及他的快乐哲学。其中还引到了伊壁鸠鲁的一句名言："快乐是最高的善。"这一刻，我瞬间想到了孔子的"君子不忧不惧"，虽然地隔万里，原来东西方的哲学在这一点上达成了奇妙的共鸣。

而近一年来的一系列事情也进一步让我体认到，对于快乐的追求与对于事功的追求其实并不是矛盾的，因为真正令你快乐的才是你真正的内心，而只有真正符合你内心的你才可能最后达成，而当你获得发自内心纯粹的快乐，你才可能真正松弛下来，让你的身心舒展，让你的天赋真正发挥出来。

一个人往往高估他未来一年能做的事情，却往往低估未来十年能做的事情。于我而言，老师诗中所描绘的"坐对星天说万卷，一壶闲煮半山秋"就是一种快乐的境界，而我人生的追求就是这样的一种快乐。在这样一种快乐之下，事功已然是一种过程。"却顾所来径，苍苍横翠微"，当我未来如老师这样的年纪，回顾"所来径"的时候，我希望获得的是一种阅尽翠微之后快乐的感受。就像《子路、曾皙、冉有、公西华侍坐》中，面对孔子对于未来理想的询问，弟子曾皙所讲的那样"莫春者，春服既成，冠者五六人，童子六七人，浴乎沂，风乎舞雩，咏而归"。

人生不是某种标准，而是一种意境和状态。

水中独钓

溪流宽处坐如闲，
不惧秋风入水寒。
看客休言无所获，
钓翁眼底有河山。

——辛丑秋与大历史学派诸弟子游学于北京十渡，遇水中独钓者而作

读诗随笔

李镇西

成都武侯实验中学原校长，著有《爱心与教育》等

美学大师朱光潜说过一句话："只有审美的眼睛才能见到美。"什么叫"审美的眼睛"？就是没有丝毫实用的、功利的目的而纯粹是欣赏的情怀和态度，这份情怀和态度即"审美的眼睛"。朱先生很明确地说："就'用'的狭义说，美是最没有用处的。"因为一幅画、一首诗、一段旋律、一尊雕像既不能饱腹也不能御寒。然而，一个人的精神世界如果没有美的位置，一个人如果没有美的需求，那他绝对不是真正的完整的人。

钓鱼也可作如是观。一个垂钓者怀着"改善伙食"的期待，心急火燎地盼望着鱼儿上钩，这显然离美十万八千里；而不为鱼而钓，只为享受水面的粼粼波光、树梢的声声蝉鸣和迎面拂来的清风，这就是一种审美——虽然他本人并不一定意识到，但这种纯粹的气定神闲的心境，就是美。再从旁人的角度看，如果为他惋惜，觉得坐那么长时间却一无所获，这种实用主义的评价观自然也与美无关。但如果欣赏垂

钓者于"溪流宽处坐如闲"，钦佩他"不惧秋风入水寒"，而且从他的"无所获"中看到了他眼底——其实是胸中的"河山"，这样的旁观者便是真正的审美者。

汤云柯博士正是这样真正懂得美的学者。在秋游途中，偶遇一位端坐于溪流之畔的垂钓者，秋风扑面，水寒袭来，垂钓者却从容不迫，怡然自得。有人惋惜道："钓了半天却一无所获！"汤博士却认为，这位垂钓者其实收获满满，胸有沟壑却气定神闲，这是人生的一种极美的境界。

垂钓在中国传统文化中有特别的意蕴。固然，不少文人往往以垂钓寄托自己隐士之心或庙堂之意，但更多的时候，垂钓蕴含着人生的禅意：自在舒适、纯净清新、淡泊名利、从容自得、融入自然、天人合一。我们感受到的并不是诗人钓鱼的经过和成果，而是一种潇洒的生活状态，一种纯净的审美境界。

今天，这首《水中独钓》小诗，再为这种美增加了一个朴素而深刻的注释。

读诗随笔

张林先
中国人民大学博士，著有《未来管理的挑战》等

....

按德鲁克的说法，人类历史可以分为两部分：一是家庭社会，自上古到工业大革命；二是产业社会，自工业大革命至今。由此可知，工业大革命是一大转折。

我们的民族工业，本就比工业大革命的发起地英国晚了许多年，又由于日本侵华战争、二次世界大战等原因而停滞了许多年。到了1978年算是正式开始，拥有了改革开放的红利。但终归是社会化分工不够成熟，企业专业分工不够深入，社会化分工与专业化分工不能同步，更难以被有效地组织起来。就出现了社会上有许多人，而企业招不到人等扭曲的现象。

有志者当如云柯描述的垂钓者，于溪流宽处，不惧水寒，不惧闲言，看透水中世界、眼底河山。赓续中华文化从家庭社会走向产业社会，延绵千年、万年。

水墨宏村

一潭清韵惹留连，
黛瓦飞檐雅若仙。
天入水时天作影，
画秋人在画中间。

——丁酉秋写于安徽黟县

读诗随笔

李鸣

未来电视 CEO、媒体人、互联网从业者

周润发扮演的大侠李慕白，一袭长衫，手牵骏马，缓缓走进了一个灰瓦白墙、湖光秀色的古村落。

这是导演李安的名片《卧虎藏龙》的开场。《卧虎藏龙》在 2000 年上映，获得了第 73 届奥斯卡金像奖"最佳外语片"等四项大奖。可以说，这部电影也是中国武侠电影向全世界的一次深入普及。然而有意思的是，电影的开场毫无刀光剑影，是从一幅犹如水墨画般的静美画面开始的。这段画面，就拍摄于安徽省黄山市黟县宏村。《卧虎藏龙》里的宏村名场面还有一处，也更著名。那是电影的后半段，章子怡扮演的玉娇龙，与杨紫琼扮演的俞秀莲，在镖局大战一场，玉娇龙最后飞身逃离镖局，这段画面，玉娇龙从一个半月形的湖沼上蜻蜓点水般飞过，湖沼背景是一组高低错落、灰瓦白墙的徽派建筑。这两段画面，把李安的电影美学和鲍德熹的摄影完美融合，都蕴含着极为耐琢磨的美感，动蕴于静，力蕴于美，给出了武侠电影极为高级的画面表达。

　　宏村始建于南宋年间，当年有汪氏族人为避火灾之患，几经辗转搬迁到此。在祖先的遗梦中，牛是富裕的象征，水是福泽子孙的保证。于是，家族头领把新建的村庄规划为一头牛的样子。凿清泉汇成池塘，并引西溪水为补充，扩大成为村中湖塘"月沼"，这也就是牛形中的"牛胃"。月沼的水通过出水口，经各家门口纵横交织的水圳，通向村口的南湖。宏村是一座规划精妙的古村落，专家评价宏村是"人文景观、自然景观相得益彰"，"研究中国古代水利史的活教材"。宏村的石板路、湖塘水系、白墙黛瓦，徜徉其间，恰是"天入水时天作影，画秋人在画中间"。

　　《卧虎藏龙》这部电影极大地提升了宏村的知名度。我是2023年中秋第一次随家人来宏村旅游，看到了电影开篇的拍摄地：宏村村口的南湖，也长时间流连于玉娇龙"蜻蜓点水"的那个美丽的村中"月沼"。月沼边有个"网红窗户"，位置大约就在电影里玉娇龙起飞的位置，能尽览月沼景色。窗户属于一家咖啡馆，一天上午，我带着儿子，买了两杯饮料和一堆零食，在这个窗边坐了很久，就为了从这里多看看宏村的"一潭清韵"和"黛瓦飞檐"。

读诗随笔

马晓

作家

·························

2017丁酉年，于我等一些朋友而言是一个特殊的年份，那年夏天的一场永别，不知何时才能记述。"天入水时天作影"，云柯博士于皖南黟县宏村的一句佳构，却点中了我这个读者深埋心底的沉痛。天水一色，浑然一体，原本是一种无我之境，却被读者的我以观察者的视角，注入了"情感纠缠"。

王国维《人间词话》以境界美学，品评汉语言诗词文学瑰宝，"无我之境"是至境，天人合一，景情浑然，境界自高，而诗韵自成。"天入水时天作影，画秋人在画中间"，相较于卞之琳的《断章》一诗"你站在桥上看风景，看风景人在楼上看你。明月装饰了你的窗子，你装饰了别人的梦"，有异曲同工之妙，而境界则在诗韵中不着痕迹地入于妙境、至境。

我是扬州水乡人，黟县宏村及皖南古村落，我曾多次往游。宏村南湖、月塘，自然画布，而云影、黛瓦，恰如天工随性，或波光荡漾，或残霞斜披，波光与金秋相映，残霞共秋凉生烟。

扬州与徽商在明清之际，有着政与商的特殊关系。明弘治年间，户部尚书叶淇改"纳粮开中"为"纳银开中"之盐制变法，被善于经营的徽商抓住了这个重大商机。从此，扬州运河码头多是徽商奔波的身影，瘦西湖畔不少徽商雅致的别院，甚至日常食色也多了徽商的趣味。现在扬州城中的吴道台府，仍以徽派建筑的经典符号——马头墙，留存了徽商与扬州的厚重历史。

皖南歙黟诸县如宏村一般的古村落，于诗家言，若云柯博士的"惹留连"，"雅若仙"，于徽商言，则是大量商营财富的住宅堆砌和由商而学的教育投入。"天入水时天作影"，这"天"又何曾不是"皇天"。

而徽商善于营商的影，是否作了商人社会身份末流的背景？勤奋、善营的徽商又如何为艰辛积累的巨量财富寻到经济的舞台，从而由商人精明向企业家精神之变？由趣味进而奢靡的生活向创新投资理念的飞跃？如此，云柯博士诗中的"惹"字、"若"字，就不仅是诗人游客的"留连"，更是"皇天"背影下，徽商众子衣锦还乡后的一种"回归故乡，隐入山水"的清韵趣味、雅仙自嘲。这是不是一种铺陈人生成就时又隐隐透着的人生失意的历史诡异？

和云柯博士相识于 20 世纪 90 年代初，介绍人是江济良大哥。想当年正青年气盛，三五好友推杯换盏间，豪气干云。而今花甲头颅，寄情山水而有思哲问史的独立知识分子情怀，云柯博士的诗作隐隐地为我等一代人作了深秋人生的精神向导乎？

天入水时天作影，别秋人在别世间。

好望角

两洋冷暖斗罡风，
驾浪行船半死生。
利剑飞来插海底，
化成千古引航灯。

——癸卯夏作于非洲大陆
最南端城市开普敦

注：好望角是非洲大陆最西南端的著名岬角，地处印度洋的暖流和大西洋冷流的汇合处，强劲的西风急流掀起的惊涛骇浪常年不断，历史上多有航船在此遇难，在好望角东方2公里处设有灯塔指示航线。好望角最初称为风暴角，后来因被西方探险家誉为通往富庶东方的航道，故改称为好望角。

读诗随笔

韩景阳

清华大学教授、校党委原副书记

　　读云柯的诗《好望角》，"两洋冷暖斗罡风，驾浪行船半死生"，仿佛又把我带到了那疾风劲吹、巨浪翻腾、天海苍茫的好望角。

　　一个"罡风"，把风的强劲、冷硬、肆虐、凛冽凸显出来，又用一个"斗"字，生动鲜活地刻画了风的纠缠、撕扯、争斗的状态，形神兼具，把这著名的"风暴角"的风表现得淋漓尽致。斗罡风必掀巨浪，在这里行船极其凶险，命悬一线，好个"半死生"，把那种极度的危险押上了生命的赌注。我也曾经站在好望角的峭壁上，顶着呼啸狂暴的罡风，俯瞰奔腾咆哮的大海，望着阴云翻滚的天空，心灵受到强烈的震撼。

天上的风雨雷电，大海的巨浪惊涛，江河的奔腾湍急，高山的悬崖峭壁，大自然的力量无与伦比，人面对着这些是如此的渺小和脆弱……但诗人笔峰一转："利剑飞来插海底，化成千古引航灯"，不是悲观地听任上苍的摆布，而是积极地因地因势有所作为。

好望角地势险要，怪石嶙峋，岩壁陡峭，却强悍无比，恰似插入海底的一柄利剑，她牢牢地擎起人类建造的高大闪耀的灯塔，为航行的船只指引方向、照亮前程。

人是应该有一点儿精神的，常言道人生不如意十之八九，哪里有那么多顺风顺水，哪里有那么多春风得意，更多的时候是要我们去克服困难解决矛盾，是要我们去处理柴米油盐家长里短，我们应该以一种积极乐观豁达的心态去面对生活，品味酸甜苦辣的味道。

品味是一个过程，也是一种体验和感受，感受生活中不一样的滋味，感受生命中不一样的风景。正像读云柯的诗，不仅有瑰丽的风景、名人古迹、恬淡闲趣，也有困惑与纠结、深思与顿悟，更有他的博闻强记、机智幽默和积极乐观向上的精神状态。

大漠骑驼

苍凉古道觅天涯，
驼背温柔行者家。
大漠秋光凭望眼，
迎风犹可踏黄沙。

——庚子秋于甘肃敦煌

···

读诗随笔

王启波
启橙教育创始人
·························

　　在沙漠，视觉是主宰力量，直达自觉或不自觉的思想。你抬眼看过去，意念就会自己生长出来。

　　无论是写作还是思想，身处都市，不免要借助媒介，从前是纸张，现在是屏幕。你和自己的文字或思想隔着物理上的距离，在各种感官和念头之间辗转腾挪、粉饰退却之际，你会离真实的自己越来越远。而当你面对沙漠，你和它之间借助视觉开始真实的互动，在画面和文字之间产生最直接的投射。大漠孤烟，古道行者，大多数的古诗只需要写实，便可以轻易征服读者，或奇绝、或苍凉，寥寥数字却情感真实而饱满。

一千个人有一千种沙漠。六岁的女儿初到沙漠，只对她眼中的"恐龙"（实际上是沙蜥）感兴趣，会追赶一整天而乐此不疲，沙漠对于她就是侏罗纪公园。年轻人到沙漠，各种姿势拍照，指天指地托腮扭腰，忙于在各个打卡点赶赴，仿佛求得一个个取经路上的通关牒文。中年人身负生活的重担，上有老下有小外加房贷和教育内卷，到了沙漠不啻于一种暂时的逃离。生活刀光剑影，置身沙漠，身临其境，仿佛灵魂出窍，躺平几天再起身对抗日常挫败。

但是他们都不曾看见沙漠，所以和沙漠没有什么缘分。大概只有理想主义者才能看见沙漠，那是些和沙漠骆驼一样，心怀绿洲，经受了雨雪风霜，见过了朝霞落日，承受过了虚假乌托邦里灵魂的重负，但是心中依然怀有某种希冀的人。他们一路爬过希望的高山、蹚过世俗生活的精神荒漠到达某个年龄，在某个秋天的傍晚一个人静静立在大漠的霞光里，如老树伫立。财富、名望、爱恨都已如树叶一样渐渐飘落，一日一叶，只剩下自己和心中那依然闪光的理想。

"大漠秋光凭望眼，迎风犹可踏黄沙。"只有这样的理想主义者，才会和沙漠赤忱相待。四目相对之时，一边咀嚼自己的人生，一边默念远处的绿洲。他们不再寻求治愈，而是带着病痛继续前行，在荒凉的世界里成为自己的孤胆英雄。

三峡大坝

一朝飞坝锁蛟龙，
千古西陵画不同。
过尽猿声山未老，
春风犹唱大江东。

——戊戌春于湖北宜昌

读诗随笔

魏无忌

作家、公众号"诗词世界"主编

....

百万年来，万里长江孕育了中华文明，也改变着山川走势。它犹如一匹脱缰的野马，又似一条桀骜的巨龙，在中华大地奔腾辗转，流荡不息。

在三峡一带，长江更是挟风雷之势，急不可挡。千百年来，诗人们一遍遍地吟咏三峡之险、之急、之雄。陈子昂感叹："岩悬青壁断，地险碧流通。"李白欣喜："两岸猿声啼不住，轻舟已过万重山。"杜甫悲伤："无边落木萧萧下，不尽长江滚滚来。"直到三峡之下很远的赤壁，苏东坡还在惊呼："乱石穿空，惊涛拍岸，卷起千堆雪。"

然而，今天的长江，"一朝飞坝锁蛟龙，千古西陵画不同"，画风变了。自从修建了三峡大坝，长江之水平缓了许多，连最险急的西陵峡也变得山平水阔、游船如织。

"过尽猿声山未老，春风犹唱大江东。"自此之后，我们的诗人也许不用再吟"风急天高猿啸哀"，不用再叹"滚滚长江东逝水"，而是可以更多地看着"潮平两岸阔，风正一帆悬"，手执铁板铜琶，高唱"大江东去"了。

读诗随笔

涂方祥

工学博士、教授、中国武术六段

到过英国的人都知道，英国的住宅建筑大多楼层低矮，外表陈旧。反观我国城市矗立的一栋栋崭新的高楼大厦，花园式的小区，不由得感慨：经过30多年高速发展的我国，早已经把老牌帝国主义强国，曾经的全球霸主远远甩在身后了，从而油然生出自豪感：厉害了我的国！

事实真是如此吗？经了解才知道，英国政府认为：一段时期的建筑风貌，反映了该时期的经济发展、风俗文化和审美价值，都是不可替代的历史痕迹和景观，因此英国立法禁止不经许可改变建筑物的外貌。英国建筑的老旧，并不是他们没钱了，而是他们对历史的珍惜和留恋，这让我想起了解放初期林徽因与吴晗关于北京古建筑之争。

1953 年，北京市计划拆掉几座历史悠久的古牌楼进行道路改造，遭到了林徽因、梁思成等建筑学家的强烈反对。他们认为京城的每一座牌楼都能算得上古董，历史文化意义重大，价值连城。然而，当时出于政治考虑，认为不拆除牌楼是因循守旧，在官方的强力推进下，京城的古牌楼最后被清除了，令无数热爱历史文化的人扼腕长叹。

"一朝飞坝锁蛟龙，千古西陵画不同。"随着现代科技的发展，人类以战天斗地之姿，极大地改变了地球原有的风貌。然而，当人类情绪高涨地喊出"人定胜天"的时候，我们是否还能找到人类的来处？"高峡出平湖"固然是蔚为壮观，但其对天然景观的影响，对水生生物群体的影响，甚至对整个区域地质气候和物种的影响都是难以预测的，甚至可能造成灾难性的后果。

当今盛世，是工业和科技之盛世，却也是生态环境之危世。我们还对各种野味孜孜以求吗？我们还在将各种人工印记留在大自然而不自知吗？我们还残忍地对待动物吗？我们还肆意采伐森林吗？我们还在永无止境地追求着金钱、别墅、汽车、皮草、美味珍馐吗？

但愿天人合一，物我混融；但愿"过尽猿声山未老，春风犹唱大江东"。

酒飲半杯藏海量

詩吟一句有濤聲

甲辰 田熹東

酒饮半杯藏海量，诗吟一句有涛声。

——《石林峡》摘句（全诗详见122页）

书法：田熹东 北京大学中国书画高研班毕业，书法作品多次参加拍卖

夜观涅瓦河开桥

清波古堡月徘徊，
静候长桥水上开。
沧海人生如客栈，
灯花夜半待船来。

——辛卯夏夜于俄罗斯圣彼得堡

读诗随笔

檀林

数字游民、生活方式创业者、诗人

夜幕如诗人宁静，拉开黑色帷幕，月光如母亲般温柔，守护城市的沉默。长桥水上等待开启，瞬息即逝的时光。

这座城市是海洋的一滴，人生在其中如过客，每一座桥梁是港口的一瞥，夜晚的灯火在河面绽放，静待回归的远航。

涅瓦河畔的圣彼得堡，如一本诗意的书，诗人是书的朗读者，我们跟着他聆听城市的故事，夏夜降临北方的威尼斯，诗意缓缓展开四十块画布。

天空中灰色的光芒跃动，如蓝色的音乐降临，洒在古老城堡的墙，历史的记忆徘徊在每一个角落，传承千年的故事。

期待，飘浮在夏夜的空气，如悬浮在涅瓦河上的桥梁，等待着开启的瞬间，将这座美丽的城市，缠绕得像个精灵。

灯光的包围下，影子被圈定，诗句在夜晚的寂静中泛起，青铜骑士感知身后的行人。

大理石的天使和画像在低语，彼得大帝的身影，在城市四处蔓延，白桦树团团旋转，柴可夫斯基的精神在歌唱，极光脚尖轻盈地起舞。

我仿佛看到伏尔泰，写给叶卡捷琳娜的信，涌出的情感深蓝而激荡；还有悲伤的普希金，被荆棘扎伤，野性的哀叹，化作奔涌的诗行。

罗曼诺夫王朝的历史，在波罗的海上，悲伤而单调，没有通往拜占庭的海路，各种形式的塔楼，像迷宫一样，编织着一个难以忘怀的传奇。

在浓密森林的阴影之外，蓝宝石和玛瑙四处飘荡，掀起了阴暗与朦胧的斗争，眼泪是它们融化的开始，像死去的天空之灵正在经历的痛苦，正如高尔基在写他的故事结局时一样。

在脉动的星光旋律中漂浮，一种精神上赤裸、崇高和神圣的存在，面对着充满虚饰和愉快泡沫的未来。

温柔而永远地孤独，俄罗斯在古堡的剪影上，微弱地闪烁，忽然间桥开了，涅瓦河的梦境被扰乱，透过夜半灯火的涟漪，在双头鹰的注视里飞翔。

在光与影之间，细白的光圈正在漫游，涂抹着涅瓦河和记忆的回响，冬宫桥打开和关闭着巨大的牙关，超现实的场景忽略了高度。

在这颗闪烁过红星的土地上，中断的呼吸仍然有狂热，人们像等待戈多一样，等待着渡船，正如开启的桥，在等待晨曦，超越了感知的地平线。

人生的客栈，比渡船更短暂。

清水河

水波平躺幻如安，
不带罡风一点寒。
莫道有为皆泡影，
还须把酒看秋山。

——壬寅秋率众弟子于北京密云游学

读诗随笔

张天罡

图书策划人、《报界君王普利策传》编撰

20世纪80年代，香港电视连续剧《万水千山总是情》热播，其中由汪明荃演唱的主题曲响遍大街小巷，"未怕罡风吹散了热爱……"初听不知词中意，再听已是过来人。弹指一挥间，烈焰红唇已然鹤发鸡皮，时光如白驹过隙，令人感慨。读遍二十四史，突然发现仙丹并不能续命，纵欲更成不了神仙。

佛家更是看空，《金刚经》有云："一切有为法，如梦幻泡影，如露亦如电，应作如是观。"《红楼梦》中跛足道人《好了歌》一曲道破玄机，眼看他起高楼，眼看他宴宾客，金屋银屋终究不过"白茫茫一片真干净"。当代作家余华直播时也说当年拼命写作是为了早日躺平。这世界真是生无可恋，人间不值得？

"水波平躺幻如安"，汤博士2023年秋率弟子密云游学时见"清水河"，看那河水清澈明净，幻若无风无尘，心有所悟，遂吟诗以示弟子："莫道有为皆泡影，还须把酒看秋山。"

以出世的心态入世，人生真谛其实就是看破了生活的真相，依然热爱它。

人生路上有那么多的美景，那么多的有缘人值得我们去欣赏、去邂逅。从少时"和羞走，倚门回首，却把青梅嗅"到"春风得意马蹄疾，一日看尽长安花"；从"芳树无人花自落，春山一路鸟空啼"到"此中有真意，欲辨已忘言"；生活不只是世俗的蝇营狗苟，还会有海阔鱼跃与春暖花开。

人生如逆旅，你我皆行人。从现在起关注民生，活在当下。胸中长存凌云志，大鹏展翅任翱翔。朋友！端起杯来，把那枫叶飞舞的秋山望穿。酒喝干，再斟满，今夜不醉不还。

天书峡

飞泉幽谷入仙途，
闻道不关字有无。
亘古风云谁记下，
青山万卷是天书。

——癸卯夏日作于陕西安康境内大巴山脉第二主峰化龙山

读诗随笔

肖江

作家、诗人、经济学者

　　诗的魅力在于诵读之后能够给读者带来不一样的感受，并引领着读者去思考和品评。当朋友云柯先生将他云游西北时写的《天书峡》发给我时，我立即就被诗中的意境打动了。

　　我虽然至今没有到访过天书峡，但早已在文学作品中知晓天书峡以及其名称的由来。天书峡位于陕西省安康市平利县境内，现为国家 4A 级旅游风景区。相传天书峡曾是八仙修道之处。八仙在此修道时，汇集天下奇书万卷，阅尽人间世俗百态，在修成正果云游四海之前，将这些天书化成奇石堆放在山谷中。谷中的山石呈垂直分布，千层叠合，如同巨大的书架，而书架上叠放的就是浩繁的无字天书，故名"天书峡"。

在我看来，虽然"天书峡"中的"天书"数千年无人破解，却在不经意间被云柯博士以诗点破。通常来说，好诗要有"诗眼"，我以为，在这首诗中，"闻道不关字有无"这句诗就是"诗眼"，而破解天书的钥匙也是这句诗。

古人曾说"大道至简"，那么，到怎样的程度才是"简"呢？我以为"至简"的最高境界，就是云柯先生的"不关字有无"，达到了这个境界方可称之为闻"大道"。

八仙选择天书峡这个地方修道，并且修成了正果。在我看来，八仙将奇书万卷化为数不清的奇石，就是等待真正能够读懂它的人。"闻道"不分先后，当代的云柯博士在云游闻道之时能够一语破解天机可谓是智者中的智者。

"亘古风云谁记下，青山万卷是天书。"因应着云柯先生的诗，我也生出了游天书峡品读万古风云的念头，只是愚钝的我是否也能如博士般"悟道"？

题昆仑瑶池

穆王八骏杳如烟，
阿母瑶池万古闲。
玉镜修成冰雪魄，
清光直照九重天。

——癸卯秋随《巍巍昆仑》摄制组到达
海拔四千三百米的昆仑山西王母瑶池

读诗随笔

蓝波涛

广西大学教授、博士生导师

这首诗，是风景，是瑶池，是神话，亦是自己。

"昆仑其高二千五百余里，日月所相避隐为光明也。其上有醴泉、瑶池。"瑶池乃神人所居、仙人所在之地，穆王驾八骏西巡，所至之处正乃瑶池，穆王也成为万古以来唯一一名造访仙府之人，更与西王母留下"白云在天，山陵自出。道里悠远，山川间之。将子无死，尚能复来""予归东土，和治诸夏。万民平均，吾顾见汝。比及三年，将复而野"的对歌佳话。李商隐感之曰"八骏日行三万里，穆王何事不重来"。

驾八匹骏马的穆王与仙府待客的王母今日已不可寻之。如诗人所感："穆王八骏杳如烟，阿母瑶池万古闲。"但其瑰丽的传说、清俊之景象，已成为世人向往之仙府。玉山瑶池代表了世间一切美好之物，李白更借瑶池有诗曰"若非群玉山头见，会向瑶台月下逢"。所幸万古瑶池仍可为世人所见，唯清光冰雪之貌，仿佛映像着九重仙府之清雅，更为当世繁忙庸碌之我辈做一处心灵之安所，为世间做一处灵魂清净之地。西王母所居之瑶池，被奉为神山圣地、神祇所留，今日如天地间之碧玉嵌于山巅，向世人述说往日之传说。

瑶池在此世间，瑰丽、神秘、纯净，不谙世事却又不避风尘。正如庄子在世所求、所往，逍遥于世却又不染世俗。遗世独立的是自我，生生所往的是灵魂。一面以神祇所留之慈悲，望着世间风烟；一面以坠入尘世之遗蜕，翩翩然为仙人。

"玉镜修成冰雪魄，清光直照九重天。"千万年修成的冰雪魂魄，如瑶池之相，如明镜之光，映照芸芸众生。看清镜中人、镜外人，看遍世间人，再回望之时，那一人便是自己，那一瞬便是逍遥。

开普敦桌山

上帝开席向海天，
一桌烟雨万千年。
我登绝顶食秀色，
聚散风云是大餐。

——二零二三年七月写于南非

注：开普敦桌山是一块巨大而光秃的山岩，高高耸立且连绵11公里之长，远远望去如一个光滑平整的大桌子，是开普敦最醒目的标志，被称为"上帝的餐桌"。

读诗随笔

宁向东
清华大学中国经济研究中心常务副主任

我第一次读到云柯的这首诗，被他的气魄吓了一跳。上帝开席买单，我来宴请朋友，这是何等的豪迈之情。

很多人登临高山绝顶，接下来的情绪往往是俯视山水，为自己骄傲，为登顶自豪。心情是喜悦的，充满了成功感，于是，便常常呈现出一种向下看的姿态，好似君临天下。很少见到在此刻表现出与天相齐、与上帝称兄道弟的气概。而在云柯的这首诗里，我既看到了前者的平民视角，也看到了诗歌深处所呈现的英雄视角。

这首诗里也浸满了一种历史的纵深感。一桌烟雨、聚散风云，这些带有动感的词语，瞬间就会激活我们头脑中的时空变化按钮，让人不由自主地就会把古今变化、沧海桑田的典型画面快速地激活，让其在我们的脑海中不停地闪回。

这种感觉在当今的社会生态下，不容易找到，也很容易丢失。每天，我们穿梭在各种现代化的楼宇之间，用赵传当年的歌词，就是生活在钢筋水泥的丛林里。日子久了，人会渐渐地沦落，变得世俗、平庸，甚至失去了进取的锐气，也没有了必要的胸魄和承担。云柯的这首诗，有助于我们找回少年时的气魄，重返我们曾经经历过的、那种无所畏惧的状态，哪怕只有片刻。对于我们这代人，即使是片刻的沉醉，今天都很奢侈。

云柯是个文化人，为人温和厚道。但熟悉他的人，会知道在他的内心深处，有着深切的家国情怀。这是幼年家学悠远，饱读诗书，以及成年时经历火热年代的结果。偶尔露峥嵘，云柯写这首诗的时候，应该就算是这种偶尔。也许是因为绝顶上的气压低，胸腹中壮怀激烈，霸气难抑。

游大明山

路远游人少，山深大气清。

风来千岭树，云去满天星。

老酒说时尚，新茶论古经。

布衣天地客，万里不虚行。

——庚子初秋写于广西大明山顶

读诗随笔

樊华

旅行者，已行走近 150 个国家

　　大明山位于广西壮族自治区武鸣县东北部，原来的名字叫大鸣山，据民国四年编纂的《武鸣县志》载："每岁秋，烟云郁积，内有声似风非风，似雨非雨，似雷非雷，似波涛非波涛，或三五日或旬日乃止，名日大鸣。"看来大明山的得名是因为山中经常出现一种奇异的声音。据当地的老人介绍，每当秋日夜晚阴霾密布时，天空中便会出现一种令人恐怖的怪声。这种怪声是在空中传来的，像一头巨大的黄牛在喘叫。对于这种怪声人们都传说是山神在发怒，因此须等山神的怒气消失后才能进山。

这种"天际怪声"在欧洲莱茵河河谷中也曾经产生过，欧洲人称之为罗累莱女神的歌声。在欧洲莱茵河中游右岸峡谷之中，有一块岩石，在岩石上建造有一尊栩栩如生的少女塑像——罗累莱女神像。这尊女神像源于一个传说：在远古时代，有一位名叫"罗累莱"的痴情少女被背信弃义的情人抛弃，她愤然从岩石上跳入莱茵河，变成一位美丽的女神。每当旭日东升之时，她坐在岩石上唱着悲切的情歌。据说，每当这"歌声"出现时，鸟群就会"深受感动"，显得很不安，乱飞乱叫。美国匹兹堡大学梅尔文·克赖圣教授经过长期观察研究，揭开了这一现象的奥秘：这是大气层的震动声与鸟群鸣叫的混合声。原来，黎明时的初升太阳放射出来的电荷微粒子团突然进入地球大气层，使大气中的分子和原子受到强烈冲击而产生一种低周波的震动声音，传到人耳中就成为了这种"天际怪声"。

一些学者认为，大明山的"怪声"也像罗累莱女神的歌声一样，是一种低周波的震动声音。另一些学者则认为是山中地磁异常时录制下的林涛声。不管怎样，大明山这种奇异的怪声现象对许多爱好探索大自然奥秘的旅游者无疑具有极大的吸引力。

诗人非常精准地通过远、少、深、清，以及云朵飘走后漫天的繁星，在视觉上把大明山的静谧美丽描绘出来，更通过风来时千岭万树发出的鸣响，在听觉上带入大明山的广袤连绵。品茶品酒之间，说时尚趣闻，论古时经典；青山绿水之中，有俗有雅，有自在人生。

"布衣天地客，万里不虚行。"是诗篇的精彩结尾，是诗人广阔大气的人生格局，也被我这个以国际旅行为生涯的小弟当成事业格言。虽为布衣，却要做宇宙天地的客人，做逍遥四海的神仙，读万卷书，行万里路，不虚此生，不负此生。

得与诗人同游大明山，人生快事。

雪山木屋

长风吹浩雪，落日画苍穹。

古道通西域，边关戍北庭。

荒原生汗马，大漠养枭雄。

垒木居寒水，开河待钓翁。

——甲辰初春宿于北疆阿尔泰山脚下禾木村

读诗随笔

王秀云

锦州新闻媒体集团原总编辑

······

今年4月里的一个雨后清晨，云柯在群里发了一组图和一首诗，是他正在新疆喀纳斯湖畔的禾木村旅行时的新作。

远行者不问天高，志远者豪情万丈。感受到诗人的高远情怀和被岁月沉淀后的心境，同时感染我的还有这个我记忆中的村庄——禾木村，我于2010年的9月初去过那里。那个时节，是与云柯笔下的冰清玉洁的寒冽清美完全不同的画风，小镇的秋天比中原地带来得更早些，让你时时处处感觉行走在金色的油画中，对禾木村那种美妙的感触，原本随着岁月的流逝已经渐渐淡忘了许多，但云柯这首诗又把我带回了禾木村，那是一种很美妙的久违的欢愉。

禾木村是新疆维吾尔自治区布尔津县下辖的一座村庄，位于喀纳斯湖畔，被誉为全球最美的 6 个天堂小镇之一，其他 5 个均分布在国外。禾木村还被称作"神的自留地"，那里到处都是原木垒起的木屋，充满了原始的味道。应该说，禾木村的四季都是在画里。傍晚登高在禾木村周围的小山坡，俯视村子的全貌，近处静静流淌的河水，远处层林尽染的山峦，一切都在云雾缭绕中，宛若仙境……古朴的山村，充满了独一无二的神秘色彩。

云柯的这首《雪山木屋》写于初春时节，风光自然迥别于仲秋。这首诗不是单纯的田园诗，而是蕴含了深厚的文化和思想内涵，读后，我们能从中深深地体会到诗人的激昂与梦想。全诗以豪迈的人生气度，放射着英雄主义的思想光芒。开篇两句"长风吹浩雪，落日画苍穹"，画面壮美，辽阔奔放，增强了作品的意境美和深远感。读起来生动悠远，令人展开无限遐思，体验无穷回味。中间两联"古道通西域，边关戍北庭。荒原生汗马，大漠养枭雄"对仗工整，雄浑沉厚，从历史的高度和宽度盘点出这片土地曾经的记忆和辉煌的故事。

回顾，总会令人在不经意间感慨，因为没有人不伤感时光的流逝，更何况流逝的不是时光，而是我们。纵观云柯的诗，虽多有历史回望，却无一丝悲凉，而是充满豁达和从容。这首诗的最后两句"垒木居寒水，开河待钓翁"峰回路转，从远古拉回眼前，从激昂立转平和，充满着坚守的宁静和期待的愉悦，让我们看到了，伴随着冰雪消融，春水开封，诗人的心中总是存在着一片绚丽的春暖花开，畅想着再回到这里——心中的远方。

经历有趣的事，遇见难忘的人，看美丽的风景，做有意义又有意思的事情，云柯一直在人生的路上奔跑，跑起来，就有风了！

满怀上一程的热情，奔赴下一站的山海，在路上！

游伊拉苏火山

千年峭壁养仙株，黑土红花入画图。

足下云开一岭翠，身旁雾起半峰孤。

清风扑面寒如暖，细雨滋人有若无。

莫道胸怀皆烈火，思君心底是蓝湖。

——己亥初冬作于中美洲哥斯达黎加

读诗随笔

王琳

书法教师、博鳌教育论坛秘书长

每每说起火山，大多是壮丽、险峻、神秘，它是巨大的自然力量，传递着地球的怒吼宣泄；它是壮丽的瞬时景观，冲击着人类的视觉感官；它是顽强的生命能量，滋养着周围的万物生长。火山的美，如此这般！而千年峭壁旁的一株仙草，黑土映衬下的一朵红花，云雾围绕中的一片翠岭，身旁时隐时现的一座孤峰，这画面分明是在仙气滋养下的九重天界，怎会让人联想到火山！

"足下云开一岭翠，身旁雾起半峰孤。"本诗的颔联对仗如教科书般的工整，动静开合，神气孤绝，让火山之美变得如此仙幻无尘。以至于在我的脑海中，浮现着一只雪白无瑕的九尾白狐，悠闲于翠岭孤峰间，轻轻拂过的地方，一株仙草在峭壁间应运而生，向上而长，不畏风寒。它走过的地方，也随之灵动起来，千年修行，颐养生灵。

颈联"清风扑面寒如暖，细雨滋人有若无"是本诗的诗眼，不仅对仗精巧，对比恰当，用词简洁，而且蕴含深意。扑面而来的清风虽带着一丝寒意，但接纳之人却怀着心中暖流，亦感舒适；绵绵细雨轻抚而过，有似无，无似有，若有若无，或现或隐，令人身心滋润。将寒与暖、有和无自然地融为一体，浑然而成。

火山喷发时，岩浆怒涌，天昏地暗，似一腔烈火倾巢而出，热烈奔涌。而激情爆发之后，火山之底却是一汪碧蓝湖水，清澈冰凉，宁静深沉。"莫道胸怀皆烈火，思君心底是蓝湖。"火山喷发时的壮美与休眠时的优美形成鲜明强烈的对比，该是怎样的思念，才能有心底的蓝湖呢！

登山东蓬莱阁

千里烟波寻海市，
八仙过后我来迟。
伯牙大浪听琴韵，
方丈山头种寿芝。
沧海一壶新酿酒，
白云两袖旧相知。
渔梁歌钓东坡月，
心底乾坤万古诗。

——甲申夏日写于山东蓬莱

注：蓬莱素有"仙境"之誉，它依山傍海，景色秀丽，独具虚无缥缈的"海市蜃楼"奇观，传说中的"蓬莱、瀛州、方丈"三座仙山可由此前往。"八仙过海"和"长寿灵芝"的美丽传说以及俞伯牙闻海潮琴艺精进的故事皆出于此，因而蓬莱自古便是历代帝王寻仙访药、文人墨客走笔放歌之地，"渔梁歌钓"为蓬莱十景之一，苏东坡曾留诗于此。

读诗随笔

复强

导演、摄影师

此诗是汤兄二十年前的云游随笔之作，在汤兄的格律诗中不算上品，却称得上经典之篇，皆因它曾被误传为唐诗而入选了全国语文高考模拟试卷。

十年前，多个学习网站和成都川大附中等近百所重点高中的高考模拟试卷里出现了这样一道考试题：古诗词鉴赏《登山东蓬莱阁》。

诗后的试题为：A. 请简要赏析首联"寻""迟"两字的妙处。（4分）；B. 请结合颈联简要分析本诗与"把吴钩看了，栏杆拍遍，无人会，登临意"抒发的情感有何不同。（4分）

答案："寻"本为"寻找""探寻"之意,(1分)此处即用此意写出作者不远千里急于寻找蓬莱海市的急切心理,表达作者的向往之情。(1分)"迟"本为"迟到""晚到"之意,(1分)此处表达自己未能更早来到此处的惋惜、不甘与欣慰之情。(1分)

颈联两句写作者登上蓬莱阁后面对辽阔沧海、飘渺白云(1分),饮酒赏景的洒脱、愉悦之情。(1分)而辛弃疾却是一面端详出鞘的宝剑,一面用手拍打亭上的栏杆。(1分)抒发的却是报效国家的雄心壮志没人理解,登山临水以排愁遣恨的心情也无人领会的惆怅、愤懑。(1分)

当年在百度文库等多家网站上这首诗和作者汤云柯的名字也赫然与王维、韩愈、王昌龄、韦应物等唐朝诗人列在一起。其后虽经更正,但存有截图的《好诗人试卷,今人变古人》一文仍留在百度上。

此诗能以今乱唐,说明了汤兄的诗大气、流畅,文采飞扬,境界高古。他所作的很多佳句都流传广泛,例如"纵使功名无一是,敢凭诗酒论湖山。""襟前日月小,足下云霞多。""茶娘如画夜如水,岁月沉浮一品香。""旷古离愁无寄处,红黄诗句写秋风。"他的山水抒情诗,诗中有画,画中有诗,既是诗又是画,颇得古人三昧,令人击节。既朗朗上口,又古韵悠长,这恐怕是试卷出题者误认为这是唐人所写的原因吧。

当年有记者发现高考模拟试卷并采访汤博士的时候,提到了1966年轰动全国的"伪造毛主席诗词"冤案。"文革"期间中科院有一个25岁的小伙子陈明远写了一些诗词,因为和毛泽东的诗词意境、气势很相象,竟然被误认为是"未发表的毛主席诗词"而广泛流传。陈明远主动出来澄清这些诗是自己所写之后,竟然以"伪造毛主席诗词罪"而入狱12年之久! 记者和汤博士开玩笑说,你已经犯了"伪造古代诗词作品"之罪,汤博士哈哈一笑,随即在微信朋友圈中幽了自己一默:"冲着考题占8分还和辛词相比的虚荣,著作权稿费神马的都不提了,只想声明一下,我不是古人,还健在呢。"诗人并不在意诗作被使用,只是指出"标准答案"中没有注意到"八仙过后我来迟"其实更多是自诩"第九仙"的惬意。

标准答案又岂能洞悉当代诗仙的那份潇洒呢!

读诗随笔

解峰

工商管理博士、清华大学荷塘诗社原社长

前不久恰巧曾到蓬莱游览,看到这篇作品倒有故地重游之感。这首诗起句一为海市、一为八仙,都是一种幻像或幻想,当然也都是对现实的一种投射。闲说一句,我游蓬莱时,正是歌曲《罗刹海市》尚有余温之时。本诗应写于2004年,距离这首歌还有近20年的光景,这个集子中作者对此还专有论述,想来再游蓬莱也许会多一种角度。

在传说中,八位生于不同朝代的神仙在蓬莱宴饮后渡海,随元杂剧而家喻户晓。历史上被称为"八仙"的还有数个版本,如与刘安共著《淮南子》的八公。还有唐代喜爱饮酒的李白、贺知章等八位诗人,他们宴乐时的逸兴横飞,杜甫曾作《饮中八仙歌》以记之,其中"天子呼来不上船,自称臣是酒中仙"的名句相信是作者之爱。作为海外三山之一的蓬莱,自然风光不可胜收、人文名胜俯拾即是,伯牙听涛学琴、寿星手种灵芝,人间无限美好。

颈联一转,"沧海一壶新酿酒,白云两袖旧相知",又是熟悉的风格,景入诗、情入酒,天地人怀。沧海浩荡、岁月如新,那些未尝之味、未经之事皆为新酿,入喉入心、不怨不悔。白云如友,恬淡忘机,随缘明性,绝不辜负。我认为,苏东坡定是作者崇敬和喜爱在心中占据非常重要地位的文人。苏东坡曾在登州(治所在蓬莱)做过五日太守,却留下《登州海市》的亲笔石刻,呼应首句"海市"语,也足见万古风流。《登州海市》有句,"新诗绮语亦安用,相与变灭随东风",恰可为此诗作评。

七绝 雪夜神游

卧雪追风天地間，
千年寒魄掌中泉。
山妖宝剑精灵梦，
犹有冰心似少年。

二〇二四年一月十七日雪栖写于挪威首都奥斯陆夜間气温零下十七度 姜彦 画

—— 《雪夜神游》
书法：姜彦 中国工笔画学会副会长，
中国书画家联谊会研发委主任

卧雪追风天地间，
千年寒魄掌中泉。
山妖宝剑精灵梦，
犹有冰心似少年。

马尔代夫度假

重洋仙岛远人知，闲卧波涛睡起迟。

碧浪白沙千尺画，红霞飞鸟一天诗。

椰林曲径梳经纬，竹椅清茶洗怨痴。

欲问拈花今古事，濯足笑看海云时。

——庚寅秋千卡尼岛

读诗随笔

张树新

书法家、诗人

释迦牟尼佛在灵山法会上拈花示众，这时大家都沉默不语，只有迦叶尊者破颜微笑。这一笑，穿越了千古时空，成为智慧与觉悟的表征。

世事扰攘，冗务缠身，难得几日宁静，在重洋仙岛间放松心灵。碧浪白沙，是造物铺陈的千尺巨画；红霞飞鸟，触发了连天接海的满目诗情。

一径椰风，一杯清茶，一个微笑，洗掉了心头的贪嗔痴怨，看云奔潮涌，我自悠然。"振衣千仞冈，濯足万里流"，一股少年的豪气又在胸间涌动。放下又拿起，归零再出发，美景和体悟，都在下一个旅程……

读诗随笔

楚天舒
中国作家协会会员、导演、诗人

云柯兄云游海内外，眼观万壑，胸存天地，看似都是闲情逸致，实则是情怀天下。

"碧浪白沙千尺画，红霞飞鸟一天诗。"唯美至极，这是大闲；"欲问拈花今古事，濯足笑看海云时。"这是大悟。

穿透时空，出世入世，入世出世，出神入化，这是一个真正诗人活得好的理由。

游尼亚加拉大瀑布

悬湖云外落乾坤，绝壑惊雷百里闻。

泻地波涛崩玉壁，腾空烟气走龙门。

彩虹飞去留诗句，碧浪奔来共酒樽。

须上轻舟淋瀑雨，好凭天水洗风尘。

——丙申寒露作于加拿大安大略省

读诗随笔

王弘

旅加学者

第一次看到尼亚加拉瀑布是在 2008 年的加拿大一侧，其时震撼的视听记忆今天被诗人用"悬湖云外""绝壑惊雷""崩玉壁"等通感修辞再次唤醒，仿佛又一次置身于那每秒钟两千五百吨水从五十多米高的悬崖轰然砸下，天崩水泻，雾气弥漫中彩虹忽隐忽现的梦幻世界。

因居住地到瀑布只有 2 小时车程，十几年中在大瀑布上下游及周边多次游览，或许曾经的电力行业的从业背景，让我对上世纪一位电气工程的奇才与大瀑布的不解之缘印象深刻，加拿大人和美国人分别在大瀑布各自的一侧为他树立了雕像，他就是尼古拉·特斯拉，交流电的发明者。1896 年，位于大瀑布下游 2 公里的美国侧的亚当斯水电站成为全世界第一个向城市供电的水利发电站而被载入史册，因爱迪生持股的通用电气公司承接了这个电站的变压器及输电线路合同，使得他与特斯拉的直流、交流输电之争画上了句号。今天全世界夜晚的灯火通明皆源于特斯拉的天才发明。

当我游走在一百多年前第二次工业革命时期的电站厂房之间，凝望着 19 世纪的古董发电机组，遥想 1896 年的中国，老迈的李鸿章正在访问欧美的途中，他踟蹰的步履映衬着风雨飘摇中大清的蹒跚；义和团的前身之一大刀会"扶清灭洋"的烽火正在齐鲁大地燃起。当远在万里之外的水轮发电机点亮城市的夜晚时，中国大地上摇曳烛光中的国人还不知科学为何物，在"师夷长技以制夷"的迷思中坚守着"中学为体，西学为用"，更无人思考什么样的制度土壤才能孕育出科学的果实。

一百多年后的今天，改革开放后经济腾飞的中国再次迎来国学的兴盛，民族的自信与梦想齐飞，但科学的土壤并不丰腴，一时还难以孕育出改变世界的颠覆性原创科学理论及实践。

"钱学森之问"依然困扰着国人，而答案就像大瀑布上若隐若现的彩虹，真实而又遥不可及。

"须上轻舟淋瀑雨，好凭天水洗风尘。"

登武当金顶

金顶凌霄谁可攀，仙风道骨自随缘。

云连古架峰叠翠，水走高峡气化丹。

真武清音方入定，三丰妙境略知玄。

神闲未必侠心老，仗剑天涯犹少年。

——丁酉深秋写于湖北武当山

读诗随笔

王鼎杰

文史学者，著有《二战大牌局》等

有人一生在攀登金顶凌霄，有人一生在追求仙风道骨。当你活懂了人生，或读透了历史，你就会发现，金顶凌霄的终点，不过是一场不敢久留的高处不胜寒。仙风道骨，也常常是只可随缘、不能强求的一场意外。

可求的唯有人间烟火里的侠肝义胆。

我六岁读《三国》，十岁读《史记》。对中国传统文化一个最大的感触，就是寻常巷陌，卧虎藏龙。贩夫走卒，未必不是豪杰英雄。甚至可以说，《史记》里一个最了不起，又常常为后人遗忘的，就是司马迁留下的那个无名之辈的传统。

从乌江亭长到鲁两生，从荆轲等待的那位助手，到博浪沙的草莽英雄，乃至于屈原问答的渔夫，救伍子胥于危难的船老，都是这个传承的精彩闪光。

这就是侠的精神。这个精神超越了《游侠列传》，超越了《刺客列传》，甚至超越了庙堂与江湖、得意与失意。他是每一个文化中国人心中都难以割舍的情怀；是我们每一个人都有可能践行的决断。

有人说，武侠是成年人的童话。言外之意，自然是难以成立于现实世界。也许武侠小说里的描摹多是如此。但武侠小说不等于武侠精神，武侠也不能代表侠义。侠义的精神不在武功上，而就在你我每个人的心中。就像三年前我在"梦想行动·童行中国"公益活动的梦想课堂上说过的那样："当你有朝一日功成名就，甚至有了大功大名的时候，只要你心中还有正义，还能抛开名与利，去做该做的事情。哪怕一生只有一次。那一刻，你已然白马轻裘，仗剑天涯。"

所以，当我读到"神闲未必侠心老，仗剑天涯犹少年"时，才会有一种独特的触动。可以说，中国文化的真正力量，就来自那些无名之辈的侠义传承。他们不在庙堂，而在草莽；不在远方，而就在你我身边，这是文明大河的伏流。

即便有一天，长安、洛阳皆为丘墟，只要这力量还在，哪怕只是点点滴滴，哪怕只是涓涓细流。有朝一日，风云际会，仍能石破天惊、汇为巨流。

金山寺

春到长江气象宽，
八荒四海尽当前。
万川东注山浮玉，
一寺西朝水漫天。
道骨佛心曾入世，
痴情大义此开轩。
几时明月休辜负，
且就诗成做酒仙。

——丁酉春日写于江苏镇江

读诗随笔

余帅兵

科技公司产品负责人、专栏作者

　　"春到长江气象宽，八荒四海尽当前。"春天来临，万物复苏，一个"到"，宛如翩翩的少年远处徐步而来，春来江水绿如蓝，曾是忆江南的篇章，婉约缱绻，柔美方好。可这里汤博士笔锋一挑，使用了"气象宽"三字，摇身一变，绵绵江水顿觉有了空间宇宙张弛的力量，因而气象万千。"八荒四海"，是古代对天下中原和四周边远地区的统称，这里汤博士所绘制眼前的景象，继承前一句的浩瀚洒脱，仿佛整个世界宇宙尽收眼底，极其壮美。

　　跟随前两句的意向，我们的视线继续腾云驾雾，拔地而起。从高空俯瞰，"万川东注山浮玉"，众多河流如同千丝万缕向东汇入大海，而金山在春水涨涌之中仿佛漂浮的玉石。一时之间，我们不知是山如浮玉，还是玉石藏山，这样一层虚实相伴的景象，更平添了无垠的想象和妙趣。

伴山而建的金山寺矗立在西侧，面向浩渺的江水，仿佛水天相连，恍如天空被水淹没。"一寺西朝水漫天"通过金山寺与水漫天的对比，展示了自然界的力量，金山寺在这样一幅画面中也更凸显庄严而神圣。我们自然还可以想到《白蛇传》中"水漫金山寺"的故事，望眼这涛涛江水，多少英雄峥嵘岁月、美好忠贞的爱情、可歌可泣的人间悲喜曾经递次上演，目之丈量处，人物、自然、历史、家国情怀，都随着万川东流消去，唯有时空宇宙永恒。

此诗短短八句，内涵宏大，前四句向"外"寻美，后四句向"内"求达。汤博士兼有道家的超然气骨和佛家的慈悲心肠，这两种思想在传统中国文化和宗教中都有深远的影响。道家更注重个体的修炼和自然界的和谐，而佛教则强调慈悲和对苦难的救度。汤博士笔下的"曾入世"，即是在纷扰的尘世中，胸中自有乾坤气象，可以守护痴情与大义，同时也可以追求道家和佛家的境界，在现实世界的喧嚣中，保持内心的平和超脱。

如果我们换位思考，无论是白娘子的"痴情"还是法海的"大义"，其实两者间的戏剧张力是互为成就的。我们每一个人都有一扇内心的轩窗，"痴情大义此开轩"，不仅代表着物理上的开启，更象征着心灵上的开放和思想的对流。"参差多态乃是幸福之源"，无论是制度还是人文，我们都应该怀有开放包容的心态，懂得守恒自己内心的理想和壮志。

在古典诗词中，明月可以是举杯相邀的好友，也可以是举头遥望的乡情。"几时明月休辜负，且就诗成做酒仙。"汤博士将笔下的金山寺，嵌于浩渺无垠的宇宙时空内，又何尝只是写一处的风景，人其实也在万古风景之中。

泰戈尔说："鸟儿因为歌唱而喉咙沙哑，却不会因此失去歌唱的欢乐。"在无尽的生活的细节里，我们总是可以找到宽阔和诗意，以道骨佛心与热闹或孤寂共存。

石林峡

世事何须鬼斧功，风雕雨刻本天成。

身前万壁排苍野，足下千云走碧空。

酒饮半杯藏海量，诗吟一句有涛声。

更因春暮惜山水，唤友呼朋做醉翁。

——壬寅谷雨作于北京平谷

读诗随笔

解峰

工商管理博士、清华大学荷塘诗社原社长

石林峡地处北京东北黄松峪地质公园，其中千奇百怪的岩石主要为砂岩，这是一种沉积岩，形成过程要追溯到遥远的元古代中早期，也正是沧海桑田的实证。所谓鬼斧神工犹有以人工角度来评价的嫌疑，而凭风任雨则有更多本该如此、自在自安的意味。颔联一句写实后即又转入虚写。

作为喜以诗酒入题的同好，对颈联"酒饮半杯藏海量，诗吟一句有涛声"

深有共鸣。酒从不以量胜而以兴至，兴高采烈才是饮中真义。诗也不以辞胜而以气达，气贯势雄方为华章。

作者的诗词一向有一种旷达远阔的气象，而且特别善于结句。本诗也不例外，山明水秀的美好时节即将过去，醉翁之意当然不在酒，而在那一派天然、浑而忘忧。

读诗随笔

蓝飞
工学硕士、央企管理人员

2022年4月22日，天朗气清，与汤博士云游北京石林峡，一路景色与博士归途中的诗皆是先见先得。

全诗旷达、大气，层次丰富、跌宕起伏。前半部分对于石林峡景色的赞叹，未曾写一句登高，但字里行间都透着攀于高峰、一览众山小的意境。诗中第二句"排"字用得极其巧妙，站立于山巅，看着远方山峦，如雄兵一般列于原野之上，也给人以群山将天地排开、推开的力量。接着峰回一转，脚下云层疾驰而走，天空顿时开朗壮阔，令人胸气吞吐，舒畅无比。

后半部分"藏海量""有涛声"掷地有声，尽显沉雄与豪迈。与博士同游，让人不由联想到王羲之《兰亭集序》中"虽无丝竹管弦之盛，一觞一咏，亦足以畅叙幽情"的妙事，三五好友，畅游天下，酒至半酣，即兴赋诗，何其快哉！

游贝加尔湖

平湖千里乘舟行，叠翠群山倒影清。

雾散光从天际起，风来云自水中生。

曾怜苏武牧寒朔，却爱庄周说北冥。

到此谁知盛唐事，独将诗酒付东风。

——丙申夏日写于伊尔库茨克

读诗随笔

魏福生

理财规划师、视频号"家族传承思维"作者

2016 年 5 月央视原编导王兴民邀请我联合发起首届"贝加尔湖 4 天 3 夜 108 公里徒步挑战赛"之前，我几乎没有关注过贝加尔湖，更不知道这个地方和北京没有时差，距离北京只有 2 小时的航程。

当我经由伊尔库茨克乘坐 4 个小时大巴、再乘轮渡踏上奥利洪岛的那一刻，我被贝加尔湖的美景彻底征服了！自此我就迷上了贝加尔湖，从 2016 年到 2019 年，我每年都要去贝加尔湖徒步一两次，累计去了 7 次。可惜因为种种原因，我连续 4 年都没能再次登岛，但心中一直念念不忘。

贝加尔湖是全球最大的淡水湖，它位于俄罗斯西伯利亚境内的伊尔库茨克州，环湖一圈几百公里，这里的水足够供应七十五亿人使用三十三年。在贝加尔湖景区，最值得去的地方就是贝加尔湖上最大的岛屿——奥利洪岛。

为了保持原生态，奥利洪岛和陆地之间没有桥梁，所有人上岛都需要乘船。"平湖千里乘舟行，叠翠群山倒影清。"贝加尔湖水面浩瀚如汪洋，湖水清澈见底，湖的两边群山环绕，形态各异，乘舟而行满目湖光山色，甚为壮观。

游览贝加尔湖最好的方式就是徒步，毕竟这里是全世界最著名的徒步圣地之一。因为奥利洪岛两边都是湖光山色，徒步的时候每走几百米就是完全不同的景象，身在其中真是人间仙境！特别是在早晨和雨后的湖面，"雾散光从天际起，风来云自水中生"，让身在其中的我们流连忘返。

"曾怜苏武牧寒朔，却爱庄周说北冥。"贝加尔湖是如此之大、如此之美，一度属于中国领土的贝加尔湖在中国历史和文化上都留下了很多的故事、传说和思考。要是这个湖现在还属于我们中国就好了！

"到此谁知盛唐事，独将诗酒付东风。"诗人的感叹，洞穿历史。但盛唐已去，贝加尔湖曾经属于中国的历史已远，贝加尔湖和我们国家之间也已经隔着一个蒙古国。但愿中蒙俄不要再有什么纷争，让贝加尔湖这个干净、美丽、动人的湖水和周边的人民能继续平静、安全、祥和；让我们在未来几百年、上千年都能自由地往返于这三个国家，尽享大自然给我们的馈赠！

西域雪山

高风朔气洗心魂，
西域神光幻若真。
万里黄沙谁纵马，
千秋白雪我绝尘。
奇峰拔地多冰景，
圣境齐天无鸟痕。
一路云霞皆俯首，
方知足下是昆仑。

——辛丑初春写于昆仑山脉

读诗随笔

莫真宝

文学博士、中华诗词研究院诗词研究部主任

　　古人云，升高能赋，可以为大夫。云柯兄云游四海，每登山临水，必有诗作，或形其视，或抒其情，或寄其思，随物赋形，不止于一端，诚有古士大夫之风。其胸罗万象，实得江山之助。

　　我也曾过雪山，临西域。只是限于工作安排，我的新疆之行未尝登临雪山，或于飞机上俯视昆仑山、天山，或于平地上遥望天山顶上的雪岭云雾，别是一番光景；今读云柯兄《西域雪山》且当卧游，亦别是一番心境。

　　首联"高风朔气洗心魂，西域神光幻若真"。昆仑山盆地平均海拔四五千米，山脊平均海拔达七千米，山势高峻，空气稀薄。"高风朔气"是客观存在，"西域神光"处于有无之间，故分别接以"洗心魂""幻若真"，将客观景物与主观感受融为一炉，直击人的心灵深处。

颔联"万里黄沙谁纵马，千秋白雪我绝尘"，上句言西域沙漠，承首联下句，下句言高山雪域，承首联上句，为逆接分承。昆仑山山间分布着西大滩新月形沙丘、一道沟沙丘等沙丘地貌，山北即是西域之地浩瀚的塔克拉玛干沙漠。据记载，昆仑山系雪线范围四千五百米至六千零八十米，五千五百米以上为高山冰雪带，有冰川七千六百十二条。"万里黄沙""千秋白雪"，以夸张之笔写实；"谁纵马""我绝尘"，以虚证实。既把"我"摆进物中，又纳浩瀚时空于方寸之间，令人神思飞越。

颈联"奇峰拔地多冰景，圣境齐天无鸟痕"，自然顺承"千秋白雪"句。两句对仗精工，视角上俯仰天地，虚实相生，提供了一个广阔的空间。方之李白状蜀道之难，有"黄鹤之飞尚不得过"之语形容其地势之高，岑参赴西域，登北庭北楼，只见沙漠无飞鸟，有"大荒无鸟飞，但见白龙堆"之句，此二语不遑多让。

尾联"一路云霞皆俯首，方知足下是昆仑"，隐隐关合首联"高风朔气""西域神光"，点出题中"西域雪山"之名。祖咏"终南阴岭秀，积雪浮云端"，是遥望终南山雪岭高出云端之上，而登上昆仑山，云霞皆俯首山前，伏于脚下，胜景奇境，非身临此地者不能道也。"足下"语意双关，若视为对昆仑山的敬词，强化与人与山的情感交流，更加意趣横生。金代李俊民《下太行》写道："山中日日伴云闲，不见闲云只见山。君去试从山下望，青山却在白云间。"写云山关系，亲切有味，然与此处云山之雄奇相比，太行山未免小家碧玉之态。

昆仑山地势高峻，雪峰林立。西域不仅是地理名词，更是历史名词、文化符号，汉代西域三十六国之于阗、精绝、且末，即分布于昆仑山北麓塔里木盆地。"西域"与"雪山"并置，既是用历史名词修饰地理名词，更是时间与空间的并置。统合二者的便是"万里黄沙谁纵马，千秋白雪我绝尘"一联中大写的"我"。只要有"我"在，诗意便立了起来，诗境便活了起来。

潭柘寺春行

古刹重门开紫烟，春风拂面胜江南。

长空荡荡无生灭，碧树葱葱有慧缘。

沧海一壶大般若，青山半盏小神仙。

燃香略过千年事，只驻诗心对玉兰。

——辛卯清明作于京西千年古刹潭柘寺

读诗随笔

宋湛
记者、诗人、中国诗地文学网主编

康德说过，一个人说出来的话必须是真的，但是他没有必要把他知道的都说出来。道理也许如此，但这里有哲学家的深沉，换成诗人云柯，就坦率得多。他不仅说出的都是内心真实的感受，而且毫无保留地分享了自己参禅后的"觉悟"。

"先有潭柘寺，后有北京城"，作为历史老人，潭柘寺知道的太多，但"老人家"不会亲口告诉你什么，需要我们自己透过历史的尘封来领悟和觉醒。我不知道每天走进潭柘寺的众多游人有几个领悟了，但读了这首诗，我知道诗人云柯已顿悟：沧海一壶大般若，青山半盏小神仙！有这样的心境和胸怀，当然会穿越生命苍茫，"只驻诗心对玉兰"了。

如果我们也读懂了诗人的"悟"，视野定然会亮堂三丈，一生受益匪浅！

读诗随笔

楚天舒

中国作家协会会员，导演，诗人

················

沧海一壶、青山半盏，颇似某神于九霄云上俯瞰世间的视角，乾坤内多小杯盏，天地间少如此大风流。

人生一切美好的事都是不持久的，所以人生值得留恋与努力，努力是为将来，留恋是为过去，这是人生的两大诗境。

沧海桑田，把握好当下，便是最大的成功。佛家、俗家都如此，有诗心对玉兰，就更美哉！

洗尽铅华还本性，方知绝色在空山。

——《徐公牡丹图》摘句（全诗详见284页）

书法：邵秉仁　中国书协顾问，曾任中国书协副主席

大观天下

第二篇

泼水浴佛身，

欢声如我闻。

只缘春色好，

便做世间人。

——丁酉春节作于西双版纳

读诗随笔

张磊

清华大学博士、水木清华摄影人

云柯师兄是清华优秀学子，更是当代学者，善于把现实生活和中国历史文化与时下结合。"傣寨泼水"就是一首把唯清有华的气质与内中外和的文化完美相融的诗，是清华人的视角。

鄙人不才，品诗得悟：

泼浴妙动，水清有力，冲浸无向，洗尘祛疾，内空外净，色相不着，止于佛境，即中。

傣族新年，木华四周，歌舞律动，灯升烛明，追逐嬉戏，欢愉闻声，人间烟火，正和。

中国文化的核心价值观是中和，每一个中国人一生要处理好的第一关系就是吾与我的关系，即己内己外，心与身。

吾是本真，是尧舜，是佛，是需，是天理；我是分别，于你，于他，是要，是人欲。泼是去欲，浴是净心。于道家，守朴存真，复归婴儿；于儒家，提高分别力，为去分别心，内圣外王，曰君子，曰大丈夫。

泼水浴佛身，知守保常德。老子在《道德经》第28章中就以守朴见吾的智慧明示世人。于我，知雄守雌，知白守黑，知荣守辱，方可常德不离、不忒、乃足，进而复归于婴儿、无极、朴的纯真状态，即见吾。

泼水浴佛身，澡雪涤吾心。"汝齐戒，疏瀹而心，澡雪而精神，掊击而知"是老子在《庄子·知北游》中对孔子如何获取至道的回答，斋戒端正，以雪洗身，破智通心，归于真人。

泼水浴佛身，克己复礼仁。孔子的核心思想是仁，完美地体现在《论语》中。克己复礼为仁，里仁、择仁、好仁、守仁、安仁、利仁，依仁，皆是为了"无终食之间违仁，造次必于是，颠沛必于是"，此为君子，立达天下。

泼水浴佛身，善养浩然气。"我知言，我善养吾浩然之气"是孟子在《孟子·公孙丑上》对公孙丑"敢问夫子恶乎长"的回答。浩然之气"至大至刚，以直养而无害，则塞于天地之间"，可以"居天下之广居，立天下之正位，行天下之大道"；"得志，与民由之；不得志，独行其道。"

泼水浴佛，洽于老庄孔孟圣学，皆为我闻，复归存真，由仁行义。于中国人，唯庸有光；于清华人，唯清有华。"只缘春色好，便做世间人。"傣寨泼水，此诗大义。

再聚黄姚

天晴觉日近，风起看云忙。

又聚山中客，围炉一岁香。

——己亥冬应邀考察规划黄姚古镇
楹联文化建设，写于广西贺州

读诗随笔

田熹东
成朴资本董事长

"不觉年华似箭流，朝看春色暮逢秋。"不知不觉间，认识云柯已经十几年了。那还是 2008 年的深秋，两个理科生，因为一桩生意，我和云柯在三亚相逢。本来可以谈完事儿，一拍两散，相忘于江湖，但由于一个和我们的求学背景、出差任务完全不相干的关于古典诗词的话题，相谈甚欢，一见如故。

云柯颇善律诗绝句，自是才情纵横，天分使然。可惜他生的太晚，这块地儿早被古人耕种得七七八八了。中国传统文化有一个特点，过去岁月里形成的高峰，后辈基本无法超越，中医也好，诗词也好，书法也好，都存在这样的现象。古人写的诗，本来不是像我们今天这样读的，而是吟的，所以声律非常重要。通过押韵，构成声音的回环，形成一种音乐美；又通过平仄对立，造成诗的节奏美。如果是律诗，中间四句还要对仗，要求就更高。仅从这些形式上的要求来看，遣词造句就受到了巨大的限制，或者用今天的话说，在古典诗词中，汉字能形成诗句的排列组合，比起一般行文就减少了太多。如果从最早的诗歌总集《诗经》算起，经过历代文人两千多年的持续努力，大部分的"币"已经被挖得差不多了，留给今人的空间真的已经极为有限。所以，现在的人要想把古诗写得格律严整、朗朗上口，内容又要意思通顺、意境优美，并且不和古人的诗句重复，是越来越难了，导致今天很多所谓的古诗词创作者写出来的东西，拼凑造作的多、像打油诗的多、似曾相识的多，像云柯这样的新时代的旧诗人，还能写出相当的水平，几乎是一种恐龙般的存在了，值得好好珍惜。

回到这首诗本身，语言平实晓畅，读来入口入心，妥贴淡远。其写作背景是一群热爱自由的朋友，12月份重聚到广西的黄姚古镇，做一个文化策划。是日也，天朗气清，冬日的阳光温暖明亮，令人心情大好，所谓"举头红日近"，每个人都很闲适。但是向外看，风起的时候，云彩被驱赶着流布翻涌，不得稍歇，如同外面仍在忙于工作的人们或者昔日在红尘中奔忙的自己。

今天就安心做个山中客吧，"山中无历日，寒尽不知年"，围着火炉、涮着火锅、斟满美酒，尽可以谈空说有，在忘掉时光的流逝中，安然地度过这个岁末。

偷得浮生半日闲，人间有味是清欢。

疫中闲居

书上空无字，
云中百态生。
须弥三万里，
一念到春风。

——国难未已，偏安足月，写于庚子正月之末

读诗随笔

林薇

心理咨询师、儿童学习力教育专家

　　我一向自诩是心理学专业出身，善于调整身心，2022 年初那段时日却无法平静以待生活，北京公司整整 9 个月居家办公，校区无法正常经营，终日焦虑、抑郁。居家隔离期间，读史、码字、参与某些有趣有料的讨论成为转移注意、调节身心的良方，在微信朋友圈中读汤云柯博士的诗作，就是极好的心灵滋养。

"书上空无字，云中百态生。"书是有形之文字，所谓读书而知理，然而更重要的是读懂自己这本无字之书，自己内在的心性、感悟是比有字之书更为复杂、更为难懂、更需修行的。在百态丛生、诡谲多变的生活舞台上，如何把握自己的心智，明白变与不变都是一种存在，保持自己的内心秩序不乱、不苟，才能构建出一种圆满自知的"自性"。

有大觉悟之人，从来不会把时间浪费在负面情绪和四处张望之中，专注于当下、正念，即为不惧，方能穿越"须弥三万里"，看到希望，看到吾辈普通之人在灾难中的坚守与拼搏，我们拼尽全力去守护家人、帮助他人，不正是在守护人世间的善良和未来的希望吗？

我相信着云柯博士的相信：黑夜总会过去，春天也一定会来，待到山花烂漫时，她在丛中笑！

垒石欲永恒，血尽祭台空。

警世生荒草，苍天若有情。

——己亥冬游览公元一世纪特奥蒂瓦坎古城遗迹太阳金字塔、月亮金字塔和活人祭祀平台，记于墨西哥城郊

读诗随笔

王弘

旅加学者

　　黑曜石，这块从墨西哥玛雅文明遗址带回的石头拿在手上温暖圆润，转动时会因光线的反射看到里面星云般的灰白细沙状物质层层叠叠，很难想象，这美玉般的石头可以被加工成一把开胸挖心、献祭神明的杀人利刃。

　　神在中美洲文明中对人并不友善，人间的各种灾祸都是神对人不满的发泄，因而揣摩神意的占卜和平息神怒的活人献祭就成为生活中的重中之重，中

国殷商时期大规模的活人祭祀文化可与之对应，但这一现象随着周朝的建立迅速消失，中华文明完成了对鬼神的初级祛魅，文明进入了更高级的阶段。

"垒石欲永恒""警世生荒草"，诗人以看似永恒的石台却被荒草围绕，意寓杀人祭祀的勾当因与文明发展的方向背道而驰也为上天所抛弃，展现了其对文明进化力量的信心。

文明的演进可以看作是各种祛魅的过程，而世间之魅又何止鬼神。

蓝星白浪酒灯红，
围坐天涯沐海风。
幸与波涛同做客，
沧桑故事满杯中。

——庚子初冬应邀参加博鳌教育论坛，
写于网红打卡餐厅"海的故事"

读诗随笔

邱钦伦

AI 学者、博鳌教育论坛主任

　　海南著名文旅品牌"海的故事"是一个以海为主题的酒吧，坐落于海南省琼海市博鳌镇的海滨街。这个酒吧的环境极具特色，渔网、渔灯、木船、老船木凳、漂流瓶等元素，将海洋主题展现得淋漓尽致。

土生土长的博鳌人蒋翔，是这家酒吧的创始人。他自诩为海边讲述故事的老人，希望每一位踏入"海的故事"的客人，都能在这里找到属于自己的故事，感受到海洋的宽广和生活的多彩。

博鳌，这个被誉为"天堂小镇"的地方，每年3月底都会因博鳌亚洲论坛的召开而成为全球关注的焦点。受到博鳌亚洲论坛的启发，我们在2018年启动了博鳌教育论坛，并决定每年11月举办年会。作为论坛的顾问，诗人在2020年的年会结束后，与一众嘉宾一同来到了"海的故事"。我们面对着波涛汹涌的大海，把酒言欢，畅谈今古，共叙豪情。

在诗人的笔下，一同围坐共欢的，不仅有各路好友，还有万古波涛。蓝星酒灯之下，白浪海风之中，酒酣的我们也和诗人一起，听着波涛的故事，成为了穿越沧海桑田的神仙。

博鳌的波涛是每个人的朋友，海的故事是每个人的梦想。

百色品茶

小上茗楼览右江，
烽烟人物两茫茫。
茶娘如画夜如水，
岁月沉浮一品香。

——丁亥春于广西百色市百年茶楼长裕川

读诗随笔

复强

导演、摄影师

"茶娘如画"四字令人神往矣！一二雅士高楼举步、凭栏观江，素雅茶娘远胜于如花舞伎，品茗论道远胜于煮酒欢歌。王朝兴废的历史尘烟已然化作玉女纤纤素手下的缕缕茶香，留给后人的只有无限的遐思而已。

香茗、美女、夜色、高楼，明月照江流，良友春四座，此乐，何及？

读诗随笔

李子迟

作家、诗人

....

　　这首小诗韵味隽永，值得品咂。广西百色这座壮家名邑，也是当年邓小平等人领导百色起义，创建红七军、红八军的地方。诗人登上百年茶楼长裕川，推窗即见右江粼粼水波、悠悠东去，顿觉这历史的烽烟、杰出的先人，皆已遥远惆怅。沏茶的姑娘美如画中人，黄昏的天色清凉如水，而岁月的沉浮起落，不过就像手中的这杯香茶一样，一饮可尽。

　　"茶娘如画夜如水，岁月沉浮一品香。"举重若轻，平平淡淡才是真。

题张掖卧佛

木塑泥胎何计身，
春风秋露我如闻。
霓裳铁马心不动，
一睡千年醒世人。

——甲午寒露写于甘肃差旅途中

读诗随笔

汪敏

投资人，中国青年企业家协会原秘书长

　　张掖大佛寺殿内的释迦牟尼涅槃像，为全国最大的室内泥塑卧佛，身长34.5米，肩宽7.5米。木胎泥塑，金描彩绘，面部贴金，头枕莲台，侧身而卧，体态安详，距今已经有九百多年的历史。但是他那两只半睁半闭的眼睛里透出的眼神却摄人心魂。悲悯？绝望？愤怒？厌倦？看透？放下？都有，又都不是。

　　张掖是原浑邪王故地，地处弱水（今黑河）绿洲和弱水下游，背靠祁连山，气候赛江南，五千年前就有人类活动。此地也一直是通西域的军事重地，朝廷希望"断匈奴之臂，张中国之掖"，故命名张掖。

处是非战乱之地，霓裳铁马、春风秋露如过眼云烟。"一睡千年醒世人"，诗中这个与睡相对的"醒"字真是绝妙。

佛陀，作为智者，先知，做到了心不动、我如闻。他睡在这里，他没有睡，他在履行更大的使命：唤醒！自觉，觉他！你看他的神情，充满慈悲、期待、愿力。

梨园赏花

锦衣馔玉不足夸，

万树园中度岁华。

一夜春风颜胜雪，

三杯好酒趁梨花。

——壬辰春日写于北京宋庄德翰唐果园

读诗随笔

姜彦

中国工笔画学会副会长

　　读了云柯的诗《梨园赏花》，不禁勾起一段美好的回忆，看来还是老了，心头总是萦绕着回忆。大约十年前，云柯和两位朋友盘下一处近两百亩的梨园，名曰梨香缘，满园近万棵梨树，那段时光，有事没事都往梨园里钻，有时几位朋友闲聊，评古论今，交流市井时事；有时满桌朋友聚餐，品尝大馅饺子。时而文人雅士谈书论道，时而影视达人搜脑攒集。赶上春暖花开，满园清香，满目淡雅，时称梨园春雪。梨树之下，觥筹交错，谈笑风生，其乐融融，情谊如春风拂面，沁人心扉。正是"一夜春风颜胜雪，三杯好酒趁梨花"。

如今的世界烟尘滚滚，人欲横流，难得一方净土，求得一丝清静。"锦衣馔玉不足夸，万树园中度岁华。"世上桃花源难寻，唯有心中的万树梨花长驻。

读诗随笔

李景新

海南热带海洋学院教授、书法家、诗人

梨花洁白娇媚，但是梨花却不好写。此诗中，作者聪明地避开以梨花作为对象的描写，把重点放在作者赏花时的感受上。

前两句以对比的手法，用豪华的物质生活做反衬，表达了在梨园中获得的美感远胜于彼。后二句可谓精彩之句。第三句"一夜春风颜胜雪"是唯一的正面描写梨花的句子，但其意在于引出第四句：有如此和煦的春风，有如此忽然盛开的梨花，心情之愉悦如何表达呢？

"三杯好酒趁梨花。"妙极了！趁着梨花的娇媚，引来三杯好酒，怡然之情溢于言表，可谓不着一字，尽得风流也。

品酒宴

灯花夜色葡萄香，
岁月沉醇细品尝。
玉液一杯千古事，
兴衰都是好时光。

——癸巳初夏参加红酒品酒宴写于京城

读诗随笔

王世红

北京大学博士、北京高等秘书研修学院院长

　　一个品酒宴能写出什么好诗？酒在中国诗词中已有点老生常谈，如何写出新意？如何写出深度和高度？作者用"玉液一杯千古事，兴衰都是好时光"写出了自己对酒的喜爱，也反映了诗人极高的历史观及豁达洒脱的人生观。

　　酒是人类生活中独一无二的品类，在人类生活中有着独特的作用。如果没有酒，就不会有鸿门宴、温酒斩华雄、杯酒释兵权、三碗不过冈等历史故事，人类历史也必将重写。

酒是为数不多的可以对人的精神意识产生影响的合法饮品。酒也是唯一深深融入中国文化的饮品。在中国数千年的文明发展史中，酒与文化的发展基本上是同步进行的。各种美食也有入诗的，但唯有酒是古诗词中的常客。

人的意识可分为显意识和潜意识。潜意识所蕴含的能力是显意识的3万倍。人们主要通过显意识来使用潜意识的能量。潜意识也可以直接应用于生活中，比如直觉。本人就有很多使用直觉的有趣案例。比如去商场购物，一购物车的商品大概多少钱呢？我靠直觉经常能猜的很准，最少的误差有时会到1元钱以内。这其中一个原则就是不能计算，也就是不能让显意识参与。如果显意识参与，结果反而不准。

人们都知道有直觉，也知道直觉会产生一些不可思议的创造力，但人们不信任直觉，因为人们无法把握直觉。人的生存本能需要安全感，而安全感的一大部分来源于确定性，于是人用自己的显意识来控制自己的潜意识。潜意识就像一个资源无限的军火库，显意识就像军火库的警卫和管理员。什么话该说不该说，什么事可做可不做都是显意识来决定。看到人类在浪费如此大的资源，造物主于是就赐予人类美酒。

酒（特别是高度酒）的味道美吗？对于不喝酒的人，酒的味道不美。甚至对于很多饮酒者，酒的味道也是辣的。俗语讲的吃香的，喝辣的。这个辣就是指酒。那为何人们称其为美酒呢？这主要是指酒喝到微醺后会产生一种美妙的感觉。酒精麻痹了人们的显意识，让人有一种放松的感觉。平常不爱说话的人会变得滔滔不绝，不善言辞的人会妙语连珠。人与人之间的纸墙让一杯一杯的酒淋湿而被捅破，酒增加了人们之间的交流，显意识到失能导致潜意识的解放。人们的创造力会得到极大的提升（牛饮者的破坏力会大幅提升）。这也就是为何很多伟大的诗篇都是饮酒后的杰作。

"玉液一杯千古事"既可以理解为酒的文化源远流长，又可以理解为喝酒是一件千古都重视的事情。可以理解为千古事就是一杯酒，也可以理解为，自古以来没有一杯酒解决不了的事情。颇有佛教中空性观的意思。这是一位乐饮者的世界观、人生观和价值观。往事如烟，逝者如斯夫！不要说远古的历史，就拿我们自己的过往来讲，我们能把握什么呢？我们天真烂漫的童年，充满活力的青春去哪里呢？曾经刻骨铭心的爱恨情仇已恍如隔世，功名利禄更如过眼云烟。

　　金刚经所言："凡所有相，皆是虚妄""如露亦如电，应作如是观"。酒的特性之一就是挥发性，实实在在的酒挥发之后就有虚妄的感觉。如果说千古事皆虚妄，有点背诵佛祖的经教。"玉液一杯千古事"既应景（品酒会），又表达了诗人洒脱的人生态度及对空性的体悟，是难得的佳句。

　　最后的一句"兴衰都是好时光"，更是跳出了二元对立的思维，启发读者对人生和历史进行哲学思辨。这句诗既可以理解为，朝代的兴衰只不过指道路崎岖，而历史的车轮始终滚滚向前。这一句符合马克思对立统一的唯物辩证法，也暗合易经中的盛极必衰，衰而转盛的基本思想。从局部看，兴盛是好事，衰败是坏事。然而，兴衰是万事万物发展的自然规律，既然兴衰是自然规律，那我们就应当认识、承认并尊重这个规律。兴衰都是好时光其实就是告诉读者，要尊重这个规律并以积极的态度面对人生的起起伏伏。

坐對星天說萬卷

一壺閒煮半山秋

潘博士夜宿黃姚桃源句

甲辰之春 源涛于蘆陽 源涛書

坐对星天说万卷，一壶闲煮半山秋。

——《夜宿黄姚》摘句（全诗详见078页）

书法：刘源涛 中国书协会员，葫芦岛市书协主席

京城夏雨

云似奔波雾似忙，
安心坐对雨敲窗。
阴晴且许随天意，
一展诗书夏自凉。

——戊戌盛夏记于北京办公室

读诗随笔

王雅茜

营养学学者、药企高管

．．．．．．．．．．．．．．．．．．．．．．．

　　静坐书桌前，眼中气象万千，耳畔风声雨声，闷热其实还未消退，而心境沉浸于诗书，身体自然就凉爽了。这一系列的感触，就发生于几秒间，诗人看到，听到，感受到，又以如此优美流畅的语言表达出来，当我读到时，会被带入那个场景，心里叹道：好诗啊！此景此情我也经历过，当时是美好的，沉醉的，但是我却未能写出那样的句子！

高水平的艺术家都少不了一项超出常人的能力：连觉，或者叫做通感。我以为，语言、音乐、绘画等艺术的高超之作，都是可以调动人们的感官，从而调动思绪、感受以及情感的。我们也正是通过这样的作品，与另一个有趣的灵魂对话，与艺术家共鸣！

写到这里突然想到一个问题：2023 年起 AI 大热，一时间它可以写诗作画谱曲，那么它能深刻理解人类的感受和情感么？不敢猜测最后的结果，让我们拭目以待吧！

倒春寒

落尽梅花雪未消，
新愁自古酒难浇。
劝君莫惧春寒倒，
且待东风吹海潮。

——写于戊戌初十夜

读诗随笔

伍晓鹰

北京大学国家发展研究院经济学教授

初春夜，再读汤君的《倒春寒》，难免触动近年因内外政事复杂而跌宕起伏的心绪，到处是权力的傲慢、是非的混淆，还有纵容其张扬的投机者们的苟且与玩偶们的愚昧。

诗人看是悲观的：梅花已去，春意未然。君不见那不期而至的寒潮倒卷重来，巩固了残雪，冷却了希望，纵使有酒有友似乎也无力回暖？

然而，诗人又是乐观的："劝君莫惧春寒倒，且待东风吹海潮。"始自宋朝文人墨客，历经后代琢磨弘扬，深植于我们文化基因中的"梅花精神"在诗中显而易见。梅花褪，香犹在，她毕竟曾以冰雪严寒中的盛开预示了春天最终的凯旋，也判定了那藏于一偶的残雪的命运，尽管后者暂时的冷酷和阴暗。

　　倒春寒，虽春亦寒也许正是对这个历经磨难的民族的再次激励。"宝剑锋从磨砺出，梅花香自苦寒来。"与君共同饮酒高歌吧！既然已经听到了料峭春寒中那鼓动春风的号角和不远处大海的潮汐，春天还会远吗？

故乡烟火

长风吹浪洗韶华，
云是相思海是家。
一片童心方点亮，
已将夜色璨如花。

——庚子秋夜于绥中海边放烟花

读诗随笔

陈玫

投资人、新加坡 V-nest 资产管理公司 CEO

　　初读汤先生于庚子秋夜在海边燃放烟花之诗篇，悠然生成眼前一幅鲜活的画卷，初秋的海风微拂在先生红润的脸颊和飘逸的头发上，淡淡的白云从头顶向天际慢慢移去，刚刚退潮的海水带着一天的拍岸激情静静地回归大海怀抱，岸边的市民在不同的地域向空中射出璀璨的烟花。先生手持烟花亦燃、亦放、亦观、亦思。燃罢手中烟花，先生面对大海，仰望星空，心潮澎湃，思绪万千，遂咏出"长风吹浪洗韶华，云是相思海是家"的佳句。

　　绥中是中原大地通往东北的咽喉要塞，地处辽西走廊西端，东临兴城，西接山海关，南邻渤海，北枕燕山，出山海关第一要站便是绥中。"绥"有安定平静之意，而"中"则是截取中后所首字，"绥""中"合并即为永久安定之中后所，足见先生燃烟放花之地可谓灵光之地。

细品先生所咏"一片童心方点亮"，想必是说先生的童年曾在这块灵光之地生活过，再回咏首句"长风吹浪洗韶华"，又让我不禁猜测先生的英姿少年也在这块熟悉的土地上留下过万千追思和柔情眷恋。驰名中外的绥中白梨和当地著名的绥中水豆腐一定是先生的最爱和引以为豪的家乡炫耀，包涵了古老的文化传承的绥中黏豆包，不仅是绥中人最早供祖先用的祭品，也是满族人出门打猎时的食物。

"云是相思海是家"体现了海外游子的思乡之情和拳拳之心，为了事业，为了成就可以四海为家，但是心中的那个"家"永远是挥之不去的思念与向往。

一挂鞭炮一簇烟花虽燃放一时，但却唤起先生无限遐想，也启迪了我更多的思绪。人生一世，自然界造就的旅程是从天真烂漫走向充满理想，再从充满理想走向事业辉煌，辉煌有大有小，途径有顺有逆，成就辉煌的路上有一帆风顺的，更多的是要经受波折的。

南宋名臣范成大秋时登高日写下"纵有千年铁门限，终须一个土馒头"的人生悲观绝句，而先生在庚子秋夜海边燃放烟花时却用"已将夜色璀如花"昭示出天虽深夜虽沉，有烟花的燃放就有璀璨的星空，进而昭告世人黑暗只是黎明前的瞬间。

人生最大的黑暗其实是自身内心的沉沦，唯极目远望，胸怀大海，用孩提时的天真和少年时的执着去追求真理，追求理想，追求事业，追求爱情，再深的夜幕也能挥去，再大的困难也能克服。应了老人的那句俗话，心有多宽地就有多大，只要心有阳光，就会有天天艳阳，夜夜璀璨的好时光。

观卫星发射

方圆百里滚雷声，
地动天摇起火龙。
不肯凡间长做客，
只缘立志在苍穹。

——北京时间二零一九年七月二十六日十一点五十七分，恰逢西昌卫星发射中心3号工位用长征二号丙运载火箭将遥感30号05组卫星发射升空，近距离观看留诗为记。

读诗随笔

张志勇
航空领域投资人、元航资本董事长

每个人都曾经历过难忘的瞬间，但让人既难忘内心又波荡起伏甚至激动泪下，火箭和卫星发射当属此列。我自己作为一位航天事业的躬身入局者，每次在发射现场看着火箭如同一道炽热的火龙，破空而出，划破天际，带着无尽的勇气和决心，向未知的宇宙深处进发，都会觉得无比的激动、自豪、神圣。

可以说，这首诗不仅是对火箭发射的生动描述，更是对所有航天工作者的热情赞扬和对他们立志征服宇宙的决心的致敬。每一个字、每一个词都充满了对人类智慧和勇气的赞美,对未来的期待和对成功的执着追求。它提醒我们,只要有决心、有勇气、有智慧,我们就可以征服任何未知,实现任何梦想。

在发射的那一刻,"方圆百里滚雷声",震耳欲聋的声音如同雷鸣一般回荡在方圆百里的土地上,仿佛是大自然的预警,预示着即将到来的壮观景象。紧接着,"地动天摇起火龙",火箭澎湃的动力吐出明亮的火焰,像一条巨龙拔地而起,带着无穷的力量昭示着人类探索宇宙、改变命运、征服未知的决心和勇气。

人类对宇宙的向往和探索欲望是源远流长的,这种欲望推动着人类不断去挑战未知,去超越自我。他们的勇气、毅力和决心,无不体现出对人类智慧和力量的深深自信。"不肯凡间长做客",600年前人类就已经不满足于在平凡的世界中停留,而是选择了向未知进发,立志在苍穹中留下人类的印记。明代万户飞天,这位人类航天史上的先驱,他为了实现自己的航天梦想,不惜付出生命的代价。虽然他的尝试最终以失败告终,但他的精神却成为了人类探索宇宙的象征。

结句"只缘立志在苍穹"是对所有航天工作者的终极愿景的完美诠释。他们不满足于现状,他们的目标是那无边无际的宇宙,是那遥不可及的星辰大海。科学的发展需要付出艰辛的努力和牺牲,在追求科学的过程中,不仅需要智慧和知识,更需要勇气和决心。只有不断地探索和创新,才能够实现人类的梦想,推动社会的发展。

惯看风云惯看山，
居为过客悟为仙。
从容万事即得道，
半在心田半在天。

——己丑夏日作于南宁

读诗随笔

李浩荣

央企管理人员、诗歌爱好者

这是一首颇为"国学"的哲理诗。

道是中华文化、中国文明对人生目标和社会理想的深刻总结，上善若水以利万物，因而我们始终坚持厚德载物的精神，始终抱着"和为贵"的处世态度。

读"惯看风云惯看山，居为过客悟为仙"，感受到了笑看风云、笑谈风云的那种恬淡从容，感受到了超越风云、过客化仙的那种天地胸襟。诗人看似是在游山论中国的传统之道，内心已经比较和通悟了他所走过的众多的文明。

"从容万事即得道，半在心田半在天"，看似随口吟出，却已将人生大道一语破解。

读诗随笔

齐志江

投资人、克利亚瑜伽学者

....

汤老师的《论道》这首诗，看了好久，也思考了很多。论道四句话最为绝妙之处，在于每句话都触碰心念。

"惯看风云惯看山"，恰是"相由心生"的完美诠释。习惯来自于我们的内心，眼前的一切风云大山变化，全部是由心念带动眼前的景色呈现。

我们的内心是灰暗时，眼前的风云与大山定难逃灰暗的色调。我们的内心是通透自在时，眼前的风云与大山也定是亮丽而又充满活力的。心念与光的概念，在这里被很自然地表达，关键在于每个人自己的心念认知如何。

"居为过客悟为仙"，更加强调了心念开悟的重要性。居代表我们的身体，代表我们的小我。悟代表着我们的心念与方向，真正的大我就在那空无的顿悟中。

"从容万事即得道"，这从容万事是本人追求的内心自在，更是向内观照自己求自在的人生意义。得道与否，实则正是能否拥有这份自在。一切变得如此至简，所谓大道不过是"自在与否"的一念之间。

人生苦短，自有天命，谁可得道？又是谁在混沌世界中混沌地生活？心念生的这物理世界，映射在我们的眼前，我知道了这大道，又该如何跳出这混沌世界的约束呢？这天命难到就真的不可违吗？我又何尝不是每天在这欲望与人性摩擦碰撞的物理时光中消耗这短暂人生？

跳出三界外，似乎很难很难，但依然都在一念之间。"半在心田半在天"，天人合一也不过如此而已的简单。

感恩汤老师的这首论道，感恩家人们给我的各种爱，感恩这个混沌世界带给我们的一切。愿我和身边所有的朋友，以及我们身边每一个过客，都能把握好每个一念之间，都能达到那安静的得道之境，过真正自在的欢乐人生。

告别巴黎

铁塔生辉圣母寒，
刀兵胜败耀云端。
野夫不屑英雄梦，
风雨人生自凯旋。

——己丑夏日作于南宁

···

读诗随笔

李红豆

信息技术专家、大学客座教授

···

　　这是一首即兴七绝，写在今年我们一起前往北极，之后周游欧洲九国的最后一站巴黎。与汤哥的多数诗作一样，这首诗也是在旅途中随口而成，带有不加雕饰、一挥而就的特质，但是其中的历史事件和现实物象依然清晰深刻。

　　埃菲尔铁塔是表征现代工业的建筑杰作，建造当初即遭到巴黎市民的众多非议，建成之后却成为巴黎的标志。去过巴黎的人，都会有这样的感受：在一片偏白柔美的城市色彩中，埃菲尔铁塔则是黑色刚硬地耸立，形态殊异，对比强烈。与哥特的巴黎圣母院和众多的巴洛克建筑相比，埃菲尔铁塔明显具有阳性的特征。见多识广的汤哥留意到这一差异，诗句中的"辉"与"寒"巧妙隐喻了中国哲学的阳与阴。"刀兵胜败"则是对法国大革命以及巴黎所经历的多场战争的高度概括，让人不由得就名城的历史与人物展开追溯与想象。

"野夫不屑英雄梦，风雨人生自凯旋。"后面两句作者的自我抒发，带有中国众多古代诗人的熟悉语气，通达而慨叹，却更为骄傲，豪气。最后一句"凯旋门"物象的借用带有双重寓意，一是让人再次回溯想象城市的历史，并且感叹拿破仑的跌宕人生；二是对于本次欧洲行程的踌躇满志。此行我们登陆北极，纵横九国，由冰原经花海，从寒地到暖都，一路体察讨论生活百态、历史文化与地缘政治，收获颇丰，以"凯旋"自诩毫不夸张。

我与汤哥相识十余年，回想起来我们已经携手七出国门，游历世界各地，称得上铁杆旅伴。本次行程两万里，十分荣幸再次见证了他游历写诗的整个过程，其学识，其才情，着实让人佩服，让人受教。

二十年前汤哥曾经来过巴黎，当时的诗作是感叹巴黎的铁血辉煌与繁华时尚，而此次故地重游，却用一句"野夫不屑英雄梦"洞穿了铁塔生辉、一将功成之下的人间苦难。他的诗作，是深情而深刻的旅游笔记，也是最隽永的旅游见证。

题赌城

芸芸天下乐奢华，纸醉金迷亦可夸。

莫问浮生谁胜负，高楼灯火本黄沙。

——丙申秋于美国拉斯维加斯

读诗随笔

王弘

旅加学者

　　2022 年 10 月万圣节（Hallowmas）的夜晚，在赌城拉斯维加斯大道（LasVegasBlvd）上，伴着人行道上节奏激昂欢快的乐曲，沐浴着鳞次栉比的高楼大厦上闪烁的霓虹，呼吸着凉爽微甜混着淡淡大麻味的空气，我穿行在或狰狞恐怖，或憨态可掬的各种奇装异服的人群之中。其感正如诗人笔下的"天下奢华""纸醉金迷"尽在于此，胸中大有不问"浮生胜负"，先爽了今晚的豪情。

"莫问浮生谁胜负，高楼灯火本黄沙。"同一时空，相隔万里却恍若隔世的荒谬感，让我在这黄沙包围的高楼灯火中怅然若失。

耶路撒冷

毁建更迭苦路长，
从来圣地惹刀枪。
恩仇千古家何在，
一面哭墙是故乡。

——丁酉初春写于以巴圣城耶路撒冷

读诗随笔

冯卫东

投资人、《升级定位》作者

有道是，此心安处是吾乡。何苦着相，以至血泪满墙？故乡，真是一个神奇的地方。树高千丈，落叶归根，这是中华民族内聚力的一部分。但岂止中华民族有根文化？犹太民族，阿拉伯民族，无外于此。

在大洋中生长到成熟期的鲑鱼，历尽千山万水洄游，迎瀑布而上，对熊口不退，只为回到出生的地方，产卵，逝去，新生。并非为了落叶归根，而是一种刻入基因的古老约定，是漫长自然选择筛选出来的生命智慧：只有回到出生的地方，才能可靠地遇到同类，让种群生生不息；汪洋中的邂逅，虽然浪漫，但却无法让后代重新相聚。科学的解释，非诗意，却胜似诗意。

人类到圣地朝圣，又何尝不是一种刻入文化基因的古老约定？让同种文化或信仰的族群，在各自的圣地确信吾道不孤，从而使信念更坚定，并让文化和信仰薪火相传。然而，智人同源，文明同根，圣地多争，耶路撒冷更是三教的圣地，毁建更迭，至今刀枪战乱不止。耶稣受难时背负十字架的苦路，似乎长到永远走不完。千古仇恩，人类仍在寻找更优解。

或许，中华文明能贡献最优解的一部分。作为一个科学无神论者，我也会带领孩子清明扫墓，有过这么一个对话：祖先有灵吗？也许没有。祖先能保佑我们吗？也许不能。那我们为什么还要上坟？因为上坟能让后代相爱，这就是保佑。中华文明的圣地，与世无争；有家族的小圣地，也有黄陵、炎陵、孔庙这样的大圣地。各美其美，成人之美，美美与共，天下大同。

电影《无问西东》观后

家国百岁几飘零，
过尽红尘水木清。
但有此心能固守，
一生风雨任西东。

——丁酉岁末写于北京

注：电影《无问西东》，是为纪念清华大学百年校庆而拍的，所以片名取自清华大学校歌歌词里的一句"立德立言，无问西东"。

影片从第一代清华人吴岭澜在实业致富的诱惑下安然择文任教的"喜我所喜，无问西东"，第二代清华人沈光耀在国家危亡关头毅然从军赴难的"行我所行，无问西东"，第三代清华人陈鹏在"文革"乱世中坦然不离不弃的"爱我所爱，无问西东"，到第四代清华人张果果在名利江湖里傲然重爱轻恨的"信我所信，无问西东"，展现了百年书香滋养成的"自强不息、厚德载物"的清华精神和"听从己心，无问西东"的清华风骨，在四代清华学子间的传承与坚守。

电影结尾，张果果对四胞胎的独白，也正是对片名《无问西东》的诠释："看到的和听到的，经常会令你们沮丧，世俗是这样强大，强大到生不出改变它们的念头来。可是如果有机会提前了解了你们的人生，知道青春也不过只有这些日子，不知你们是否还会在意那些世俗希望你们在意的事情，比如占有多少，才更荣耀，拥有什么，才能被爱。愿你在被打击时，记起你的珍贵，抵抗恶意；愿你在迷茫时，坚信你的珍贵，爱你所爱，行你所行，听从你心，无问西东。"

读诗随笔

邵秉仁

书法家、诗人、原国家体改委副主任

电影的特点是用画面传达思想。在战火纷飞的年代，一批学子，粗布长衫、柔弱身躯，偏安一隅，潜心学问。不要以为是消极避世，而是士人报效家国的情怀！正是这样的情怀，铸就了一大批著名的科学家、文学家和艺术家。他们和征战疆场的勇士一样，都是民族的脊梁。这就是影片《无问西东》要告诉我们的内容。

作为清华学子的云柯先生，深受这种风骨的熏陶，在诗中再一次表达：但有此心能固守，一生风雨任西东！

从古至今，士人并非铁板一块。在风云变幻之际，卖国求荣者有，谄媚向上者有，附炎趋势者有，随波逐流者众……但其主流依然是民族的中流砥柱。

当今社会又处在风云变幻之际，能否坚守本心是对每个人的拷问。尤其是那些从政为官的知识分子，能否坚守"听从己心，无问西东"，不说假话套话空话，不谄媚向上，不求闻达，只关心民疾，多做实事，更是严峻考验。

赓续风骨情怀，弘扬"独立之思想，自由之精神"，你我共勉！

读诗随笔

吴华

浙江大学教授、中国民办教育西湖论坛主席

汤博士是清华校友，从清华校庆纪念影片《无问西东》中，诗人读到了对清华精神的现代解读。"但有此心能固守，一生风雨任西东。"既是诗人从影片中对清华精神的感悟和认同，更是表明诗人自己的人生态度。用"喜我所喜，无问西东""行我所行，无问西东""爱我所爱，无问西东""信我所信，无问西东"阐释了什么是"自强不息，无问西东"的清华精神和"听从己心，无问西东"的清华风骨。

但是，影片中的"无问西东"，从时代和人物情节的设计来看，"西东"都是指的"红尘纷扰"，电影主创人员以此为题概括清华办学精神，恐非正解。

"无问西东"一语，出自清华校歌第三节"器识为先，文艺其从，立德立言，无问西东"。歌词作者汪鸾翔先生在1925年写的《清华中文校歌之真义》一文中对此有专门解释："此首再将东西文化赞叹一番。地有东西之分，文有竖横之别，然而好美恶丑，好善恶恶，人之心理，大略相同。由此可见众生之本性同一，所不同者，风俗习惯上之差别耳。"

在清华校歌第一节第二句更是明白无误地写到"东西文化，荟萃一堂，大同爰跻，祖国以光"。前后映照，可以确定，"无问西东"并非指"抵抗红尘纷扰"，而是一种文化包容立场。也就是说，在清华办学宗旨的本意上，"西东"明确是指东西文化，是中性乃至褒义，但是，在影片中，"西东"泛指红尘纷扰，近似贬义，影片为什么要做这样的虚实转换，没有看到有相关讨论。

由这个插曲就带出了另外一个问题。清华百年办学，遭遇三次重大劫难。第一次，抗战西迁，颠沛流离，艰苦卓绝，影片中有一个经典场景——停讲听雨，但在如此艰苦的条件下，清华却是"穷且益坚，不坠青云之志"，大师云集，群星璀璨，今天我们津津乐道的杨振宁、李政道就是当年西南联大（清华、北大、南开联合办学）的学生；第二次，20世纪50年代的"思想改造"运动，到五七年"反右"时，清华已被政治裹挟，在红尘中迷失方向，切割自保，恐怕也难以担得起"出污泥而不染"的美誉；第三次，十年"文革"，几番停课，政治狂热，那已经是同流合污了，校名虽在，灵魂已失。

把这三次重大创伤放在一起不难发现，对清华乃至对所有大学而言，最大的劫难不是战争，而是思想管制和剥夺独立人格。

"家国百岁几飘零，过尽红尘水木清。"诗人感怀母校百年办学的艰难历程，前有抗战时期为保存中华文明千里西迁云南办学的磨难和坚守，后有建国后整个社会陷于政治癫狂给清华乃至国家造成的深重灾难，抚今追昔，诗人希望母校在历经这些磨难之后能够回到正常办学的轨道……

但有此心能固守。

世態紛紜皆草木

生大事一盃茶

渴博士诗句

李瑋書

世态纷纭皆草木，人生大事一杯茶。

——《普洱茶》摘句（全诗详见 288 页）

书法：李玮 山西省书协会员 山西师大书法硕士

白袍故事早神游，
终见黄沙结海楼。
引领奢华成大化，
也堪高士羡王侯。

——己亥春写于阿联酋

读诗随笔

刘宏

外企高管、《印度 IT 的崛起》作者

有幸受邀夜读云柯兄诗作而即兴写点读后随想。翻阅云柯兄多年随性之作，题材涉及上下千年历史风云，神驰思绪游历华夏大地以及几十个异域邻邦，足迹覆盖之广令人感叹不已。合卷静思，感觉压力巨大。

2023 年，我们的社会开始恢复活力，我有幸受邀访问沙特阿拉伯首都利雅得和卡塔尔首都多哈，也有机会在迪拜短停，由于是首次踏上中东的土地而感触良多，我因此挑选云柯兄的《迪拜印象》来梳理神秘的中东思绪。

中东地区对大多数国人是个陌生的地方，在 2000 年前，大多数人对中东的了解可能都是源自于阿里巴巴与四十大盗的故事。关于现代中东有限的报道给世人留下的印象就是几个标准词组：石油、土豪与猎鹰。

迪拜给我的第一印象就是灰黄色沙质大地与墨绿色海洋的无缝连接，星星点点人工填充的小岛宛如嵌入在无边大海中的一块块褐黄色宝石。随着飞机徐徐降低高度，你可以清晰地看见这是一座建立在荒漠中的现代城市。"白袍故事早神游，终见黄沙结海楼。"迪拜几何形的城市规划道路、拔地而起现代感极强的摩天大楼与灰蒙蒙缺乏绿意的沙化大地形成强烈的对比反差。久负盛名的迪拜免税店在清晨 6 点已经开始人流攒动，琳琅满目的各种免税商品与大力度的促销活动吸引着匆匆过客的目光。

1966 年，迪拜的法塔赫油田发现石油，这成为迪拜历史发展中最具关键意义的里程碑，迪拜就此一跃成为活力澎湃的现代商业大都会。靠着石油资源带来的第一桶金起步，迪拜在荒漠之中打造了世界上最大的人工岛、世界第一高楼、世界最大的购物中心、世界最大的水上乐园、世界上最大的人工港口等建设奇迹。

"引领奢华成大化，也堪高士羡王侯。"如同一个野心勃勃的富二代，迪拜这座进取之城一次又一次刷新自己创造的纪录，撕开身上的固有标签。如今，迪拜的人均 GDP 达到了 7.4 万美元，投资、旅游、金融、贸易对 GDP 的贡献已远远超过了石油。

迪拜是个充满移民的地方，80% 的人口为来自全球 200 多个国家和地区的外籍人士，且三分之二的人口年龄在 20 到 39 岁之间，这座国际化商业大都市充满年轻的活力，让来自全球各地的经济和金融精英尽情挥洒才干。

中东经济成长奇迹的源泉在哪里？是伊斯兰璀璨的历史文明孕育着中东这片荒漠大地中休养生息的倔强生灵？还是天性通达与连接东西方的地缘位置给中东地区带领无限的商机？近年来，越来越多的阿拉伯国家开始在国际治理的世界舞台上展现第三极的身影，中东地区独特的文明与文化习俗开始影响我们的生活和经济发展。

在结束中东之行时，迪拜酋长一句非常有名的金句让我依稀找到中东地区成长的秘笈："我们从不被动等待，相反，我们主动创造。"

题西部牛仔

粗衣烈马闯蛮荒，
了断恩仇靠快枪。
不为江山轻爱恨，
千金只买一时狂。

——己亥深秋写于美国德州沃斯堡

读诗随笔

王弘

旅加学者

一脚油门踩到底，我看着时速表指针晃晃地定在 90 英里 / 小时，知道租车行为了安全做了限速设置，但这换算为每小时 150 公里的速度在美国一望无际的西部荒原上毫无风驰电掣的感觉，缓缓而来的戈壁及上面斑秃般稀疏低矮的灌木丛让驾驶者昏昏欲睡。

诗人仅用"粗""烈"两字，就精准传神地将两百年前西行拓荒的美国人勾勒在这莽莽荒原上，马匹和重载四轮马车 (Wagon) 只能以每小时 5~10 公里的速度缓缓行进，严寒酷暑中支撑他们前行的动力是对美好生活的向往，而捍卫自身安全和财产不被掠夺的保障，也在诗人枪"快"人"狂"的西部大片素描中跃然纸上。

然而，个人的砥砺前行和快意恩仇仅仅是西进运动中个体的充分条件，联邦政府《宅地法》的颁布及贯彻实施为西部大开发提供了必要的制度保证，以后两百年中，当年人们购买、分配到的土地并没有因为什么人类的某个宏大理想而统一收回，宪政制度下的依法治国使得私有财产得以保护和累积，从而确保美国西部为美国的崛起提供了强劲动力。

今天，得克萨斯州一地的经济规模与加拿大全国的经济不相上下，而在得州博卡奇卡（BocaChica）腾空而起的私人公司美国太空探索技术公司 (SpaceX) 的星舰火箭 (Starship)，让这片土地再次成为展现人类探索精神的起点。

一城风物尽斑斓，
上帝打翻调色盘。
能与亡灵共欢乐，
人生何事不开颜。

——己亥冬写于墨西哥瓜纳华托

注：当我们或是心情沉重地怀念故去亲友，或是心怀敬畏祭拜鬼神的时候，墨西哥人却在载歌载舞地与亡灵共欢，震撼心灵的电影《寻梦环游记》即源据此地亡灵节的传统拍摄而成。

读诗随笔

余晨

易宝支付联合创始人、《看见未来》作者

　　在《题彩色城市瓜纳华托》这首诗中，墨西哥古城瓜纳华托被赋予了一幅神奇的画面：它是上帝不慎打翻的调色盘，意外洒落在人间。五彩斑斓的建筑仿佛是对生命的颂歌，唱响着色彩的乐章。瓜纳华托不仅以其色彩鲜明著称，更是一年一度亡灵节庆典的核心地所在。在这里，人们与逝者的灵魂共舞，深沉地思索着生命与死亡的意义。

　　迪士尼动画《寻梦环游记》便是从瓜纳华托及其亡灵节汲取灵感，电影生动描绘了这两者的精神实质：死亡并非生命的尽头，被遗忘才是终结。每个人拥有两种生命：一种随肉体消逝，一种随记忆淡去。第一条生命在你肉体死去的时候结束，这是物理生命的终结；第二条生命在当世界上所有的人把你遗忘后结束，这是精神和社会生命的终结。电影的主题曲《请记住我》寓意深远——只要有人记得你，生命便可超越死亡的界限。

亡灵节是墨西哥土著文化与西班牙殖民文化融合的产物。西方文明源自古希腊文明和希伯来宗教两大根源，与希伯来一神宗教（犹太教、基督教、伊斯兰教）中全能、全知、至善的神不同，古希腊神话中的诸神并非完美，他们与人类同形共性，拥有七情六欲，却享受永恒生命。这种不朽的神性与人类的脆弱性形成鲜明对比：诸神的生活宛如一部宫斗肥皂剧，他们不用担心最终失去什么而变得喋喋不休且琐碎鄙陋；人类却因生命短暂珍惜有限的存在与选择，反而变得更加尊贵和崇高。这种对比可谓"神的人性"与"人的神性"，正是生命的有限性赋予了它价值。

荷马史诗中的古希腊武士追求的"不朽的荣耀"（Kleos），是一种生命在肉体死亡后仍然存续的方式（Kleos 特指一个人死后后人对他的称呼）。如勇士阿喀琉斯所言："让我们世代传颂的英名在永恒中回响。"在现代语境下，这种不朽升化为"模因不朽"——基因（gene）是生物遗传的单位，而模因（meme）则是文化和思想传承的载体。出于生命的本能，每个人都希望通过传宗接代来延续生命而实现基因不朽；而真正伟大的人则通过改变世界（无论是思想、艺术、商业还是政治）被永世传颂来实现模因不朽。

瓜纳华托亡灵节中的朴素真理，与古希腊文明的深刻哲思，共同揭示了生命与死亡的密切关联。如西塞罗所言，"哲学即是学习如何面对死亡"。海德格尔的"向死而生"哲学，乃至乔布斯关于"死亡是生命最伟大发明"的见解，都在探索这一终极议题。

无论是瓜纳华托的缤纷色彩，还是古希腊的不朽荣耀，它们都指向了同一真理：生命的脆弱和有限赋予了它独特的尊严和价值。

吉达印象

黄金香料满街灯，
禁酒安食醉不成。
莫惧狂沙吹热浪，
白袍过处有凉生。

——二零二三年七月十二日写于沙特
阿拉伯麦加省吉达市

注：吉达（Jiddah，阿拉伯语：جِدَّة）是伊斯兰信徒前往圣城麦加朝圣的主要入口（通向麦加之门），位于沙特西部红海岸边、麦加城以西75公里，是仅次于首都利雅得的第二大城市，为沙特的经济中心。

读诗随笔

辛欣

传统文化践行者、武当三丰派传人

重读这首诗，思绪一下子又回到了那个神秘的地方——吉达。这里是穆斯林圣徒朝拜圣地麦加的必经之地，拜占庭时期的建筑依然伫立，繁华的夜市人头攒动，一列列黑袍或是白袍翩然走过，掩在面纱背后的一双双眼睛美丽而灵动，礼拜的音乐不经意地响彻在机场、餐厅、街道、商店、寺院……无所不在，虔诚地祷告，默默地祝福，那种真诚让人感动。

2023年7月初，有幸与汤博士一行共赴中东和非洲，去探寻人类起源和神秘的阿拉伯文明。为了感受穆斯林的朝圣之旅，我们从南非开普敦出发，中转迪拜，航程9+2小时，加上候机时间4小时，才辗转抵达沙特阿拉伯王国第二大城市吉达。

沙特阿拉伯是信仰伊斯兰教逊尼教派的国家，也有少数人信仰什叶派。沙特之名取之于其创始人伊本·沙特之名，阿拉伯语中意为"幸福"，其圣城麦加是先知穆罕默德诞生地，所以每年都会有大批伊斯兰教徒去此地朝觐。而吉达就是全世界穆斯林进入麦加进行朝觐的最后集结地，也是汉志地区唯一允许非穆斯林居住的城市。后来得知汤博士和我们的旅游达人樊领队在策划这次出行时也是花费了不少心思才寻到这个点位，使我们能够更加近距离地接触和感受伊斯兰教之特色与不同。

由于这里开放程度有限，很少有人来此旅游，重要的穆斯林场所也禁止非穆斯林进入。但尽管如此，还是可以从"水上清真寺""吉达老市场"等这些当地人生活起居离不开的地方，感受到这方水土孕育出的民族特性和文化基因。

其实在此次行程经过的所有地方，从中东到中非再到南非，我们都曾感受得到阿拉伯人的身影，他们人到哪里，就会把生意做到哪里，把孩子生在哪里，把信仰带到哪里！石油的发现让中东的许多阿拉伯国家一夜暴富，但是他们并没有放弃曾经的文化传承和生活方式。

"黄金香料满街灯，禁酒安食醉不成。"禁酒令让同行喜爱美酒的先生们也只能被迫入乡随俗，香料市场穿梭的人群中飘散出来的乳香没药的味道，就如同萦绕在耳边的清真寺里阿訇那无比悠长且延绵不断、沁人心脾的唱诵一样，那么让人无法忘怀，久久回荡于胸中。

旅行是最能够触发人情感的一种形式，汤博士纵横天地间，畅游海内外，见识广博，感悟深远，《吉达印象》仅用寥寥数笔就勾勒出了阿拉伯世界的前世今生！"莫惧狂沙吹热浪，白袍过处有凉生。"人文、社会、环境、宗教尽在诗中，浓缩精华之处，见到作者更深的力道和火候，把诗和远方勾兑得如此精道和相得益彰！不由让人期待起下一次的共同旅行。

其一

还乡衣锦二十年，四海惊涛一岛闲。

不与愚人空论道，自由富贵做神仙。

其二

治国常若小鲜烹，富甲全球岂浪名。

休论赌城无大政，千秋功罪看民生。

——二零一九年十二月二十日写于北京

读诗随笔

姚坚

法学博士、澳门中联办原副主任

　　在给外界的印象中，澳门在传统和悠闲中带有丝丝的神秘。然而如果你在此细细品味，便能体会到回归二十多年所带来的更多是民心和畅。"诚信"是这个城市恒久不变的符号，服务和诚实是大小商家的共同追求，刚看到这家餐厅是一家几代人坚持的唯一营生，又听说那个饼家始终不在周边区域建分号，坚守的是那份安静、诚信与品质。

"不与愚人空论道，自由富贵做神仙"，小城人不太习惯开会而更多是工作坊培训或聚餐交流，周末不会是"5+2"的忙碌而是家庭团聚为主的安排。"主人翁"是这个城市独有的特色，"从来就没有什么救世主"，人人都是这个城市的主人，不大的城市活跃的社团数以千计，各种社团、各类协会把社会各阶层代言、服务、团结得周到而细微，民意通过社团得到表达，有服务孤老长者的街坊会"平安钟"项目，有服务特殊群体的"弱智儿童家长协会"……

"休论赌城无大政，千秋功罪看民生"。2008年国际经济危机之后，改善民生的措施之一就是把街市卖菜小贩的摊位费一直豁免至今；无障碍设施遍布街巷角落，过街天桥配备升降电梯更随处可见，没有宽阔大道却随处洋溢着人文关怀，虽有歧见但总能在交流协商中达成共识，实现"爱国爱澳"旗帜下正向而平和的社会氛围，让更多的市民成为和谐社会的建设者和共享者。

重登神仙半岛

四面金光大象驮，
海天三载似南柯。
人间欢喜缘如幻，
谁问东风谁问佛。

——三年过后劫尽果生，重游
泰国普吉岛酬谢四面佛

读诗随笔

王世红

北京大学博士、北京高等秘书研修学院院长

云柯是大隐者，短短四句诗道出了他的佛学造诣。

世界是无限的，也是被局限的，凡所有相皆是局限的。人是有灵魂的，当灵魂进入三维世界的人体之中，灵魂也就被局限了。人们对于灵魂是否存在很有争议，灵魂进入肉体，迷失了自己，有点"不识庐山真面目，只缘身在此山中"的感觉，正如猪八戒不知道自己是天蓬元帅下凡。贵如佛祖释迦牟尼，他也需要经过拜师修炼，经历无数的苦难才发现宇宙的真实，进入大彻大悟的境界。

"缘"在佛教中是一个非常重要的概念。佛教认为，没有独立存在的人和物，任何事物都是由相互依赖的缘组成的。事物都是在不断变化之中，也就是佛教的无常观。世界唯一恒久不变的就是无常。

四面佛原名"大梵天王"，为印度婆罗门教三大神之一，乃是创造天地之神、众生之父，天王在天界中法力无边，掌握人间荣华富贵，具备崇高之法力。四面分别代表事业、爱情、健康、财运，神仙半岛的名称是根据岛上所塑造的四面佛而得。据说此半岛上的四面佛非常灵验，只要人们诚信求拜，总能帮助祈求者如愿，因此人们便称四面佛像所在地为神仙半岛了。

神灵能否保佑人类是一个很有争议的话题。一部分人坚信神灵可保佑他们，比如基督教宣传的很多神迹。我本人也有很确定的被加持和保佑的经历，比如戒烟。我曾经戒烟无数次，结果都无功而返。有一次我去通州的一个观音庙，许了戒烟的愿，之后我成功戒烟了。这次比较神奇的是许愿后见了烟没有想抽的想法，一点都不难受，完全不需要抗争，似乎以前就没抽过烟。《金刚经》主张"离一切诸相"而"无所住"，即对于现实世界不应执着或留恋。卷末四句偈文："一切有为法，如梦幻泡影，如露亦如电，应作如是观"，被称为《金刚经》的精髓。

"人间欢喜缘如幻"是对《金刚经》很精妙的注解，并由此引出了结句的大彻大悟："谁问东风谁问佛"！既然一切有为法，如梦幻泡影，那么，事业、爱情、健康和财富都是梦幻泡影，何必去有所住，何必去问，去执着。

用我自己学佛的感悟来呼应云柯充满禅意的诗句：

胡思乱想梦中梦，对镜自怜幻中幻。不知我身本无生，生死疲劳永不宁。大千世界镜中物，法界森然亦非真。福报功德本无二，随喜赞叹是般若。佛性法力大无边，能迷能醒属本然。娑婆世界逢缘生，假作真时假亦真。因果不虚亦非假，成住败空本不空。众生平等非戏言，无我无佛无众生。知幻即离英雄汉，回归自性语默然。累劫习气万年垢，一旦无我染何物。既然无我谁在思，我思并非故我在。我执才是轮回根，一切生灭皆非真。如如不动你我心。

陪都山水印国殇，
云气千年汇两江。
灯酒楼台今更胜，
满城美女火锅香。

——丙戌秋作于山城重庆

读诗随笔

李子迟

作家、诗人

"灯酒楼台今更胜，满城美女火锅香。"这大概是关于重庆最恰当、最精彩的名片与广告词了。

是山城也是江城的重庆，这座西南与西北最大的现代化都市，曾经是民国政府的抗战陪都，因其位于长江与嘉陵江交汇处，地理位置优越，山水壮美，得天独厚，历史悠久，风云际会。

今日高楼大厦，万家灯火，一派繁华，尤胜昔时。更有那靓丽的重庆妹子，美不胜收；火锅佳肴，满城飘香。

读诗随笔

李景新

海南热带海洋学院教授、书法家、诗人

....

　　以通俗词语入诗词，自古有之，近年的诗词界又产生一些争论。我意如果词语通俗而非庸俗，又能增强生活气息，那么通俗词语也能作出好诗。

　　此诗末句，一看很通俗，但是我觉得却是好句子。原因之一是，句子散发着浓厚的生活气息，很贴近现实生活。原因之二，我感觉到诗中的滋味比较复杂。整首诗的结构，有点像杜牧的《泊秦淮》，读者可能会产生这样的想法：诗句中是不是带有讽刺的口吻？诗贵含蓄，此诗可谓含蓄者也。

大阅兵观感

铁骑飞龙震九疆，军威猎猎抚国殇。

投鞭东海宣孤岛，立马南沙向大洋。

长记屈敌非好战，每忧劳众是虚张。

千秋霸业实仓廪，唯愿宏德领四方。

——乙未秋写于抗战胜利七十周年纪念日

....

读诗随笔

陈蕾

清华中文学士、北大法律硕士，就职于国家部委

....

2015 年秋，中国举行了历史上第一次以纪念抗战胜利为主题的大阅兵仪式。"铁骑飞龙震九疆，军威猎猎抚国殇"，首句不仅将大阅兵"铁骑"遍地、"飞龙"在天的浩大声势凝于笔端，同时也通过"抚国殇"三个字表达了和平的夙愿，从语气结构上为下面的论述埋下伏笔。

"投鞭东海宣孤岛，立马南沙向大洋"，诗人观大阅兵，生发出对当今时事的无尽遐思，受大阅兵气势的感染，胸中旌旗猎猎，欲"投鞭""立马"，一解家国之忧。

"昭昭前事，惕惕后人"，历史会过去，但永远不会逝去。我们铭记浴血奋战的抗战历史，不是好战黩武，不是延续仇恨，而是为了时刻警醒后世。"长记屈敌非好战，每忧劳众是虚张。"是全诗的诗眼，也是诗人的格局和情怀。这两句一下子将本诗的立意拔高，由大阅兵的形式挖掘出其更深层次的祈愿和内涵，表达了对历史与和平的尊重，对天下苍生的悲悯。

"千秋霸业实仓廪，唯愿宏德领四方。"祝愿祖国仓廪实而立宏德，并将福泽洒向世界更多地方。这首诗作志气昂扬、境界开阔，评史论政，格局远大，足见诗人非同一般的胸襟和气魄。

读诗随笔

伍晓鹰

北京大学国家发展研究院经济学教授

汤君诗作多藉人事景物抒怀，寓意深远。本人多年囿于书斋，虽自认上下求索经济政治哲理，然大题无解，小题笨拙，不过也许与近日对人类未来命运的思虑有关，汤君这首纪念抗战七十周年的《大阅兵》实在让我难以放下，忙碌中偷得半日闲，试大题小作。

《大阅兵》的重点其实不在"铁骑"与"军威"，而在"仓廪"和"宏德"。在这个世界被地缘政治危机再一次撕裂的今日，这可能启发人们重新思考二战及以往世界大战于人类文明的教训。中华民族艰苦卓绝的抗日战争应该纪念，我觉得更应该给每一位阵亡将士以最高的民族尊严，向他们的英魂致敬。

胜利后的大阅兵是对军队的表彰，对人民的鼓舞。二战结束后同盟国都进行了不同形式的阅兵，但此后多数国家并没有在胜利纪念日举行常规阅兵。这固然可以减轻纳税人的负担，但主要是提醒世人，在一个法治的、以国际准则为人类交往基础的世界上，各国需要宣示的不只是国威，更是恪守国际规则的诚信。

文明始于规则，后者是妥协基础上的合约，不是国家实力的较量或对暴力的服从。从经济上看，文明的动力不是丛林法则，而是交易或市场的力量使然。

谿流寬處坐如閒不
惧秋風入水寒看客
休言無所獲釣翁眼
底有河山

雲柯詩水中獨釣
甲辰梁曉軍書

溪流宽处坐如闲，不惧秋风入水寒。
看客休言无所获，钓翁眼底有河山。

——《水中独钓》（全诗详见 080 页）

书法：梁晓军·中央国家机关书协会员首师大书法硕士

题伊斯坦布尔

峡开山海尽波涛，欧亚兴衰涨落潮。

两教精华留古殿，三朝霸气铸弯刀。

真经无忌随穿戴，俗世有情浪狗猫。

纵使帝国成旧迹，安居乱世亦英豪。

——己亥春作于土耳其博斯普鲁斯海峡

读诗随笔

肖武男

亚太交流与合作基金会执行副主席

伊斯坦布尔是我非常喜欢去的城市，"峡开山海尽波涛，欧亚兴衰涨落潮。"这个城市所拥有的魅力，就是一种不同文化交织起来所蕴含的冲击力和某种张力。

当下世界存在很多问题，大多都源于文化和宗教的冲突，但在伊斯坦布尔恰恰能感觉到这种冲突带来的是和谐共生的局面。"真经无忌随穿戴，俗世有情浪狗猫。"

我第一次去伊斯坦布尔，还是在 20 世纪 90 年代初期，那时候要经常去以色列和巴勒斯坦，参加中东和平进程谈判，所以伊斯坦布尔就是经常转机的地方，虽然它与以色列、希腊等周边国家关系比较敏感，但那时很多国际关系的斡旋就选在这个地方了；近几年又更活跃，包括与塔利班的谈判、利比亚的和平进程；包括俄乌冲突的许多协调工作在这儿开展，等等。

"两教精华留古殿，三朝霸气铸弯刀。"某种程度上说，这个城市是因为它的历史和多元文化积淀，所创造的多元和包容性，构建了不可缺失的角色与地位，成为了世界地缘政治的中心之一。

土耳其这个国家是比较特别的，基于历史的原因，一直在欧亚突厥语系事务中发挥着重要作用；也是基于此，其新机场十多年前就规划成全世界最大规模，八条跑道。仅从这个布局上就能想象到，土耳其雄心勃勃地扮演着欧亚的连接点，或者对世界产生影响的"大国"。"纵使帝国成旧迹，安居乱世亦英豪。"现在许多国际性的活动，包括安塔利亚电影节和世界性的展览都云集于此。正因为这样，这几年伊斯坦布尔也是中国人移民的热点城市，最近听说它的房价、入籍费用也猛涨。

中国目前面临着复杂的国际环境，如何运用国际多边角色、复杂文化与宗教力量去构建自己大国外交地位，土耳其的战略布局值得借鉴。这几年来，土耳其、卡塔尔都在国际舞台上长袖善舞，构建出自己独特的政治和外交生态圈，无疑也是对中国的大国外交目标起到有益的助力。所以说，运用软实力，去打造自身影响力，恐怕从伊斯坦布尔的崛起过程中，我们可以多多少少得到一些启示。

股市金融然并卵，吓着宝宝雾霾天。

二胎经济小鲜肉，一带思维大互联。

人丑读书不靠脸，虾萌任性只需钱。

颜值气质都不看，我想出行世界宽。

——作于乙未年岁末

注：1. 首句，"然并卵"源于网络游戏的当年热词，意为一些事情看似很重要，但并不能带来收入和好处，是却没有什么卵用。二句，"吓死宝宝了"最初源自当年名为"宝宝"的网红女主播口头语，成为网络热词后，被年轻人用为受到惊吓使自己变回了宝宝，或自己还是个宝宝，害怕受到惊吓。2. 三四句，放开二胎拉动经济、被称为"小鲜肉"的形象清秀温柔的年轻男演员受到追捧、一带一路与互联网向万物互联的物联网发展，都是当年的热点现象。3. 五六句"人丑就要多读书"，源自当年一位考入美国名牌学校的陕西女孩的自嘲，由此引发的"人丑就要×××"系列网红造句，成为当年最励志的调侃。"有钱就是这么任性"，源自一位购买保健品时明知受骗但仍继续给骗子汇款的老刘，媒体采访时声称就是想花钱看看骗子还能骗什么，一时间"有钱任性"红遍全网，而同期被曝光的38元一斤变身38元一只的天价青岛大虾，也被调侃为只有有钱任性才吃得起，因以"虾萌"对仗上句的"人丑"。4. 七八句"明明可以靠脸吃饭，偏偏要靠才华"，源于小品演员贾玲年轻时的美照曝光，被网友称赞，由此引发社会上更看重容貌颜值还是更看重才华气质的讨论。"世界那么大，我想去看看。"出自一位河南中学女教师的辞职申请，因不同于由收入、健康或矛盾引发而辞职，10个字的理由性情真率洒脱、心态阳光自由，受到网络热捧，亦成为当年心态之总结。

读诗随笔

陈蕾

清华中文学士、北大法律硕士，就职于国家部委

诗人是很多清华学子敬佩仰慕的学神师兄，更是出版过多本高质量诗文集的文学大家，他的《登山东蓬莱阁》曾一度被错认成唐代诗作，出现在多省的高考语文模拟试卷上，足见他在古体诗方面非同一般的造诣。身为典型"清华理工男"，诗人却不只囿于实验室与数据，而是将诗与远方也尽收眼底，他的诗豪迈真挚，洒脱恣意，在新体诗和旧体诗中都体现得非常明显。

受到父亲文化气息的影响，诗人从小就开始以诗为日记并有童蒙佳作留存，时至今日仍保持以诗作来记录生活的习惯。这首以当年年度热点热词串联而成的七律诗，也是幽默风趣紧跟潮流，可以看出诗人在驾驭不同风格的诗作时的游刃有余。本诗短短数句，却包罗万象，囊括了当年在政治、金融、气象、文娱及互联网等多个领域的最新热点和资讯，且彼此之间联系紧密而逻辑清晰，语气轻松诙谐，但不乏深入思考，透出作者敏锐前沿的互联网嗅觉、宏大开阔的世界观和积极率真的人文关怀。

颜值气质都不看，我想出行世界宽。

碧树岚烟雨亦晴，山中八月正秋清。

茶新燕舍说经济，酒老云门论纵横。

自古躬耕多有策，从来善钓更知兵。

赣南功业留书院，心在青天大道行。

——乙未初秋于九连山培训基地

读诗随笔

程泊霖

无人系统产业投资人、三九集团原总经济师

赣州是一个神奇的地方。从唐代晚期开始，中国的海上贸易收入增加，特别到宋代以后，由于河西走廊控制权的丧失，海上贸易成为了国家的主要税收来源，赣州也逐渐成为中原与南粤地区一个必经的交通要道和货物人员集散地。

不仅经贸发达，自唐代起，赣州已出现书院，到宋明时期书院文化盛行，可谓"物华天宝，人杰地灵"。周敦颐曾在这里写下了《爱莲说》，后来有爱莲书院、濂溪书院。

在赣州建功立业的明代大儒王阳明，也是我们经常谈到的"立德立功立言"三不朽人物。王阳明在贵州龙场悟道后受到重用就是在赣州一带剿匪。这四省交界地区匪患严重，有的地方达几十上百年之久，朝廷多次派人围剿，都以失败告终。而王阳明被朝廷任命为南赣巡抚，统兵剿匪，一年多时间匪患全清，用的就是他创立的心学。他提出"破山中贼易，破心中贼难"，主张军事与安抚并用，推行教育，重塑民风，同时推动经济发展，改善当地生活，彻底根除匪患。后来他以几万人仅用 35 天平息了宁王十多万人叛乱，立下不世之功。

王阳明在赣南办书院讲学，创立阳明书院。王阳明的第三次出征是朝廷委派他赴广西平乱，归途病逝于赣南南安府大庾界。"赣南功业留书院，心在青天大道行。"建功立业在此，最后去世也是在此，这就是王阳明和赣南千丝万缕的联系。他临终前说："此心光明。"

我和云柯 1989 年相识。我们都在读研究生，他当时是清华大学研究生会的副主席兼华实科技中心总经理，我是北京航空航天大学研究生会的主席。我多次受邀参加云柯组织的清华大学研究生学术活动，讲南海的通道、中国的崛起；讲文化的传承与变异、朝代的更替与社会发展。

"茶新燕舍说经济，酒老云门论纵横。"2010 年开始我们先后关注王阳明的心学，研究王阳明。阳明心学注重实践，强调知行合一，这也是汤博士当时作为金融高管在阳明建功立业之地参加工作研讨时最看重的吧。诗中"自古躬耕多有策"讲到三国时期最著名的军师诸葛亮，历史上是智慧和执行力的化身。而"从来善钓更知兵"则提到了西周的太师姜子牙，助周武王伐商纣，夺取天下。

对于心学，王阳明本人是达到了出神入化的程度，他创立心学之后进行实践，无往不胜，不仅是哲学家、教育家，还成为伟大的军事家。心学没能挽救明王朝的灭亡，但心学传到日本后，为日本明治维新起了理论指导作用，为什么？需要我们好好领悟。

禅修有感

早课归来秋雨深，清凉古刹净无尘。

一天坐卧依钟鼓，半日餐食忌酒荤。

开卷我非山外客，燃香谁是槛中人。

闭门何处求般若，佛本白云自在身。

——丙申寒露应邀体验禅修，记于杭州灵隐寺

读诗随笔

肖武男

亚太交流与合作基金会执行副主席

近年来，禅修成了国内极为兴盛的行业。以深圳为例，很多民企负责人在这几年间不买房、不买车、不买奢侈品，却在禅修上开销不菲，花上数十万、数百万的大有人在。深圳近几年最新、最热的课程，就是禅修班和心灵成长，禅修在当下中国的需求量和发展潜力可见一斑。

禅修风靡世界数十载，出自缅甸的吴于（1961—1971 年任联合国秘书长），

他把印度的瑜伽带向了联合国，当时的禅修大师钦莫伊在联合国有单独的办公室。在此期间，禅修中的一种修行方法还被赋予了一个很时髦的名字——冥想。谁承想，冥想由印度传遍世界，近年来也成为世界最亮丽的一道风景线。

当今国际上，禅修也是蔚然成风。从前在西方的主流世界里，有自己的律师和理财师可说是标配，而现在标配团队已经发展到要增加一位禅修老师。当今印度另外一位禅修大师古儒吉，影响力甚至不输于教皇，号称在世界上有17亿信徒之众。他的功绩之一，就是影响了哥伦比亚的和平进程，因为政府以及反政府游击队组织"光辉道路"两方都包含他的学生，最后双方选择了走向和平道路，这也符合古儒吉大师所创立的生活的艺术基金会（简称 AOLF）对于消解个人压力、社会问题及暴力的主张，从内心的和平走向世界的和平。

我最早接触禅修是在 20 世纪 80 年代，首次率中国佛教代表团出访泰国法身寺。在西方生活的这三十多年间，我最早其实也是去教习禅修。通过禅修，建立了非常广泛的社会联系，认识了包括洛克菲勒家族的戴维·洛克菲勒等人士。

中国的禅修体系源远流长，而且具有强大的世界影响力。"开卷我非山外客，燃香谁是槛中人。"禅修传入中国以后，可说一花开五叶，逐渐发展出其完整的世界体系。当今，无论是日本还是韩国，除了南传佛教的禅定外，其禅修体系都大量受到中国文化和中国禅修体系的影响。所以，我认为中国有充分的能力，在未来的世界大变革中，借助禅修来解决人们内心世界的深层次问题，就像当年池田大作在日本社会面临大衰退时提出人生革命，为日本成功地重新进行社会转型发挥了重要作用。

我相信，禅修在中国人的未来生活中，将发挥出难以比拟的特殊作用，正如汤博士为灵隐寺所做的《禅修有感》那般，笔下澄明疏阔，胸中霁月清风，帮助大众回归本心，了悟"佛本白云自在身"。

登开封黄河南岸

九曲奔来浊浪高，
千层泥土落八朝。
旧留铁塔神犹在，
新造皇城梦已消。
烽火流年悲汴水，
词章文脉感陈桥。
忍将盛景沽名画，
再造黄河领碧涛。

——辛丑岁末写于八朝古都开封

读诗随笔

董斌

国网城乡北京建设集团董事长

　　其实我是这首诗创作过程的亲身体验者和见证者，2021 年年末有幸邀请汤云柯老师来我的家乡一游。老师是第一次来开封，对开封的了解之前可能更多的是来自于书本。

　　那个时节的开封已经没有了郁郁葱葱，到处是一片肃杀之气，走进铁塔公园首先是米芾的"天下第一塔"的题字，紧接着就是映入眼帘威武挺拔俊秀的开封铁塔，这座宝塔八角十六层，塔的表层用铁色琉璃瓦装饰，颜色似铁故称铁塔，始建于北宋皇祐元年，距今已有千年历史。2021 年还是可以登塔的，邀请老师登塔一游，老师拒绝了，他给陪同我们的省人大代表讲，这座名为铁塔实为木塔的建筑，内部已见相当脆弱，若仍是每天众人上上下下，恐支撑不了百年。千年文物是先辈们留下的宝贝，应该请专家鉴定保护起来。陪同的代表随后写了提案，现在已经限制登塔了。2049年我们建国100周年，刚好也是建塔1000年，很有意义，我和老师相约到时一起故地重游。

出了开封铁塔公园我们游了清明上河园、龙亭公园、古城墙遗址，出了大梁门我们到了黄河边上，那个季节的黄河虽没有汛期的气势，但黄河水冲积的泥沙层层叠叠在夕阳下泛着金色的光，更令人心旷思远。看到老师思索几秒钟随即掏出手机写字，我知道老师诗兴来了，果不其然一气呵成《登开封黄河南岸》。

"九曲奔来浊浪高，千层泥土落八朝。"开篇气势雄浑，史笔厚重。黄河九曲十八弯，古今中外的诗人无不在歌颂黄河的伟大和壮观，但老师更多的是对兴衰历史的浩叹。黄河不断堆积的千层泥土掩埋了八朝的历史，眼前的黄河已经变成了地上悬河，在开封龙亭一带地下三到十二米处，上下叠摞着六座城池，其中三座国都，两座省城，一座中原重镇。

诗风一转，"旧留铁塔神犹在，新造皇城梦已消"。得中原者得天下，自古以来中原是兵家必争之地，我们知道古代战争打的是人口和粮食，冷兵器时代人多粮食多大概率是可以打胜的。几千年来中原一带烽火不断苦难不断，老师对中原文化了解很深，对中原百姓心生悲悯。陈桥兵变杯酒释兵权，北宋开创了历史上少有的百年和平文化鼎盛时代，老师也因而"词章文脉感陈桥"。

目前可以看到北宋繁荣的直接画面，清明上河图可能是一个唯一不用文字描述的重要证明，那时的开封城是一座不宵禁的都城，文人商贾云集，世界各地的使者、商人汇聚一堂，进行文化交流和贸易活动，可在那之后呢，也只有"忍将盛景沽名画"了。

结句"再造黄河领碧涛"，是中原人共同的心愿。我相信老师说的"旧留铁塔神犹在"。是啊，神犹在啊……

地摊经济有感

鼠岁新冠掩旧冠，
卅年风雨不由言。
中堂答问穷一策，
百姓衣食重两山。
霸气已难论兵甲，
韬光犹可养炊烟。
休轻贩履成经济，
冷暖人心在地摊。

——作于二零二零年六月五日

读诗随笔

杉木

科技基金创始人，博士

　　我与诗人云柯的认识还是在清华大学念研究生的 20 世纪 80 年代末期。那是一个思维活跃、思想交锋的时代。那时的云柯就有了家国情怀，在全校师生众多的竞争者中，他作为十人联名推荐候选人被选举为海淀区人大代表，替选民代言。社会责任感和使命感在云柯的学生时代就埋下了种子。

　　2020 年初，城市突然静下来了，没有往日的喧闹和浮躁。经历改革开放三十年洗礼的诗人，在国家处于困难时刻，当然不会缺席，"不由言"是一种责任，更是一种担当。

　　"治大国如烹小鲜。"诗人通过重现 2020 年在人代会的镜头，盛赞党和政府始终把百姓的冷暖放在心上。"中堂答问穷一策",反映的是我们党坚持"从群众中来、到群众中去"的工作方法,"百姓衣食重两山",体现的是党和政府的为民情怀。"穷"是点睛之笔,展示了坚定不移的信念和脚踏实地的作风。"重"则是度量衡,反映的是政府的政绩观。

接着,诗人画风一转,开始纵论天下:"霸气已难论兵甲,韬光犹可养炊烟"。在当今风云变幻的世界舞台,一个国家试图通过军事手段赢得尊重的时代已经不复返了。只有埋头苦干,关注民生,办好自己的事,才能自立于世界民族之林。由小及大的感慨,反映了诗人长远的世界观和人民观。同时,也是对当今世界霸权主义,一些国家发动战争涂炭生灵的不满和告诫。

"休轻贩履成经济,冷暖人心在地摊。"这是诗人对当今经济的新认知,对当今民心的再认知。诗人目前是清华大学海峡研究院首席经济学家,研究的多是高科技和金融方面的规律,没有想到诗人对消费经济还有这么透彻的理解。我曾经主政一方多年,各级政府对 GDP 的考核,很难将街头上的小商小贩销售额纳入统计,政府也无法收取这些小商小贩的税收。但是,是不是要取消这些街头小商小贩,一直是各级政府在城市管理中争论的话题,也是难题。诗人用"成"字做定论,说明这些街头经济也是事实经济的一种,反映的是,我们执政的目的到底是为民还是为其他?"冷暖人心在地摊"一句点出如何对待地摊经济,反映的则是人心向背。诗人以民为贵的价值观跃然纸上。

这首诗字数不多,则横跨政治、经济、军事、社会,体现了对治国理政方略的认识,以及诗人的世界观、价值观和为民的情怀。反复研读,掩卷反思,我们深深地意识到,一个国家的兴衰,不仅关乎执政者,更系于平民百姓。

天下兴亡,匹夫有责;匹夫温饱,国家有责。

圣诞童谣

火树灯花一岁开，红袍今夜老翁来。

围炉热酒说新愿，乘月寒衣上旧台。

但有童心分喜庆，谁关教义惹兴衰。

马槽圣降千秋事，快乐平安天下怀。

——乙未年圣诞节作于北京

读诗随笔

复强

导演、摄影师

西方节日的掌故用中国古代律诗表现得毫不露怯，难得。"火树灯花一岁开，红袍今夜老翁来。"首联即有电影画面感，色彩、动作跃然文字间。"但有童心分喜庆，谁关教义惹兴衰"二句更是抛却宗教内涵的争议而直取喜庆的形式为我所乐，有一种洒脱的实用主义色彩。

曾几何时，英文以横行天下的霸气、基督以文化时尚的招牌登陆中国，一些年轻人已经把圣诞节等同于春节了。西方文化随风潜入夜，正悄悄改变着中国的未来。美学大家朱光潜先生提倡"诗贵在意象显，而意义贵隐和深"。"马槽圣降千秋事，快乐平安天下怀。"这首诗中，中国传统文化和西方主流文化的冲突碰撞、相互融合的大趋势，已隐然可见。

满目残垣哀九州，行人欲问泪先流。

山崩黄土遮白日，地裂灰墟照玉钩。

忍看双亲哭幼子，怒寻官舍比学楼。

爱心四海勤国难，冷暖人间几度秋。

——二零零八年五月作为志愿者赴地震灾区，写于四川什邡

读诗随笔

徐东来

财务顾问、心理剧工作坊创始人

"山崩黄土遮白日，地裂灰墟照玉钩。"诗人的震撼白描，使多年记忆，排山倒海般涌来。

2008 年 5 月 12 日下午，在京听说汶川大地震。旋即背上采访设备，当晚飞

赴灾区。成都双流机场已不许民用航班降落，只得先落地重庆，靠着渝成联通，三人小分队再移动。机上遇到川籍乘客激动地讲，"快点让我到家。"家有难了，落叶归根哪。

零时甫过，我们泥地飙车去都江堰。第一次目睹完全没电的城市。摸着黑不久，见到路边的军用卡车和军装者。此后十余天，采访多人，悲恸不可尽数。我想补充个动物的角度。听爱狗网搜救队介绍，要是废墟旁有赶不动的家养狗，说明那下面一定埋着主人。不理睬它，它会不停地叫；掘地救人时，它直盯盯地瞅；等到主人身体露出，狗会冲上去刨地，刨到脚掌流血。挖出来的人，有的行，有的不行了。有队员见过一条白色的家养狗，那狗在主人尸体边大步奔跑，像疯了似的。

"行人欲问泪先流"，生灵界亦是共情。马有垂缰之义，狗有湿草之恩。跨物种的情感，不研究的人，是难以理解也不太相信的。狗的利他精神，信诚天性，依恋情怀，应该可以永远影响我们的情绪和行为，不仅在过去，而且延伸到现在和未来。

读诗随笔

江济良

投资人、清华海峡研究院投委会主席

....

2008 年 5 月 12 日，汶川大地震，北川、什邡都成重灾区。灾中救援，云柯和我都是志愿者，迅速而又艰难地前往什邡。那天，并未相约的同学，却在什邡残垣断壁、瓦砾废墟中，面对满目疮痍的人间惨状，通了手机，道了珍重，又各自奔忙。同学二人偶遇于此场景中，"行人欲问泪先流"。

人类信史数千年，自然灾害常见于史书记载。洪水肆虐，天火毁寨，地震覆城，海啸狂噬……人类栖息在大地上，就不得不面对人与自然的相处之道。巫史时期的"天人合一"，或"绝天地通"，以及巴比伦塔的故事，即使到数千年后的今天，也仍然是智能人类要面对的难题。

大自然的客观实在性，人类过往也在其中。科学描述和理解的自然力量、自然规律，是不是完全独立于人类精神的客观存在？被观测到的自然现象究竟潜存了怎样的物质本性？大灾大难的生命涂炭中，这些日常不被常人想及的问题，会不会在与死神争分夺秒的竞赛后，成为人们关于信仰和敬畏的思考？"山崩黄土遮白日"，灾难和悲怆于亲历者，绝不该是史书上的寥寥几笔。

不得不说，任何自然灾害中都总是潜藏着人祸的因子。灾害预报仍待科学进步，而工程的质量呢？"忍看双亲哭幼子，怒寻官舍比学楼"，歪斜的和倒塌的，逃出的和被掩埋的，云柯的这一联，沉痛更沉重，悲悯更悲愤。

还有一个问题，灾难中的紧急救援，自救当是拯救生命减少灾害损失的第一要务。然而，向有乡绅自治传统的华夏族群，却在深入到村民小组的庞大而复杂的行政体系中，常常暴露出自救的严重不足，甚至是缺失。健全的行政组织，却产生更为原子化的社会细胞，庞大系统严密植入人们日常生存的根系，反使日常生活的人们对组织系统有几乎是根本的依附性，这与自治和自救所需的人的独立自主精神、社会关联意识难成共生关系。"爱心四海"于灾难时涌现，灾后的"多难兴邦"之呼号，能不能落地为历史的进步？云柯以"冷暖人间几度秋"做"亲历灾区"一诗的结句，"冷秋"意象所隐现的深深的社会哲学追问，给我强烈的共鸣。

和云柯于20世纪80年代末同学于清华大学，还一起担任过当时的著名智库"北京青年经济学会"的理事，又都通过竞选当选过区人大代表。青年时代的学习和经历，恐是我和云柯在2008年地震灾区"偶遇"的机缘吧。

日月不淹風骨在
與君持酒唱離騷

湯雲柯芝至雅厚

甲辰立夏吉日大生劉蟾

日月不淹风骨在，与君持酒唱离骚。

——《端午垂钓》摘句（全诗详见058页）

书法：大生刘蟾　青年作家、书法家

论古进贤

第三篇

黄河白日共沉烟，
更上层楼看大千。
毁建无关山海事，
每逢盛代有名篇。

——甲午清明写于山西永济

......

读诗随笔

吕俊义
法学硕士、公务员、作家

......

　　"欲穷千里目，更上一层楼"，登高望远，看风云际会，阅千古往事，王之涣当年登上鹳雀楼抒发了这样的情愫。诗人再次登上重建的鹳雀楼，亦发出"更上层楼看大千"的感慨。

　　首句犹有苏东坡"大江东去浪淘尽"之意境与内涵。第三句写出了时代更迭、山海依旧的亘古不变的真理；末句笔锋急转，阐发了"盛世出名篇"的观点，堪比盛唐王之涣诗中积极向上的宏大情怀。

读诗随笔

李子迟

作家、诗人

....

山西永济境内的鹳雀楼，因唐朝诗人王之焕的一首五绝《登鹳雀楼》而闻名天下，流芳千古。诗人此次与好友登顶已重新修建的鹳雀楼，又有自己独特的见闻和感受。

唐诗里的黄河、白日，已沉入茫茫的历史风烟之中。诗人登上一层楼、更上一层楼，见闻着大千世界的巨变，感受着历史的厚重。

楼阁毁建，山海依然，歌吟咏唱重在要有新意，"毁建无关山海事，每逢盛代有名篇"，佳句！

题黄河铁牛

蒲津春岸草悠悠，河道沧桑鉴铁牛。

桥断不伤秦晋好，青山依旧枕长流。

——甲午清明写于山西盛唐浮桥遗址

注：永济古称蒲津渡，唐开元十二年建铁牛浮桥横跨黄河，成秦晋交通要道。浮桥元初毁于战火，镇桥铁牛犹在。

读诗随笔

陈海云

文化学者、诗人

春秋五霸之秦晋，比邻而立，为联合抗敌，几世联姻，称为秦晋之好。同时，又架桥修路，结通津之便，蒲津渡即是当时主要通津要路。2000 多年来历经战火，蒲津渡桥断桥通，见证了邻近地区的发展历史和百姓的幸福与磨难。

诗人见镇水铁牛发思古之幽情，"桥断不伤秦晋好，青山依旧枕长流"，情在诗中，意在诗外。变故常有，唯亲情和友情像高山流水一样永存天地之间。

题亚历山大城

足下山河掌上兵，
千秋雄冠战神名。
几朝胜败硝烟散，
犹是春风蓝海城。

——乙未初六写于埃及地中海之滨

读诗随笔

莫真宝

文学博士、中华诗词研究院诗词研究部主任

《题亚历山大城》是一首游览怀古诗。用七绝的形式来题咏这样一座历史文化名城，显得力小而任重，需要十足的勇气和魄力。

诗人并没有把目光投向与该城具体的人文场景，而是独辟蹊径，从与该城同名的英雄人物着眼，删繁就简，举重若轻。"足下山河掌上兵，千秋雄冠战神名"，这两句追溯亚历山大城的来源和命名，气势非常雄壮。从首句来看，一位脚踏山河、手执兵器、英姿飒爽的英雄形象立刻浮现在读者眼前。"足下"是谁，或者说山河在谁的"足下"？又是谁的"掌"上挥舞着"兵器"？不禁启人疑窦。次句"千秋雄冠战神名"，立刻回应了读者的阅读期待，原来这位"足下"即"战神"亚历山大大帝。次句巧妙关合城与人，从侧面点题。史载公元前336年，曾征服希腊王国的马其顿国王腓力二世被刺客杀死，年仅二十岁的亚历山大开始执掌庞大帝国。他首先镇压希腊人的反抗，接着挥师东征，灭掉盛极一时的波斯王国，远征印度等地，并把埃及变成马其顿帝国的行省，在此建起这座亚历山大城。这座城便是亚历山大曾经攻占的江山！

但接下来，诗人并没有把笔触伸向"战神"亚历山大征战四方的丰功伟绩，十几个字胜任不了那样恢宏的历史伟绩，而是虚晃一枪，用"几朝胜败硝烟散"一句，将飘散在历史隧道中的烟云轻轻带过，寥寥数字，涵括了发生在这座英雄城市的无数鏖战和改朝换代。埃及亚历山大城，是古代欧洲与东方诸国之间的贸易中心和文化交流枢纽，也是欧亚之间的必争之地，历代列强均在此展开过激烈的战争。这座英雄之城自建立以来饱受战火洗礼，迭经兴衰，甚至被屠城，一度萎缩成仅有数千人的小渔村，时移世易，今天又发展成埃及最大的海港。"几朝胜败硝烟散"七个字，荡开如椽之笔，避重就轻，且一气直下，顺势带出结句"犹是春风蓝海城"。诗人把思绪从微茫的历史画面中拉回，眼前依然是地中海南岸和煦的春风、蔚蓝的大海。结句由人及城，不经意地把笔触拉回到题目上来，思致绵密，有余情渺渺、欲说还休之妙。

如果我们联想到亚历山大大帝在征服地先后建立过数十座以"亚历山大"命名的城市，在埃及亚历山大城尚未峻工之际，便因突患疟疾而不幸离世，他一手缔造的横跨欧、亚、非三洲的马其顿王国仅仅存续短短十三年便陷入四分五裂的前尘往事，就会更加清晰地体会到"战神"也好，"硝烟"也好，在"春风""蓝海"面前，都不过是匆匆过客而已，令人感慨无端。无独有偶，李白在《越中览古》中写到："越王勾践破吴归，战士还家尽锦衣。宫女如花满春殿，只今唯有鹧鸪飞。"无论多么恢宏的功业，在自然变迁的进程之中，都只是忽然一瞥而已。

《题亚历山大城》这首诗并非蹈袭前人怀古诗感慨历史兴亡的窠臼，诗人重在表达的是对英雄的崇仰与对当下风光的消受流连，而兴亡之感自然蕴含其中，莫可名状。如果把思绪从历史的隧道中收回，不难体会到这一点："足下山河"，其实也是诗人脚下的那片土地；而"春风蓝海"，同样是诗人眼中的风光。

寒山寺

淡雨疏烟山有无，
漂泊千古认姑苏。
钟声渔火诗心在，
不畏天涯是旅途。

——庚寅春于苏州寒山寺

读诗随笔

东方止

旅日文化学者、作家、诗人

千古写愁，愚以为，当以唐代张继的《枫桥夜泊》为最，安史之乱后，张继途经寒山寺时写下这首羁旅诗，精确而细腻地描述了一个客船夜泊者对江南深秋夜景的观察和感受，勾画了月落乌啼、霜天寒夜、江枫渔火、孤舟独客等景象，有景有情，如画入心，将羁旅之思、家国之忧，以及身处乱世尚无归宿的忧患充分地表现出来，是写愁的代表作。一首诗，让后人记住了漂泊诗人张继和那个号称"诗僧"的寒山，可谓文心雕古，一诗独得鳌头，后代有多少人面对寒山寺也写不出那种"绝愁"了。

云柯是孤勇者，也是有爱者，他不可能缺席这寒山之约，这是文人的圣地，诗人的道场，思乡者的归途，朝圣者的梦境。那么流淌千年的到底是枫桥的渔火呢，还是不变的诗心？

六祖有云："不是风动，亦不是幡动，而是心动。"其实无论是愁、是苦、是忧、是乐，都是千古诗人的文心在动，这是穿越千古的精神，也是永恒不变的信仰。

云柯没有继续张继的愁绪，因为他懂得这种愁，他抓住的就是这个永恒的实质，那就是淡雨疏烟的山水，这是与人不隔的同体；千古不变的漂泊标识——姑苏，只有那种情景交融的地方，才能让游子识盈虚之有数；渔火江枫不过是诗心的伴随，是文心的寄托，对天下的忧患情怀才是这千年聚会的主题；而把钟声渔火、淡雨疏烟、孤舟独客、霜天寒夜这种凝结了千年的诗人情绪拉出来的，是另一种豪迈的气势，那就是走向不畏天涯的旅途。

有谁说只有"江枫渔火对愁眠"才是诗心呢？所谓"关山难越，谁悲失路之人；萍水相逢，尽是他乡之客"，以无畏之心走向天涯的旅途，难道不是对枫桥渔火最佳的怀念吗？

过阳关古烽火台

铁马烽烟久作尘，
黄沙曾是万军屯。
羌笛纵有春风度，
一曲阳关犹断魂。

——甲午初春赴阿克塞调研项目，
写于甘肃途中

读诗随笔

肖江

作家、诗人、经济学者

提到阳关，自然会想起唐人王维的诗："渭城朝雨浥轻尘，客舍青青柳色新。劝君更尽一杯酒，西出阳关无故人。"王维诗的后二句在伤别的文字中提到了"阳关"。

既然说到"阳关"也应该顺便提一下"阴关"。所谓的"阴关"又叫玉门关，因阳关坐落在玉门关之南故取名"阳关"。《汉书》上记载着这样的文字：在河西"列四郡，据两关"，其中的两关就是指阳关和玉门关。

阳关曾经是通往西域的门户，也是陆上丝绸之路上的重要关隘。从西汉设阳关都尉治所，魏晋设阳关县，唐代设寿昌县，至宋元以后衰落废弃，至今已有 700 年时间。700 年的荒风凉雨已将阳关揉搓成满目黄沙，仅余下一座古烽火台孤独地立于大漠之中。"铁马烽烟久作尘，黄沙曾是万军屯。"这就是云柯先生两句诗所凝聚的历史。

尽管我没有在夕阳晚照中有过云柯先生"过阳关"的经历，但我能够想到，在茫茫大漠中，或许并没有更多的风景可言，对于绝大多数旅游者来说，所做的事可能就是在写有"阳关"的大石前拍照留念表示"到此一游"。但云柯先生在过阳关之时，思想的车轮神驰千年，缅怀着"铁马冰河入梦来"的历史时期，同时也感叹阳关今与昔的变迁。诗中最后的两句"羌笛纵有春风度，一曲阳关犹断魂"更是跨越古今的浩叹。

读诗随笔

贺平

信息科技学者、教授

·····················

　　阳关，位于今甘肃敦煌西南的古董滩，是西汉武帝时所置的一座边陲关城，古代陆路对西域交通咽喉之地，塞外大漠与中原烟柳的分界。历经了两千多年的沧海桑田，昔日阳关已掩埋于漫漫黄沙之下，不复存在，如今呈现于世人的只有遗址碑石与残存烽燧。

　　"铁马烽烟久作尘，黄沙曾是万军屯。"登高俯瞰，黄尘古道，凛冽飞沙，"万里少行人"。脑海里浮现丝绸之路上的烽火狼烟、金戈铁马、使臣经幡、商贾驼铃……历史画面，难掩沧桑，心灵震撼。

　　阳关，也是一座被历代文人墨客吟唱的古城。当阳关作为中国传统文化的一个符号，就有了赋能"离别"的悲情，成为告别故国家园、亲朋好友，远行边关的情感寄托。

　　"劝君更尽一杯酒，西出阳关无故人。""阳关落花飞絮，寒风吹雪满天。""绝域阳关道，胡沙与塞尘。"这些脍炙人口的诗句道出了西出阳关的凄凉情怀，征战黄沙的残酷画面……"羌笛纵有春风度，一曲阳关犹断魂。"汤博士一句咏叹，归纳出历代诗人波澜起伏的情感。

　　"暗淡了刀光剑影，远去了鼓角铮鸣。湮没了黄尘古道，荒芜了烽火边城。"如今的阳关是由汉唐历史遗迹、大漠自然风光、生态农业观光及阳关博物馆等景观构成的多元特色景区。

　　阳关是景观，也是家国情怀，更是历史见证。这里留给人们太多的历史记忆，温柔与深邃并存。兴亡谁人定，盛衰岂无凭。

登郁孤台

登临多少泪，谁问郁孤台。

滚滚一江去，葱葱万岭来。

雄才如浪涌，君子爱莲开。

过化存书院，良知千古怀。

——丙申小暑游赣州，作于江西

注：古城赣州，多有圣迹。稼轩有词"郁孤台下清江水，中间多少行人泪"；东坡留诗"山为翠浪涌，水作玉虹流"；宋明理学开山鼻祖周敦颐著有名篇《爱莲说》；心学大师王阳明更是以知行合一的文治武功和致良知学说的传教，过化存神，永驻赣南明史。

读诗随笔

马国川

资深媒体人、独立学者，著有《国家的歧路》等

汤云柯博士的诗不可不读，不可多读。

对于现代人写旧体诗，我曾经敬而远之。因为我认为，除了聂绀弩、邵燕祥等极少数旧学修养深厚的老先生之外，绝大多数现代人写的旧体诗都是口号堆砌，诗意全无，不堪一读。但是，汤博士的诗击破了我的成见，因为他不

但严格遵守旧体诗平仄韵律的要求，而且韵味十足，诗意盎然。更令我称奇的是，他有倚马可待的捷才，许多诗都是随手拈来，似乎时时都有澎湃的诗情。

古人云："言之不足，故嗟叹之，嗟叹之不足，故咏歌之。"这不但是对诗人而言，对于读者同样适用。在这个枯燥乏味的时代里，读云柯先生的诗句，可以赏美景、舒愤懑、畅胸怀，可以慰藉寂寞的心灵。

因此我说，汤博士的诗不可不读。

但是，汤博士的诗不可多读。因为他的诗里有佳句，更有充沛的感情，读一两首即令人徘徊沉吟，难以释怀，比如，他的这首《登郁孤台》。

"登临多少泪，谁问郁孤台。"像这样的诗，如果隐去作者姓名，混在古诗集里，即使方家，恐怕也难辨别吧。开篇起句奇崛，令人马上想到辛弃疾那首"慷慨纵横，有不可一世之慨"的词《菩萨蛮·书江西造口壁》。作者将四个古人（苏轼、辛弃疾、周敦颐和王阳明）都纳入在一首诗里，但是并非"殆同书抄"的"贵用事"，而是不着痕迹，读来毫不涩滞，即使不知道这些古人在郁孤台留下的诗词故事，也不影响读者的阅读。但是对于了解这些古人诗词者来说，则顿感天地苍茫，思接古今。

"滚滚一江去，葱葱万岭来。"每一句都值得细细沉吟，反复玩味，慷慨万千，像这样的诗又岂可多读！

因此我说，汤博士的诗不可多读。

凯撒利亚古城遗址

真主基督披战袍，纷争千载恨难消。

空巢剧院余音散，半壁泉池野草高。

谁向碑石寻圣迹，我临沧海叹烟涛。

一朝信仰成权利，便是杀人万古刀。

——丁酉初春写于地中海岸以色列凯撒利亚

读诗随笔

吴思

历史学者，著有《血酬定律》等

"一朝信仰成权利"，此处的权利，应读为权和利，权力和利益之谓也。
"便是杀人万古刀"，用当代人熟悉的话说，就是笔杆子转化为枪杆子。这
种转化，《临江仙·给丁玲同志》一词中还给出了数字"纤笔一枝谁与似？

三千毛瑟精兵"。倘若笔杆子对士气及战斗力的影响超过10%，那么，只要有三万军人受此影响，便相当于增减三千精兵。

信仰，可以转化为刀枪，可以带来权力和利益，这个道理很重要。欧亚大陆西部和中部的实例是"真主基督披战袍"。欧亚大陆东部，中国有武僧，乱世还有僧兵。日本寺家的僧兵更强大，更有名，与公家武家并立，足以影响日本政局。

如何评价信仰的这些转化？这要看由谁来评价。中国皇帝惯于大一统，肯定敌视一切异己，不管异己手里拿笔杆子还是枪杆子。如此也确实可以保持大一统之下的和平几十年上百年，好似罗马帝国提供的"罗马和平"。但罗马崩溃之后，教会、国王、贵族、自治城市，列强分立，谁也吃不掉谁，被迫达成协议如英国内部的大宪章，如各国之间的威斯特伐利亚条约，签约各方不得不遵守，这才有了所谓"法治"。法治居然是多元分立的结果。大一统则难免产生"王在法上"的结果：一家独大，我就不守法了，你奈我何？

大家都承认，"王在法下"比"王在法上"好，那么，二杆子分家，笔杆子可以转化为枪杆子，便有了积极的正面意义。这是被权力欺辱者的视角。

我曾在地中海东岸开车走过七个国家，见过不少罗马遗址，果然是"空巢剧院""半壁泉池"。但让我感到意外的，恰恰是这些将近两千年前的遗址至今还在，千八百年的教堂比比皆是。中国一两千年前的遗址又如何？

"谁向碑石寻圣迹，我临沧海叹烟涛。"

积累文明，发展文明，到底是多元化格局好，还是一元化格局好？

舞榭临安一梦遥，
笙歌依旧水潇潇。
偏安王气落白马，
半壁衣冠哭断桥。
常念武词轻笔吏，
每思文胆小侠豪。
青山不肯随波去，
闲倚钱塘待大潮。

——癸巳深秋于浙江杭州

注：公元 1138 年宋室被迫南迁定都杭州，改称临安府。宋高宗赵构未当皇帝时为康王，传说被金兵追杀至江边时，有白马渡他过江，后白马饮井水化为泥，原来此马乃彼岸庙中泥马，故有"泥马渡康王"之说。

读诗随笔

孙绍先

海南大学教授、海南大学文学院原院长

读云柯《观南宋皇城遗址》，一种久违了的悸动在心海中泛滥，读过的两宋历史人物一幕幕浮现在眼前。

"舞榭临安一梦遥，笙歌依旧水潇潇。"两宋在中国历史上是一个异数，如果你是一个全面懂史的人，你无法平静地面对她又苦难又辉煌的历史。

在中国历代实现了一统的王朝中（半壁江山也可以算小一统吧），约略可以分成三类，你会发现，两宋竟然独占一类。第一类，雄强型王朝，如秦、三国、晋、隋、元、明、清大抵可以归于此类；或者是按王朝的主体存在状态可以归于此类。第二类是雄强且文明，如汉、唐（如果高标准要求，大概只有唐朝可以归人这一类）。第三类就是两宋，懦弱且文明。

面对第一类王朝，金戈铁马，杀伐劫掠，你可以有历史超越的英雄主义的豪情，也可以有血流成河、民不聊生的代入式怜悯。总之，选择很方便，也很简单。说到大唐，就连狂傲的日本也一直顶礼膜拜，我们在此可以略掉自己的感慨。唯有面对两宋时，我们那种内心的撕裂感无以言表。

在一些文人眼里，两宋代表着中国古代文化与文明的高度，他们可以说唐宋八大家，宋占其六；宋的艺术品位更是唐人无法比拟的。正是，宋词写不尽宋人的慵懒，《清明上河图》画不尽东京的繁华。两宋可能是历代王朝里对文人最好的朝代，前边的秦汉有很多羞辱儒生和文人的记录，后面的朱元璋把国家最高学府——国子监变成了肉体与精神的监狱，其后的清更甚，只文字狱一项就让后世文人集体发指。

但是，文人处境最好的时代，却并不是文人最有担当的时代。从中国历史的长时段来看，宋文人对家国命运的正面推动作用、对中国思想史的贡献，远逊于前代。文人主导的两宋朝政，面对各种挑战和危机没有完成一次像样的改革，文人在党争和扯谈中，上台，下台，流放，坐牢。宋朝经济繁荣，得益最多的是辽国和金国，得益最少的是农民，所以，宋朝的农民暴动一点儿也不比其他朝代少。

1005 年的"澶渊之盟"让北宋太平了一百多年，这是世界游牧民族中少有的重合同守信用案例，但它的副作用也十分明显，让后来的赵宋朝廷以为金、蒙也会守信用，以为花钱真的可以买和平。

岳飞的下场在赵宋王朝其实是极其合理的，并非偶然。朝廷让有点儿家产的人们相信，听了岳飞们的话，就会断送了我们的好日子，这称得上是中国最早的"抗战亡国"论。在两宋朝廷，主战派一直是少数派，蒙元政权稳固后，宋末文人便纷纷出仕，继续过他们的好日子。这和明末清初的文人的套路是一样的。"仗义每多屠狗辈，负心多是读书人。"

当然，宋文人也不都是软骨头，陆游、辛弃疾、文天祥等表现出强烈的不畏强虏的家国情怀，胆气尤胜江湖豪侠。为国征战的武将中亦有饱读诗书的如岳飞等，文采不让翰林书生。"常念武词轻笔吏，每思文胆小侠豪。"

可惜，骨头硬的人在宋朝总说了不算，他们除了给后世留下让人涕泪交流的悲伤诗篇，最终于事无补。"却将万字平戎策，换得东家种树书"，报国无门的辛弃疾只能在梦里排兵布阵；"王师北定中原日，家祭无忘告乃翁"，陆游不幸之幸是他不知道他的愿望是不能实现的，他是抱着一丝复国的希望含恨离世的，可结果是连南宋都没了。日本人"崖山之后无中国"的论调，真是往中国人伤口上撒盐。

放眼全球，整个世界就没有出现过类似宋朝的国家形态，雅典不是，罗马不是，埃及也不是。看来，宋不仅是中国的异数，也是世界历史上的异数。

也许，宋朝的"和平发展"理念过于超前，不仅当时行不通，就是放到现在也是自取灭亡之道。当今天下的掌控者，在这个世界里不停地征伐了4000多年，在他们的血液中一直澎湃着斯巴达和北欧海盗的基因。这个从来就没有和平发展过的世界，还将无休止地冲突动荡下去。

"青山不肯随波去，闲倚钱塘待大潮。"在这个丛林世道，我们个人能做的事，不多。

读诗随笔

李子迟
作家、诗人
....

浙江省会杭州，历史上曾是南宋首都临安，位于美丽的西子湖畔，"钱塘自古繁华""参差十万人家"之地，赵构小朝廷长年苟且偏安于此，"直把杭州作汴州"，不图恢复中原，只管享受大好江南春光，终至亡国。

诗人来到南宋皇城遗址，流连于古今胜迹之间，感叹岁月沧桑，物是人非，昔日都城欢歌已去、王气尽收，而青山常在、海潮依旧。该诗写得沉郁感伤、荡气回肠、铿锵爽朗、一片深情，令人发悱恻之恸。

"青山不肯随波去，闲倚钱塘待大潮。"词尽，意不尽，新的故事仿佛已经随潮涌来。

仁兄陽云抄句

大漠秋光凭望眼

迎風犹可踏黄沙

甲辰仲夏清華園曙初基書

大漠秋光凭望眼，迎风犹可踏黄沙。

——《大漠骑驼》摘句（全诗详见088页）

书法：孙晓材 北京书协会员，北京美协会员，中国画创新研究院副院长

嘉峪关

雄关落照画中诗，恰是登高怀古时。

万里长城横大漠，几朝名将纵王师。

路遥方解琵琶怨，风起犹闻战马嘶。

莫论英雄多寂寞，千秋总有后人知。

——甲午春写于嘉峪关

注：嘉峪关是长城西端的第一重关，也是古代"丝绸之路"的交通要塞和军事要津，自古为河西第一隘口。嘉峪关关城位于嘉峪关最狭窄的山谷中部，地势最高的嘉峪山上，城关两翼的城墙横穿沙漠戈壁。嘉峪关以地势险要、巍峨壮观著称于世，是万里长城沿线最为壮观的关城。

读诗随笔

楚天舒

中国作家协会会员、导演、诗人

"万里长城横大漠，几朝名将纵王师。"大漠万里，长城万里，烽燧几千年，征战无休止。浊酒一杯家万里，将军白发征夫泪，一寸河山一寸血，江山得来不易，守住更不易！

自古英雄多寂寞，大寂寞总在英雄心中，忧患有谁知？不能等到千年后！

读诗随笔

吕俊义

法学硕士、公务员、作家

"路遥方解琵琶怨，风起犹闻战马嘶。"读之犹闻嘉峪关外风啸山吼、战马嘶鸣之声，既有壮美恢宏的阳光之气，亦有琵琶哀怨的阴柔之美。

自古英雄多寂寞，千秋留待后人说。怀古忧思，结尾处既是对英雄的慰藉，也是对英雄的充分评价与肯定。英雄虽然成为遥远的绝响，但依然会响彻千年之后的美丽星空。

吴哥窟

人间何处觅须弥，
环水楼台路向西。
山海七重凝画壁，
龙蛇两列护云梯。
三千大乘心中小，
万丈红尘脚下低。
阅尽生灵悲苦事，
石佛默默草萋萋。

——甲午正月初四写于柬埔寨

注：1000 多年前已拥有伟大的吴哥文明的柬埔寨，却在 20 世纪经历了数十年的战乱，特别是 30 多年前遭受了人类文明史上最凶残愚昧的红色高棉政权的摧残，百姓至今仍然十分贫穷，在很多国家已搭上移动互联网快车的今天，人类共同富裕共同发展之路仍然任重道远。

读诗随笔

林薇
心理咨询师、儿童学习力教育专家

2007 年，我一个人的吴哥窟之行。暹粒大街上摩托车来回快速穿梭，坐在后座的人手不扶脚不撑，侧身而坐亦翘足二郎腿，神态之无所谓、姿态之无畏惧，不由让我心惊：此地，生命如斯！

我是被老友"吴哥窟会让你无言"这句话打动而决然前往的。朋友帮忙安排一个已是当地第四代的华人导游李华，包了一部车，开始探寻吴哥之谜。

吴哥窟所在的国家，历史上最早被称为扶南国，现在称为柬埔寨。公元一世纪，扶南正式建国，与当时的东汉之间往来密切。五百八十七年前，吴哥窟因为被当时的泰国人侵略屠杀形成大瘟疫，视为不详之地而被遗弃荒废。一百五十八年前，吴哥窟被法国人重新发现。这是一个历经千年沧桑的文明古国历史。

第一天去巴肯山看日落，在向导介绍下领悟七层平台代表七重天和人对神的顶礼膜拜；第二天到女王宫，姿容天成，衣袂飘飘，精雕细琢的繁复语言根本不足以描绘万一，我反复向导游询问："当时的浮雕技艺真的是从中国请来的工匠所授吗？"他只能茫然地看着远方："可能吧，也许……"

第三天看吴哥窟当然是最重要的行程。凌晨三点我们就出发，站在倒映着寺庙尖顶及轮廓的莲花池边，在黎明前的黑暗中等待日光一点点露出，然后似乎一瞬间红日轰然而起，正大光明，辉煌中映衬出五座佛塔的宏大庄严，那一刻我恍然重生，穿越千年，安静祥和，沐浴佛光，余味久久不息。

及至小吴哥，看到大吴哥壮丽雄伟的殿堂之外巴戎寺体现普罗万众的衣食住行的生活雕塑，天授王权之下却散漫出众生平等的悲悯，当我手脚并用爬上轮回塔顶端，看到佛龛里那尊睁一只眼闭一只眼的微颔自嘲的佛像时，顷刻间领会了古代印度教对于自然、社会、人性的多样化理解，看似无情的教义隐含着对人间世相的超然和包容。

然而当你感叹于一个拥有如此璀璨文化的文明古国时，你却不得不关注到她的国土和子民现状。在我强烈要求下，导游和司机带我逛夜市、菜市场，坐摩托走街串巷，感受当地人的日常生活：破旧的木屋，一周大概有三四个晚上停电，微薄的工资，穿着破衣服向我用英语兜售纪念品的孩子……经过一段残垣断壁，李华伤心地告诉我，他的祖父、两个叔叔都是在红色高棉统治时期被杀的，红色高棉是柬埔寨人民心里的魔鬼、梦魇，为了他们的统治，三年时间杀害了近300万柬埔寨人。李华的愤怒已经很平静了，但那种刻在心底的悲哀任由岁月也洗刷不去。

临别前的傍晚，李华和司机坚持要请我在吴哥窟护城河边的草地上野餐，他们买来当地人喜欢喝的啤酒和酸酸甜甜的小吃，三人席地而坐，看着落日余晖笼罩下的大吴哥，李华说："我最大的愿望就是努力工作，攒够一张机票钱，到中国去，看看万里长城到底什么样。"

登岳阳楼

关情常系洞庭游，
一水苍茫天下秋。
千里湖山谁作赋，
万家忧乐此登楼。
潇湘浩气曾独醒，
吴楚风云可共舟。
为有斯人须把酒，
归来同与对沙鸥。

——丁酉寒露作于湖南岳阳

读诗随笔

王玮

自由学者，隐于市

最早知道岳阳楼，是在高中时读到范仲淹《岳阳楼记》，知道斯楼所襟怀的洞庭湖，浩浩汤汤，横无际涯，朝晖夕阴，气象万千。那时，我还畅想了《滕王阁序》里的神来之笔——"落霞与孤鹜齐飞，秋水共长天一色"，与这里的景象，或许并无二致。

但也仅限于想象。当时因为闭塞，从未出过远门；因为贫穷，缺乏远游的闲赀。像家乡几乎所有人一样，我被禁锢在贫瘠的土地里，对于外面的世界，不仅缺少见识，而且更缺乏勇气。少年的我，经常望着天井，看从上空飞过的小鸟。即使天上每一只飞鸟，我都似曾相识。

去家不远，便是蜿蜒的山线。循径而上，有一道界水岭。这是通山与咸宁的分界。老家人说："通山人出不得界水岭。"这是讥人处境促狭，目光短浅；也是自怨自艾，怪自己不争气。就像说井底之蛙，不敢去闯荡外面的世界。

其实当然不是。改开之后，成千上万的人涌出通山，北上京畿，为学为官；南下广东，经商创业，一时人物辈出。

说起来，这里是吴头楚尾，自古是风云之地。世谓四大名楼，即有三楼黄鹤楼、岳阳楼和滕王阁环伺周边，相距一两百公里，不足半天车程。

我想，这里自古应是迁客骚人往还之地。"关情常系洞庭游，一水苍茫天下秋。"千里湖山，万家忧乐，本是寻常所见；因为有他们，才足以挂齿和挂怀。然而，即使心怀天下，发忧乐之愿，那些先贤，依然见识有限。因为那时国中，就是一个大号的通山。

"潇湘浩气曾独醒"，这句诗瞬间触动了我的心弦。惟楚有才，于斯为盛。以荆楚的人文之盛，必然天纵英才，开眼看世界。

最具代表性的人物，当数郭嵩焘。他是中国首位驻外公使，也是那时泱泱大国的独醒者。他说，西方的强盛，不是靠坚船利炮。学习这些"末技"，不能富国强兵。必须学习西方的政治制度，发展经济，开启民智，才有出路。

这就动摇了专制国本。据说有腐儒拟联挖苦他："出乎其类，拔乎其萃，不容于尧舜之世；未能事人，焉能事鬼，何必去父母之邦。"用今天大 V 的话说，这是妥妥的汉奸嘴脸，骂得自鸣得意。

面对唾骂，他没有放弃，而是把出使见闻，写成了《使西纪程》，继续盛赞西方民主政体，以为是中国必由之路。

但是，这样的书，至死都未能出版。朝廷还说：所著书籍，颇滋物议。到了《清史稿》，才略见公允，谓中国遣使，嵩焘首膺其选，论交涉独具远识。倒是同时代的李鸿章，对他惺惺相惜："当世所识英豪，与洋务相近而知政体者，以筠仙为最。"筠仙是他的号，大概也没有多少人知道。

郭氏曾自谓："流传百代千龄后，定识人间有此人。"今天，有人把他的人生故事，写了一本《独醒之累：郭嵩焘与晚清大变局》，读来不胜唏嘘，涕泗横流。

为有斯人须把酒。如果有下一次，汤博士一定要叫上我。

钓鱼城怀古

清江翠色隐硝烟，守土威名七百年。

赤胆孤城撑半壁，雷霆一炮扭坤乾。

从来降战分忠佞，毁誉为民皆可堪。

洗尽纷纭千古论，登临犹爱好河山。

——庚寅秋与清华社双七全班游览钓鱼城古战场，写于重庆

注：钓鱼城即为钓鱼山，三面被嘉陵江、涪江、渠江包围，形势陡绝，倚天拔地，雄峙一方。钓鱼山建成钓鱼城是在13世纪，这里发生了南宋守军与蒙古大军持续了整整36年的攻防争夺战，其间蒙古王储蒙哥在这场战争中遭炮击身亡，引发蒙古各部皇族归朝争位，从而终止了蒙古帝国野蛮征服世界的进程。率众浴血奋战的南宋守将王立一直坚持到南宋朝廷灭亡，最后为保全十万百姓性命，带领弹尽粮绝的钓鱼城军民向蒙古军队投降。

读诗随笔

复强

导演、摄影师

1259 年 7 月，蒙古帝国蒙哥汗亲征南侵，死在宋朝钓鱼城的军民抗击之中。"赤胆孤城撑半壁，雷霆一炮扭坤乾。"在世界各地征战的蒙古贵族闻讯后纷纷停止杀伐，返回蒙古草原争夺最高统治权，岌岌可危的欧洲得救了。

钓鱼台之战改变了世界的历史！诗人写史壮怀激烈，尤其可贵的是，他对因顾及城中百姓性命而甘愿背上投降骂名的钓鱼台守将持理解和宽容的态度，"毁誉为民皆可堪"，为保全百姓不计个人声名荣辱，立论脱俗！

读诗随笔

吕俊义

法学硕士、公务员、作家

最是合川钓鱼城，能将横扫欧亚的蒙古铁骑拒之城外，改写了强悍的蒙古军的行军路线。36 年，大小战役 200 多次，南宋战将率领合川军民击退当时世界上最强大的军队，让大汗蒙哥折戟丧命，蒙古军被迫撤兵。

柔弱的南宋虽然有人沉醉于"西湖歌舞几时休"的温柔乡，但绝不缺乏英勇善战的勇士与斗士。是城池之固，亦是将士之固，人心之固，成就千秋古战场威名——"东方麦加城"与"上帝折鞭处"。

"洗尽纷纭千古论，登临犹爱好河山。"登临怀古，历史人物与对他们的评价争论都已远去，硝烟散尽，和平繁荣的祖国大好河山仍是最该珍惜的。

兰亭怀古

堂前王谢久知名，碑断池荒草愈青。

曲水昔年滋墨意，流觞从此醉诗情。

俯察四海汉唐志，放浪身心魏晋行。

莫道风流因韵事，千秋一序在兰亭。

——癸巳腊月写于浙江兰亭

注：兰亭位于浙江省绍兴市西南十四公里处的兰渚山下，相传春秋时越王勾践曾在此植兰，汉时设驿亭，故名兰亭。公元353年，王羲之与友人谢安、孙绰等名流聚会于兰亭，列坐在亭外曲水岸边，在曲水的上游放上一只盛酒的杯子，酒杯有荷叶托着顺水流漂行，到谁处停下，谁就得赋诗一首，作不出者罚酒一杯，名为曲水流觞。王羲之汇集各人的诗文成集，并书写序言一篇，成为千古第一行书《兰亭集序》。

读诗随笔

楚天舒

中国作家协会会员、导演、诗人

....

我自认为，中华几千年文明史，有三大名士风流时期，也是中华思想史上思想活跃、英雄辈出、群星璀璨、佳作代传的时期：一是春秋战国时期，二是魏晋南北朝时期，再是民国时期，值得骄傲值得怀念。

"年华风柳共飘萧，酒醒天涯问六朝。猛忆玉人明月下，悄无人处学吹箫。""新安江水碧悠悠，两岸人家散若舟。几夜屯溪桥下梦，断肠春色似扬州。"这都是何等洒脱！

"曲水昔年滋墨意，流觞从此醉诗情。俯察四海汉唐志，放浪身心魏晋行。"直追古人风。

登平遥古城

鹖鸣不鸣未可哀，兴衰看罢再登台。

西周气象常托梦，魏晋风烟总挂怀。

票号传金千里奉，镖局出马万山开。

欲知凤鸟栖何处，煮雪烹茶待友来。

——丁酉大雪日登平遥古城，作于山西晋中平遥

读诗随笔

任振广

文化传媒行业策划人、导演、企业副总裁

陪同云柯兄登临古城，正值大雪初候，"鹖鸣不鸣"。严寒至此，连寒号鸟都不再鸣叫，阴气盛极，阳气始生，阴阳交替，正如这历史的兴衰成败，茫茫大雪中的古城景象，令人思接千载，感慨万端。

平遥属兵家必争之地，中原政权用于固守和驱北方之敌，城墙正是因此

而坚固雄壮。诗人开篇用大雪之候，引出历史兴衰的本质，气势豪迈，格局高远。

平遥古城始建于周，据清代光绪年编撰的《平遥县志》卷之二《建制志》载："旧城狭小，东西二面俱低，周宣王时，尹吉甫北伐猃狁，驻兵于此，筑西北二面。"魏晋时期天下动乱，平遥先后曾属北魏及北齐，想必这城池也经历了多次固守抗敌、攻陷损毁。诗人以"西周气象，魏晋风烟"寥寥几笔，感叹历史长河中一小小县城的兴与毁。

史海沉浮，由衰再到兴，清代晋商崛起，票号传金，镖局出马，商通四海，名满天下。

记得《红楼梦》中曾写贾母携众人入拢翠庵，妙玉奉茶。成窑盖碗，旧年雨水，贾母所爱之茶也是明了。然转身拉黛玉宝钗共饮私茶，不仅茶器讲究，水更是去年梅花上收集的雪，共得鬼脸青一瓮，自己不舍得，拿来与友共享。

黛玉因问，这也是旧年的雨水？妙玉嗔怪："你怎么也这般俗人，连个水也尝不出来？"妙玉所恼，一是未体会这私茶情谊，二是不能与我同频共赏。直到宝玉不请自来，几句话便使得妙玉引为知己。

诗人结句以凤鸟传说和红楼典故回归人间烟火，朋友真情。"煮雪烹茶待友来"，这细微意思，自是"世间尊贵不着意，唯对友人舍真心"，更是"凤鸟栖贤枝，君子可共茶"。

古往今来，兴衰多少事，都付笑谈中。岁末天寒之日，凤鸟栖息之城，最温暖最开心之事，便是煮雪烹茶以待君来。

我2004年结束大学生活，一脚踏入北漂的行列，因而有幸在京与云柯兄相识。云柯兄的人生观、价值观，云柯兄的性情，也深深地感染了我。与兄相约平遥，大雪日共游平遥古城，我也写给自己两句话：踏歌山水方尽欢，流浪天下意悠然！

西柏坡

中山狼迹久钩沉，
虎踞龙盘别有村。
水入滹沱形若羽，
山横燕赵势如屯。
休夸天下凭三战，
牢记民心抵万军。
逐鹿春秋今又是，
更须长策振乾坤。

——丁酉秋日随单位党建活动，写于太行山脚下河北平山县

读诗随笔

白文刚

中国传媒大学政治传播系主任、博士生导师

以诗论史，是汤云柯博士古体诗的鲜明特点之一。这些诗不仅气势磅礴，而且格局远大、见解深刻。读者在领略诗歌艺术的同时，还能够感受到作者对历史理性而深邃的思考。《西柏坡》就是这样一首七律佳作。

这首诗开篇以洗练、形象的笔触描绘了这一地区的历史传说和地理特征。"水入滹沱形若羽，山横燕赵势如屯。"不仅有自然风貌、兵家地理，水雷屯卦的卦象还接引出其后的战争胜利以及对胜利的思考，让这首诗展现出深厚的历史文化底蕴和雄浑豪迈的诗歌风格。

但是，更让人耳目一新深感震撼的是本诗的颈联。众所周知，西柏坡的知名是与"三大战役"紧密联系在一起的。正是在位于西柏坡这个世界上最小的军

事指挥部里，毛泽东和他的同志们指挥了震惊中外的辽沈、平津、淮海三大战役，为中国共产党取得全国胜利奠定了基础。因此，按照惯常的思路，以《西柏坡》为题的诗，一定要描摹运筹帷幄、决胜千里的战争奇迹。但是，诗人却没有沿袭这种思路，而是振聋发聩地指出："休夸天下凭三战，牢记民心抵万军"。

这当然不是否认"三大战役"的重要意义，而是从更深层次思考中国革命胜利的原因，乃至于历史兴衰的原因。"三大战役"的胜利，自然与毛泽东等卓越的军事指挥与前线战士的英勇奋战有直接的关系，但从根本上来说，当时的民心向背才是"三大战役"乃至中国革命胜利的根本所在。从五千年中国文明史来看，古代的民本政治，从根本上来说，其合法性依据是民心——天命被认为是中国古代政治合法性的最高来源，但早在西周，周公就指出"天听自我民听，天视自我民视"。可见不论传统还是现代，民心向背，始终在中国政治理念中占有核心地位。

从这个意义上来说，汤博士在这首七律中跳出了以豪迈心情描述伟大胜利的套路，对这段历史做出独特的评述，是站在更高层次总结政权兴亡的根本所在。这样深邃的思考，非有深厚的历史功力不能有，非有浓厚的爱国情怀不能为。

"一切真历史都是当代史。"这首诗写于2017年，面临百年未有的世界大变局，面临日趋严峻的国际形势挑战和国内发展的复杂问题，中国当如何应对以继续发展并走向文明复兴呢？"逐鹿春秋今又是，更须长策振乾坤"，这是作者的现实关怀所在。

中国诗歌历史悠久，名家辈出，是中华文化的重要瑰宝。这些名家诗歌都有特点，或者豪迈雄浑，展现强烈的现实关怀；或者山水田园，展现仙风道骨的洒脱和通透。但云柯兄作为现代人且是工科博士，却能自由出入于两种风格，在不同诗作中展现不同意境，且格律工整、文笔自然，意境高远，毫无做作之态。实在令人钦佩！

沈阳故宫

大清盛世费书札，紫殿金戈四库夸。

百战丰碑堆白骨，八旗蹄印没黄沙。

每朝杀业成王业，历代卿家做史家。

万岁云烟皆过眼，春风一念到天涯。

——二零二三年五月十九中国旅游日与姐姐、姐夫同游清故宫，写于辽宁沈阳

读诗随笔

霍中彦

投资人

清帝国是中华历代帝国巅峰，也是极其特殊的一个，它的结构充满了内在的张力，而《沈阳故宫》这首诗触动人的地方，恰恰在于写出了这种张力和辩证。

清帝国的内在张力在于：它由少数民族建立，却极度推崇中原文明，将其政制与礼乐形态推到极致；它消除了导致传统帝国灭亡的各类危险因素，包

括边患、宦官、外戚、权臣等等，历任皇帝虽有强弱亦无昏庸之辈，但恰好遇上三千年未有之大变局，面对近代文明不堪一击，倒在历史经验之外；它的建立基于极大的包容性，包括以联姻建立满蒙联盟，以藏传佛教建立满藏蒙联盟，以推崇洪武和儒家笼络中原文明，形成满汉蒙回藏五族联合之绝大帝国，疆域亦是中华帝国之巅峰，但其亦在文化上进入极度非包容，文字狱等集权专制程度也达到历史巅峰，民众在其治下虽衍至四亿之众，但愚昧麻木、血气消磨，亦是史上无匹。

清后期虽颟顸顽固，但面对民主共和的世界潮流，虽有迫于情势，亦终究选择下诏退位，令中华文明，从传说中的三代"禅让"始，以清廷的"禅让"终。让以暴力开端的辛亥革命，沾了三分光荣革命的色彩，也让儒家文明与欧罗哲思、集权帝国与现代共和之间，隐约出现有机接续的暗道。

此不可不说，远东第一共和之建立，承千数万疆域之广，四万万国民之众，和平了结革命之顺，这样的起点，较之法兰西人头滚滚，土耳其分崩离析，日本天皇大权尚存，何其高也！惜历史三峡，曲折回环，后续演进，实出逆料，爱新觉罗氏倘地下有知，恐难免旷世一叹。

沈阳故宫作为清帝国崛起的重要枢纽，已经摆脱渔猎民族的原始和粗陋，呈现出内在的包容和张力：前堂为汉式，后宫为满式，而宫旁有喇嘛庙安置藏传圣物，周边亦有锡伯等善战之族的家庙。如《枢纽》作者施展所说，此时的满人，已经呈现出囊括天下的宏大的志向与娴熟的政治技术。而后续经康雍至乾隆，十全武功的炫耀，如《沈阳故宫》诗中提及的"紫殿""金戈"与"四库"，虽然此盛世颇"费书札"，仍不过是这一格局的自然演进而已。

诗人很快进入反思："百战丰碑堆白骨，八旗蹄印没黄沙"。雄主们的武功，无不由累累白骨而来，不仅有敌方的白骨，也有我方的白骨，总之是"兴，百姓苦；亡，百姓苦"。而待天下底定，皇绪一统，都是天子的子民，何谈敌我？而八旗征伐杀戮的印记，也逐渐隐没于漫漫黄沙之中。实诚的雍正帝情商下线，非要写《大义觉迷录》来辩白，殊不知遗忘是对有些历史最好的安排，善巧的乾隆一上任，就全数禁绝之，实在是帝王术之集大成者。

紧接着的反思更为透彻深刻*"每朝杀业成王业，历代卿家做史家"*。这样的总结，揭开了中华历代治乱循环的面纱。做中国人的可悲，在于习惯性奉善杀者为王，而后朝*"卿家"*的重要工作，就是以*"史家"*的尊贵身份，将杀业最重之人描述为圣王。这种颠倒神魔的习性，时常令国土进入*"率兽食人"*的*"亡天下"*境地，恐是民族共业。

国人作文，总喜欢最后上价值，来个*"夏瑜的花环"*，此诗未能免俗：*"万岁云烟皆过眼，春风一念到天涯"*。妄念千秋万岁的人，反而都是历史的尘埃，过眼不存；而生生不息的春风，虽只一念，却可年复一年，布绿天涯，与天地同寿。*"圣人"*们固能以百姓为刍狗，但在天地大道面前，刍狗一样的万物里，*"圣人"*们又岂能外之？

一念春风，可与同行者为记，可与同道者共勉。

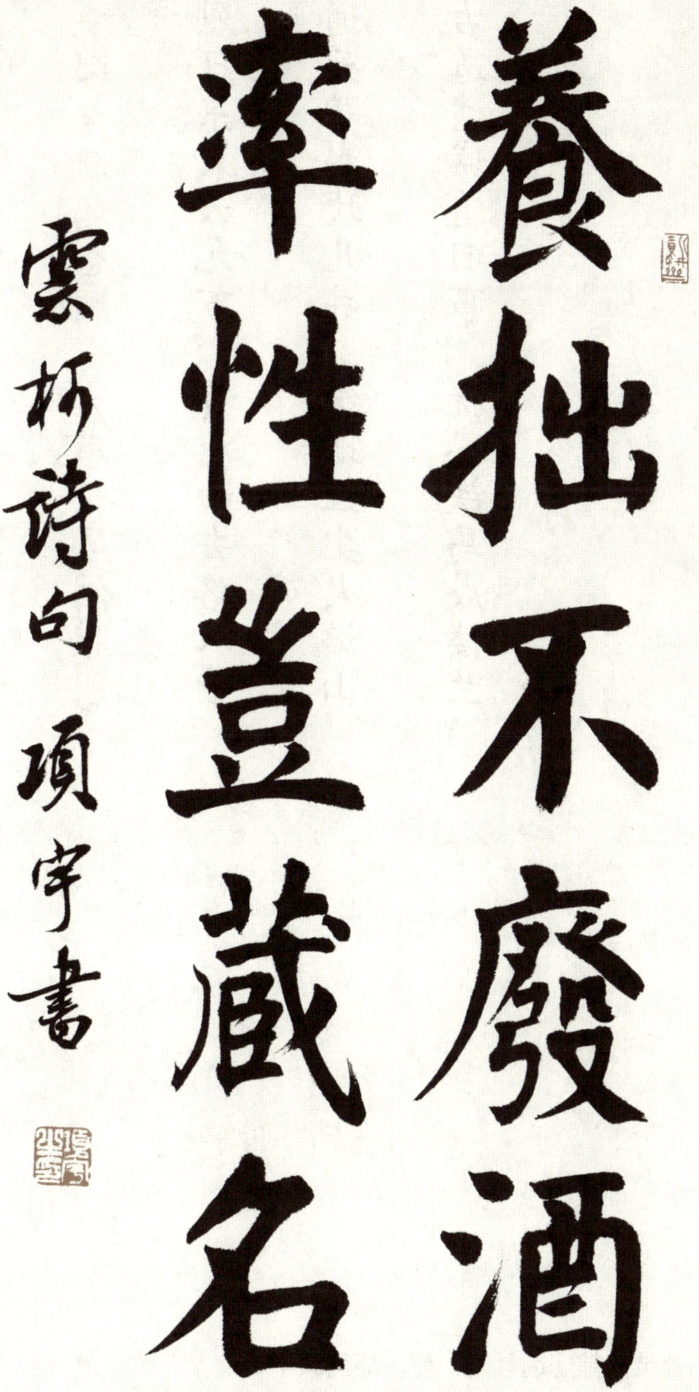
養拙不廢酒
率性豈藏名
雲杉詩句 項宇書

养拙不废酒，率性岂藏名。

——《暮春》摘句（全诗详见340页）

书法：项宇 书法教师，北教传媒教育考试研究院特聘专家

吐鲁番

连绵戈壁起苍澜，大漠长风剑胆寒。

烈日东来云九万，黄沙西去路八千。

通天碧水坎儿井，绝地红尘火焰山。

古道遗城追旧事，犹思铁马戍楼兰。

——壬辰夏日参加清华校友工作会，写于新疆

注："吐鲁番"是维吾尔语"低地"的意思。吐鲁番盆地位于天山山地东端，是中国地势最低和夏季气温最高的地方，传说中的火焰山就是此地。为了在吐鲁番炎热的自然条件下生存，当地民众发明了独特的灌溉方式——坎儿井。吐鲁番盆地现存坎儿井一千多条，是古代中国杰出的水利工程之一。

读诗随笔

吕俊义

法学硕士、公务员、作家

　　此诗起笔辽远壮阔，首、颔两联中"戈壁""大漠""长风""烈日"，将浩渺、苍劲的茫茫西域展现在读者面前；颈联中"坎儿井"与"火焰山"

则将画面永久定格在"火洲"与"葡萄之乡"——吐鲁番。通过令利剑胆寒之长风与绝地红尘之烈日，对吐鲁番炎热气候极尽渲染铺陈，读者顿感热浪扑面而来。

上帝创造了自然，人类利用和保护了自然，吐鲁番人创造了人类历史上的奇迹——至今"活着的坎儿井"，让通天碧水滋润着这片绿洲，人们世代繁衍生息，成为人与自然和谐共处的典范。

"古道遗城追旧事，犹思铁马戍楼兰。"尾联抚今追昔，发千古之思。昔日西域三十六国的繁华与灿烂如今只凝聚为古道与遗城，登上高昌古城与交河古城也只能在断壁残垣中捡拾历史的残片与回忆，回味金戈铁马戍守楼兰古国的昔日雄风。

这首诗以写景为主，即景抒怀，颔、颈两联对仗工整，色彩鲜明，意象丰富，黄、碧、红三色皆有，日、云、河、路、水、井俱现，做到了刘勰所谓"自然成对"，尾联抒怀更增添了全诗的历史厚重感。

读诗随笔

复强

导演、摄影师

························

读罢此诗，忽然想起梁羽生的《塞外奇侠传》，汉族豪侠和南北疆的居民一起勇敢地抗击外敌。"连绵戈壁起苍澜，大漠长风剑胆寒。"草莽英雄，纵横大漠，扶危济困，侠气冲天。

此诗不仅写出了"烈日东来云九万，黄沙西去路八千"的宏大疆域，还描绘了新疆吐鲁番坎儿井和火焰山的独特地标，更有临古城追旧事的历史反思。古城楼兰尚在，保家卫国，仍需好男儿金戈铁马！

游项王故里

纷纭成败论鸿门，
横剑别姬泣鬼神。
身后皇权皆不耻，
英雄盖世第一人。

——壬寅初秋写于宿迁

读诗随笔

熊卫民

科技史学者

  项羽是个说不尽的人物，他有很多方面，不少方面可以从不同立场来评说。他是"千古无二"的猛士，在"偶语弃市"的恐怖气氛中，他敢于向极权主义者开战；在护卫森严的敌方巢穴，他敢于暴起刺杀殷通、宋义等，勇气过人这点毋庸置疑。虽然不可能真做到"力拔山兮"，但他一人多次在不同场合格杀数百个敌人，可是真为正史所记载。中国历史上的其他猛士，不管是关羽、秦琼，还是杨再兴、常遇春，都不能跟他相比拟。如果一定要找一个能和他相匹敌的，那也只能从西方史诗中去找那位一人能敌一国、杀第二英雄只需一招的阿喀琉斯。

项羽又是一位不世出的统帅，不管是巨鹿战 40 万秦军主力，还是彭城战 56 万诸侯联军，他都以少胜多，打出了中外战争史上的奇迹。不要说章邯、刘邦，就算是"杀神"白起、"兵仙"韩信，在兵力相当时，恐怕也难是他的对手。打这些著名战役时，他才二十多岁，且没认真读过什么书。中西数千年历史上，有类似战绩的青年天才，只有亚历山大、霍去病、刘秀、李世民等寥寥数人。

他还是不合格的政治家。战斗时热血澎湃、意气用事的多次成功，促使他把这当作成功经验，用到复杂政治经济事务的处理上。从坑杀 20 万秦国降卒，到焚烧秦朝宫室，到分封 18 路诸侯，到定都四战之地彭城而不是四塞之地关中，到杀义帝……这位没读过什么书、不明白很多事理的人在政治经济事务上也乾纲独断、刚愎自用，做了一个又一个欠妥的决策。而因合理诉求不得陈述、正确意见不被采纳等原因，多位诸侯对项羽心生怨念，项羽阵营中那些有见识有能力的人，从韩信、陈平到范增、英布，也一个个弃他而去，诸多因素的合力最终导致了他的败亡。

一个人的败亡只是小事，真正让人痛心的是，项羽身居高位后采取的那些不当举措，给亟待和平建设的国人带来了巨大的灾难——灭秦之战只打了三年，而楚汉相争打了四五年。连续七八年的兵火，令全国的人口减半！项羽既是"英雄盖世第一人"，又是祸国殃民大灾星。

从 23 岁举兵至 31 岁自刎，项羽过的是充满风险、极度跌宕起伏的人生，还成就过多项后人难以企及的伟业。"纷纭成败论鸿门，横剑别姬泣鬼神。"这种极不平凡的人生注定会令后世平凡者或不甘平凡者惊愕、感叹，连带其宠妃虞姬、其坐骑乌骓，也成了人们的凭吊对象。

其实站在普通民众的立场，我很不喜欢作为政治人物的项羽。身居高位的人，还是应当读书明理，并善于征求明白者的意见！

题袁世凯墓

新政学堂小站兵，
掀须野老是枭雄。
功成退帝图新帝，
自废晚节警后生。

——癸卯立秋作于河南安阳袁林

注：二句出自我喜欢的两首袁诗："野老胸中负兵甲，钓翁眼底小王侯"，与"回头多少中原事，老子掀须一笑休"。

读诗随笔

袁剑雄

清华大学校友三创大赛秘书长

我想大多数姓袁的同胞们都会与我有着相同的经历，就是每当在做自我介绍、通报个人信息的时候，被问到姓是哪个字时，脱口而出的就是"袁世凯的袁"。有相当长的一段时间里我为此感到有一点点沮丧，觉得自己这个姓氏不那么荣耀。

伴随我的整个求学时代，国家也开启了解放思想、破除禁锢、拥抱世界的新新气象；许多历史人物的形象也逐渐变得生动、丰满、立体，其中自然包括了我们袁氏的这位"第一代言"。史学界对袁世凯的评价不再是全盘否定，而是逐渐趋于多元化。

"新政学堂小站兵，掀须野老是枭雄。"袁世凯在中国政治、经济、军事、教育等各方面的近代化过程中的积极作用，以及他为维护国家主权所做的贡献，都得到了肯定评价。学者郭剑林就认为"正是由于袁氏北洋政府政治上的宽松政策，陈独秀、李大钊、胡适、鲁迅等一代新文化大师脱颖而出；蔡元培成功地改造了北京大学；邵飘萍、黄远庸两大新闻巨擘一则则'独家新闻'、一篇篇时论文章众口交传；革命的报刊如雨后春笋般涌现——言论、出版、结社自由；甚至毛泽东、周恩来等老一代无产阶级革命家在北洋时代的成长，也和袁世凯北洋政府宽松的文化政策、社会改革不无关系。"

事实上，许多知名人士和历史学家通过对袁世凯的了解和研究，对袁世凯冷静分析、客观评价，采取了有褒有贬的评价方式。这些评价的共同点是：袁世凯本质上是擅长权术的旧派人物，同时也是爱国者和民族主义者，对中国的近代化做出了重要贡献，而他最大的败笔在于称帝。

由此，我颇生感慨，一是开放宽容的思想氛围可以启发民智、强民利国、开创光明的未来；二是一个人纵使英明神武、志存高远，关键的一步也万万不能走错。"功成退帝图新帝，自废晚节警后生。"

其身后来者，多走走、多看看、多聊聊、多想想，应该是要坚持的。时移世易，唯向善向上的人心不变。

挽袁隆平院士

腹空焉可论兴邦，
社稷攸关天下粮。
一世功德谁奉祭，
万家烟火稻花香。

——二零二一年五月二十二日作于北京

读诗随笔

刘元煌

财经媒体人、中华孝文化传播人

袁隆平公仙逝，举国皆哀，长歌当哭。余以为国士之丧，不可以无诗以怀之吊之，然检视朋友圈及身边二三子，皆无佳句以配袁公。遂访诸汤兄，果得。

首句破空一问，"腹空焉可论兴邦"，信手拈来，从小处腹空入手，却直入兴邦要害。中华民族五千年文明，农耕总为基石。改革开放四十年地覆天翻，由饥寒而小康，中国梦必始自温饱。于是乎"社稷攸关天下粮"，道出袁公事业之丰，功绩之大。于平易中见功力，不露痕迹。

"一世功德谁奉祭"？以今日之时髦言，则为有烟火气，接地气，以厨下烟火，锅中米香之平常景象，如甘棠之思。"万家烟火稻花香"，道出兆亿华夏儿女，每得袁公之惠，每思袁公之恩。

此诗细处入手，小中见大，字句平实，耐人寻味，深得诗法之要。余友善袁公，临吊，余语之，此诗甚佳，可携之以谢袁公。

褚时健

百年硬汉入蓬天，
红塔甜橙两度鲜。
休笑英雄曾坠马，
纵横千古一支烟。

——二零一八年三月五日受人尊敬的企业家
褚时健先生仙逝，于北京作诗恭送

读诗随笔

冯新

碳9资本创始人、科斯圆桌发起人

1928年出生于云南省玉溪市华宁县矣则村的褚时健是中国企业家群体中非常独特的一个样本，他给公众留下的最深刻印象，是1999年从亚洲烟王的宝座上坠落，2002年保释出狱，用10年奋斗把褚橙做成著名电商品牌，谱写了从烟王变橙王的传奇。

"红塔甜橙两度鲜"，这种从谷底反弹的能力是一种极度稀缺的能力，一般人以为褚时健就这一次谷底反弹，而实际上褚时健一生经历过三次谷底反弹：第一次是 1943 年褚时健的父亲被日军飞机炸死，15 岁的褚时健失学在家务农，人生陷入低谷，最后被堂兄启蒙带到昆明求学爬出谷底；第二次是 1959 年褚时健被打成右派，发配到云南红光农场，得了疟疾差点儿死在农场，四年后调到新平县嘎洒糖厂做副厂长，在毫无希望的岁月坚守 16 年，直到 1979 年担任玉溪卷烟厂厂长，迎来人生的谷底反弹；第三次才是从烟王到橙王的谷底反弹。

　　"休笑英雄曾坠马，纵横千古一支烟。"如果你觉得自己人生困顿，如果你觉得时代让人看不到希望，可以看看褚时健，褚时健的经历是俞敏洪的名言"绝望中寻找希望，人生终将辉煌"最好的注脚。

悼单田芳老师

最爱先生说义乡，
奈何今日弃隋唐。
蓬莱若有封神事，
休教听书哭断肠。

——二零一八年九月十一日深夜写于北京

读诗随笔

贺彩

朗诵艺术家、文旅部朗诵考级教材主编

"奈何今日弃隋唐"，无尽的遗憾飘向回不去的童年，我的童年，没有电视，图书极少，幸好有广播，广播里有单田芳、刘兰芳……

"欲知后事如何，且听下回分说。"惊堂木一拍，白纸扇一抖，再加上极具辨识度的略带沙哑的嗓音，慢条斯理又抑扬顿挫的语调，单田芳不仅在很长时间内成为中国文化的一个符号，更影响了几代人，让我们爱上评书这种古老的曲艺形式，也从听书中了解中国的历史。一定意义上，单田芳也是这一代人最早的历史启蒙老师。

《封神演义》《隋唐演义》《大明英烈》《铁伞怪侠》《白眉大侠》《大破冲霄楼》《三侠五义》《七杰小五义》《童林传》《三侠剑》《乱世枭雄》……

"最爱先生说义乡。""凡有井水处，皆听单田芳。"即便是在流量明星遍地的当下影视圈，这种影响也难以企及。

还记得小时候在村口的大喇叭下听《隋唐演义》的情景，每天中午 12 点开始，30 分钟一集，听完那个过瘾啊，一群小伙伴就在田埂上比划起来，那是最快乐的童年。"咱们言归正传"红遍全国，流行指数绝非今日的网络流行语所能比。

单老讲的评书声情并茂、通俗易懂、耐人寻味，他善于运用现代语言表达古人的思想和风范，说起来情理交融、丝丝入扣、妙趣横生。他还善于用个性化的表演来刻画人物，使人物活灵活现。高超的演播技艺与丰富底蕴使他博采众长，勇于创新，形成了自己独有的风格。受单老的影响，我后来也从事了评书演播事业，虽水平技艺望尘莫及，但也希望以微薄之力使这门艺术薪火相传。

大师的陨落，不同年龄层的网友自发在朋友圈开启了刷屏和各种纪念活动。

读云柯博士的诗，又一次让我翻涌起无尽的思念和崇敬。这首诗如同一把钥匙，既能封存厚重的回忆，又能开启对一个文化现象重新认识。

"休教听书哭断肠"，这正是听众和演播大师最真挚的情愫，让我们得以在这个薄凉的世界中深情地活着。

十年祭友

谈笑音容何处寻，
碧霄谁与论当今。
一壶浊酒十年泪，
洒向苍天换旧琴。

——二零零八年七月二十九日清华好友十年忌日，
与旧日同窗相聚泪饮，作于桂林

读诗随笔

陈海云

文化学者、诗人

　　云柯与吴兴科是清华同学。学生时代，两人性格相近，读书志趣相投。经常是一地啤酒瓶，彻夜不眠。古今中外事，无所不谈，共言痛快！后来两人又在校共同经历了政治风波的洗礼，加深了对社会的认识，三观一致的两人感情更加深厚。然而造化弄人，兴科居然得绝症英年而去，作为兴科的至友，云柯痛彻心扉。

"谈笑音容何处寻，碧霄谁与论当今。"十年祭日云柯恰与清华同学聚会，再忆兴科当年往事，无法释怀。

古往今来，描述生死离别的诗词颇多。如苏轼悼念妻子的《江城子·乙卯正月二十日夜记梦》"十年生死两茫茫，不思量，自难忘，千里孤坟，无处话凄凉。纵使相逢应不识，尘满面，鬓如霜"。贺铸的《鹧鸪天》"重过阊门万事非，同来何事不同归。梧桐半死清霜后，头白鸳鸯失伴飞"。两首悼念妻子的词都非常情真意切、凄婉哀伤，读来令人动容。

哀悼朋友的诗中，王维《哭孟浩然》"故人不可见，汉水日东流。借问襄阳老，江山空蔡州"，白居易悼元稹的《梦微之》"君埋泉下泥销骨，我寄人间雪满头"。这些诗的共同特点，都是真情实感的流露，作者发自肺腑地抒发内心深处的真实感情，成为历代传颂的千古绝唱。

云柯悼亡我们共同好友的诗句，"一壶浊酒十年泪，洒向苍天换旧琴"，用典无痕，深情真挚，流畅自然，是云柯痛在心中最深处的真实写照。因而感人至深，与古人佳作颇有相通之处。

秋日怀友

诗书三界外，生死岂为然。

落笔横沧海，闲谈动九天。

才高形自朴，骨傲气方谦。

对酒蓬莱远，相知不必言。

——戊戌秋日写于北京

读诗随笔

徐海林

管理学博士、《企业成长管理九讲》作者

　　这首诗表达了诗人对一位才华横溢却谦逊低调友人的深沉怀念，特别是"才高形自朴，骨傲气方谦"给我留下了深刻印象，这两句话精准地描绘了友人的人格特质：既有非凡出众的才能，又保持着朴素的外形和谦逊的态度。

　　现实生活中，人们常常追求表面的光鲜亮丽和即刻满足的成就展现，而

《秋日怀友》却提醒我们，真正的才华不需要刻意的炫耀，却可以"落笔横沧海，闲谈动九天。"

诗中的友人，他的才华如同自然流露的清泉，不张扬，却让人敬仰；他的谦逊如同深秋的暖阳，温暖而不刺眼。"才高形自朴，骨傲气方谦"不仅描绘了友人的人格魅力，也反映了诗人内心的理想和追求。在这个物欲横流的世界里，保持一颗纯净的心灵，坚守内心的傲骨和谦逊，是一种难能可贵的品质。

"对酒蓬莱远，相知不必言"，则是对整首诗情感的升华。真正的理解和交流，往往超越了言语，存在于心灵的深处。在这样的友谊中，即使是沉默，也会是一种愉悦的交流。友人已经仙去蓬莱，无法像旧日一样与诗人举酒畅谈，但他们的心灵仍是相通的，不需要言语就能彼此理解。这是对友情的赞美，是对默契与理解的赞颂，更是对友人深切的怀念。

在这个快速变化的世界中，保持一颗谦逊而坚韧的心，珍视那些超越言语的深刻友谊，是我们生活中最宝贵的财富。

题李鸿章故居

中堂故里不堪游，功罪百年论未休。
岂有危邦称再造，谁从倾厦数风流。
和戎心血马关泪，洋务旌旗甲午羞。
纵使忠良多憾事，封侯著史已千秋。

——丁酉初夏写于安徽合肥

读诗随笔

余世存

文化学者，著有《非常道》等

　　数年前，我跟朋友去过"中堂故里"。若非中堂盛名，估计也早拆迁了。周围的风物完全现代化了，全是高楼大厦，市民购物、游玩的场所。中堂故里低矮的房子"立此存照"地陪站一旁，也是一种现代人生活的景观。

　　"不堪游"当然不仅仅是指这种混搭下的建筑，更是在现代生活一侧，游观几进几间平房，居然有百年前的历史古董。"不堪游"也是我们的近代史不堪回首，不堪对照当下。

中堂所处的时代乏善可陈，但他个人做得不算差。众望所归这类话如无时代刻骨的经验就不知其意义，今天的人们大概能理解这句话了。说中堂众望所归，并非他的存在跟小民自己的生活有必然的联系，而是他的存在赋予时代和个人一种希望、机会和意义。所以尽管中堂不拘小节，有江南人的功利，但他的立身堪称把个人和家国天下联系在了一起，他被谥为"文忠"，也说明了他立功的品质。

云柯的诗，略去中堂一生众多的事迹，只提到"马关""洋务""甲午"等几件事，这是中堂一生事业的分水岭。用现在的话说，改良派的保守性及其后果就是注定如此的。李鸿章未能"危邦再造"，但云柯的结语却肯定其人，这也说明，一个时代社会里，不管什么派，只要尽心尽力，仍是能够得到理解的。

梁任公曾说："吾敬李鸿章之才，吾惜李鸿章之识，吾悲李鸿章之遇。"在我看来，云柯的《题李鸿章故居》算是对任公的回应，故居的存在和诗人的感兴所题在悲慨的同时，也在告慰先贤：我们能够把不堪回首的近代史化作自家的财富。

读诗随笔

檀林

数字游民、生活方式创业者、诗人

....

在中堂故里，诗人沐浴着历史的光芒，感受着记忆的流淌，凭吊一个备受争议的历史人物——晚清重臣李鸿章。百年以来，人们对他的功过从未停止过争论。

有人称他是危邦救主，但又有多少人能够完全梳理清楚他的事迹呢？李鸿章的一生很复杂，说他是清廷的忠实臣子，似可成立；而将一系列不平等条约的签订都算到他头上，便不够公允。李鸿章有无忧国忧民的思想和举动，从他忍受日本枪手袭击，签订《辛丑条约》后即病倒等事迹，以及他在逝世前不久题写的那首绝命七律，应可以看出一些痕迹。"劳劳车马未离鞍，临事方知一死难。三百年来伤国步，八千里外吊民残。秋风宝剑孤臣泪；落日旌旗大将坛。塞北尘氛犹未已，诸君莫坐等闲看。"

李鸿章的一生，就像那匆匆而过的车马，充满了坚忍与奉献。他领导的洋务运动，是中国近代历史上的一次伟大尝试，但却因甲午战败而蒙羞。然而，无论如何评价他，他的名字都已经载入千秋史册。

读云柯的诗，我仿佛也看到了"秋风、宝剑、孤臣的泪水、落日和旌旗"这些画面，渗透着异代诗人的情感，交织着凭吊者和被凭吊者对国家的忧虑和对孤立忠臣的感慨。

站在这片土地上，我们看到了历史的多面性，也明白了一个伟大人物的复杂一生。基辛格在《论中国》书中有一句话，让我印象深刻。"中国的政治家在一个痛苦而且往往是屈辱的过程中，最终保住了濒于崩溃的中国式世界秩序遗留下的道义遗产和领土遗产。"

这完全可以作为这首诗关于李中堂的注脚。

萬里黃沙誰縱

馬千驅白雪我

絕塵

雪柯詩西域雪山选

甲辰春 白偉

万里黄沙谁纵马，千秋白雪我绝尘。

——《西域雪山》摘句（全诗详见126页）

书法：白伟，自幼习书，在北京市少年宫师从何伟老师，遍临诸体，尤好瘦金体和隶书

英雄有泪为谁倾，
蜀道云寒陨相星。
横嶂岐山空布阵，
长流渭水久销兵。
养民当续三分策，
逐鹿休争一代成。
倘使韬光扶幼主，
千秋犹可论鞠躬。

——丙申冬日出差宝鸡，写于五丈原古战场

读诗随笔

莫真宝

文学博士、中华诗词研究院诗词研究部主任

　　五丈原位于今陕西省宝鸡市岐山县，是三国时诸葛亮北伐曹魏、屯兵用武、死而后已的古战场。这里成为诸葛亮戎马生涯的绝唱，也留下了他王业未竟的永久遗憾。云柯兄此律"写于五丈原古战场"，是一首怀古诗。揆其内容，却是怀古与咏史的完美结合，尤以史识见长。

　　此诗精于结撰，首联运用设问，自问自答，以情起；其后三联，均着眼于首句"倾泪"的缘由而展开，以理续。全诗虽重在"怀"字，而遗憾之情始终贯穿其中。

　　"英雄有泪为谁倾，蜀道云寒陨相星。"上句破空而来，气势高亢，情绪饱满；次句回答，自然承上，并完美点题："蜀道"点"五丈原"，"相星"点"诸葛"。蜀道云寒，将星殒落，古往今来，令无数英雄为之落泪。诗人到此凭吊，不止是"泪满襟"，而是如张孝祥《六州歌头》煞拍所言"闻道中原遗老，常南望，羽葆霓旌。使行人到此，忠愤气填膺，有泪如倾"。着一"倾"字，起笔即将情绪拉满，而次句的"云寒"进一步烘托出发自心底的悲情。

接下来三联议论风发，分别侧重于从治军、理民、辅君三个角度，对诸葛一生的成败利钝表达自己的看法，立论正大，而语带深情，充满遗憾，可当作一篇史论来看。

颔联着眼于诸葛亮戎马生涯的终点抒发遗憾之情："横嶂岐山空布阵，长流渭水久销兵。"上句着一"空"字，不仅抒发了对诸葛亮王图霸业未成的遗恨，而且与下句合观，将人事与自然对照，大有"千寻铁锁沉江底，山形依旧枕寒流"之感慨。想当年，诸葛亮屯兵五丈原，司马懿隔渭河与之对阵，"长流"句不仅对比写出渭水长流，兵戈久息的事实，而且暗示人事短暂，自然永恒的哲理。

当此之时，理当休养生息，注重"养民"，而非汲汲于"逐鹿中原"，强启兵戈。故颈联着眼于理民："养民当续三分策，逐鹿休争一代成。"《史记·淮阴侯列传》："秦失其鹿，天下共逐之。""逐鹿"喻群雄并起争夺天下，"三分策"是诸葛亮在《隆中对》中为刘备谋划的霸业蓝图。可惜的是，吴蜀交恶，蜀一败于荆州，再败于彝陵。刘备驾崩之后，诸葛亮举兵数次北伐，无功而返，三分之势，至此渐趋瓦解。

尾联"倘使韬光扶幼主，千秋犹可论鞠躬"，指出诸葛亮如能不事专断，韬光养晦，节制武事，全力辅佐后主刘禅，才真正称得上《后出师表》结尾所言"臣鞠躬尽力，死而后已"。诸葛亮不是不知道敌强我弱的现实："至于成败利钝，非臣之明所能逆睹也。"可是，他却为兴复汉室一再坚持北伐，耗尽民力，终至身死国灭，令人唏嘘叹惋。从后人的眼光来看，历史上每一位"知其不可而为之"的悲剧英雄的选择和持守都不够理智。只要不是躬身入局，大多论者似乎都能超越当事人的局限，做出更加"正确"的抉择，而这种"超越"性，便是史识，无关乎事实上的成败。

全诗首联以情带理，理愈切；后三联以理贯情，情愈厚。读罢此诗，始知杜甫"诸葛大名垂宇宙""万古云霄一羽毛"的赞颂之语，或"出师未捷身先死，长使英雄泪满襟"的怅恨之句，不得专美于前。

送金庸先生

恩仇快意写连城，白马神雕伴客行。

鹿鼎英雄挥宝剑，雪山侠侣啸西风。

千秋笔下开八部，万卷胸中藏九经。

一去江湖谁作主，倚天笑傲是先生。

——二零一八年十月三十日
金庸先生仙逝，作于北京

读诗随笔

李鸣

未来电视 CEO、媒体人、互联网从业者

读金庸的人都知道，金庸用一副对联"飞雪连天射白鹿，笑书神侠倚碧鸳"来概括了自己写过的 14 部武侠小说，背这副对联，几乎是全球金庸迷辨识身份的"切口"，能脱口而出这两句，才可算读金庸初级入门。

这首诗的巧妙，在于同样从金庸先生的作品里来选字、选意，组合成了一首激昂豪迈，却又在送别时刻，能够准确传情达意的缅怀诗，文字功力，可谓高妙！

先来看看这首诗在嵌入金庸作品上的心思。"恩仇快意写连城"，这里嵌入的是《书剑恩仇录》和《连城诀》这两部书，也以此句夸赞了金庸先生作品的价值。"白马神雕伴客行"，这里用了《白马啸西风》《神雕侠侣》《侠客行》这三部书的书名，白马、神雕，这句的名词叠用，让人想起马致远《天净沙·秋思》里的"古道西风瘦马"的手法，"伴客行"，则继续让人想到"断肠人在天涯"的意象，使句子有了中国写意画的美感。"鹿鼎英雄挥宝剑"这句里，也有三部书，是《鹿鼎记》和《碧血剑》《越女剑》，"雪山侠侣啸西风"用的是《雪山飞狐》（也算捎上了《飞狐外传》），以及《神雕侠侣》《白马啸西风》，两句上下对仗，妙韵天成。"千秋笔下开八部"暗含的是《天龙八部》，"万卷胸中藏九经"暗含的是《射雕英雄传》系列三部曲，因为在这组三部曲里，《九阴真经》《九阳真经》这两部武学至高典籍成为了作品里的关键道具，同时，这两句诗也给出了对金庸先生的重要评价。

金庸先生的作品，作为"新派武侠"的开派鼻祖，已经达到了在华人世界成为文化因子的高度，比如你今天和谁说"做人不要太岳不群"，或你说"这东西怎么突然就乾坤大挪移了"，大多数人都能明白你表达的意思，以对华人当代文化的影响而论，说"千秋笔下"，实不为过。

金庸先生的文化积淀还是中西并包的，比如他自己就说过，《连城诀》的故事受了大仲马《基督山伯爵》的影响，《雪山飞狐》的叙事方式很多人问他是不是有黑泽明《罗生门》的影子，金庸先生自己说他是从《天方夜谭》里学的。还有《射雕英雄传》里，黄蓉最初遇到郭靖，把自己打扮成小叫花，还要使唤郭靖花钱的桥段，又很像传统小说《三侠五义》里锦毛鼠白玉堂戏弄书生颜查散的段落。我们在金庸的作品里，能够找到中西文化、各流派文学名家对他的影响，"万卷胸中"的金庸先生，把这些文化积淀，融汇成了自己的"北冥神功"，汇聚百家，同时又"凌波微步"，顾盼飞扬。

"一去江湖谁做主，倚天笑傲是先生"，嵌入了《笑傲江湖》《倚天屠龙记》两部书，也自然巧妙地合而为对金庸先生的缅怀与高度评价。读罢整首诗，只没有找到《鸳鸯刀》，其余十四部作品连缀出了一幅"金庸宇宙图谱"，让金迷默契于心，读来又结构严谨，起承转合，情真意切，不由佩服汤博士的文字驾驭能力！

一个少年、青年、中年时代都长时间浸润在金庸作品带来的美好世界里的男人，说起金庸是很难停下来的。我至今记得中学时第一次到手的一本被翻得残缺不全的《海峡》杂志刊载的《射雕英雄传》的场景；记得看 20 世纪 80 年代流行的"宝文堂版"金庸作品的情景，一读起来，欲罢不能，晚上悄悄蜷缩在床上，用一盏小台灯、有时干脆就是用手电在被窝里照明来读金庸的场景；也还记得，某次凌晨看《天龙八部》，看到乔峰失手打死爱人阿朱那一段，少年的我痛哭失声，心脏疼得要抽搐起来，那种对爱情懵懵懂懂时的珍惜、难过、不舍，构成了我读金庸的巅峰体验，也构成了一个男孩子初探情感世界的启蒙课之一。更不用说"仁者无敌""为国为民，侠之大者"这些理念带来的深入骨髓的影响。

我有幸与金庸先生有过一面之缘。那是 2009 年 3 月，我那时在凤凰工作，凤凰卫视举办"影响世界华人盛典"，金庸先生在那一年获颁盛典中最重要的"终身成就奖"。当主持人鲁豫介绍金庸先生时，坐在金庸先生旁边的杨紫琼一直微笑侧头看着先生，而金庸先生每每听到赞美的句子时，就向前欠欠身致意，似乎还有点儿羞涩。作为当晚最重要的嘉宾，金先生在活动结束离开时，主办方很多人都出来送，我也从楼上跑下来，候在走廊边，大声向先生祝贺致意，金庸先生伸手过来握了下手，他的手温暖柔软，是男性的手中很少见的那种柔软。那一年，金庸先生 85 岁，"百炼钢早已化作绕指柔"，却和大家说自己还在学习，明年将修完自己的博士课程。那一幕，我是带着还愿的心情，扔下工作，冲下楼去送他的。但能说出来的只是他的读者能够表达的最普通的感谢："先生，我也是您的读者，谢谢您！"

十年后，先生故去的消息传来。我没有汤博士的诗才，记得当时我和同事能表达的纪念，就是认真为金庸先生做了一个缅怀的互联网专题。

现在我也经常会翻一翻金庸的书，先生已去，读他的作品时想起他，很像看《神雕侠侣》的结尾，读者们看着杨过远去的心境：却听得杨过朗声说道："今番良晤，豪兴不浅，他日江湖相逢，再当杯酒言欢。咱们就此别过。"说着袍袖一拂，携着小龙女之手，与神雕并肩下山。其时明月在天，清风吹叶，树巅乌鸦啊啊而鸣，郭襄再也忍耐不住，泪珠夺眶而出。正是："秋风清，秋月明；落叶聚还散，寒鸦栖复惊。相思相见知何日，此时此夜难为情。"

南寺怀仓央嘉措

须弥圣境隐阿盟，南寺悠悠香火清。

宝座忽来佛是我，童心难灭色非空。

沉浮遭遇传神迹，真假诗文启众生。

明镜尘埃皆幻影，一朝彻悟更真情。

——戊戌夏日差旅途中，顺拜因六世达赖喇嘛历劫后隐居
弘法而建的广宗寺（南寺），题于阿拉善左旗

读诗随笔

付莉

游记作家、自由职业者

从来不敢写诗，怕诗中装不下我的思想。作者的诗，却盛下了春秋。

"须弥圣境隐阿盟，南寺悠悠香火清"，仅一句，就把我带入历史，带回西藏。我曾八次进藏，去过两次珠峰大本营，走过古格王朝，转过冈仁波齐，

西藏每一粒穿过荒原的沙，每一缕吹过经幡的风，都深深沉淀在我的灵魂里。

说起西藏，能够记起藏传佛教格鲁派创始人宗喀巴大师讲的经、说的法的人可能不多，说得清五世达赖喇辉煌业绩的人也甚少，但可信手拈来几句仓央嘉措诗的人，大有所在。"住在布达拉宫，我是雪域最大的王，流浪在拉萨街头，我是最美的情郎"，仅一句，就击中人心。

仓央嘉措出生在山南门隅宇松地区，宇松是西藏唯一能够种植水稻的地方，来自孟加拉湾的水汽长驱直入，温暖滋润着天资聪慧的他。自1697年被认定为五世达赖喇嘛的转世灵童后，他的人生就充满波澜，充满争议。仓央嘉措出生在世代信奉宁玛派的农家，自藏南被迎入布达拉宫途中，在朗卡子县拜五世班禅为师，落发受戒，成为六世达赖，成为格鲁派的"领袖"，也成为政治斗争的牺牲品。

在童年，大自然赋予他的自由灵魂与布达拉宫内桑杰嘉措的系统培养，造就了他独立的思想。他在短暂的人世间，留下许多辉煌诗篇，给后世提供大量创作素材，他的生命，如昙花般短暂却绚烂，他不活在人间，他存在于诗的字里行间。

"沉浮遭遇传神迹，真假诗文启众生。"佛我一身，心色不空。仓央嘉措的踪迹，众说纷纭，诗，也有真真假假。我更愿意相信，他逃过了一劫，隐姓埋名，浪迹天涯。至于诗的真伪，能够让你过目不忘的，都是电光石火的感悟。

"明镜尘埃皆幻影，一朝彻悟更真情。"诗，是历史、现实、思想的融合、提炼和体现，能够在一首诗中，不但走过主人公的人生，而且感悟到自己的人生，需要深厚的功底积累。不敢妄评作者的作品，仅仅记录一下阅读这首诗时自己的思想经历和过程，惊涛骇浪，气定神闲，这就是一首好诗的魅力。

新年祭父母

年年膝下绕欢情，今岁佳节何处行？

一世亲恩隔咫尺，两抔黄土系漂萍。

安居草贱忧天下，不入权达做苟营。

唯有诗心能告慰，寒来犹见此山青。

——二零一一新年写于锦州爸爸妈妈墓碑前

读诗随笔

徐海林

管理学博士、《企业成长管理九讲》作者

阅读《新年祭父母》这首诗时，我被一种强烈的共鸣所震撼。"年年膝下绕欢情，今岁佳节何处行？"2023 年，我也经历了父母双双离世的痛苦，第二年的春节回到湖南老家，已不知何处是家，何处可以过年。开篇一问，用情至深，已令同样失去父母的人泪流满面。

　　"一世亲恩隔咫尺"表达了对父母一生慈爱的回忆与感激，尽管亲情浓厚，但死亡让这份亲情咫尺天涯，使人深感无奈与悲凉。"两抔黄土系漂萍"则形象地描绘了生命的脆弱和人生的漂泊，我们每个人都像是漂泊的浮萍，最终将归于大地。站在父母的墓前，所有的记忆和思念汹涌而至，这两句诗仿佛就是我心底最深的呼唤和无奈——对亲情的无限怀念和对生命终结的无力感。

　　在我看来，这首诗的魅力不仅在于它对情感的真实描绘，更在于它对人生价值的探求和对风骨品行的执守。"安居草贱忧天下，不入权达做苟营"，透露出诗人对父母的深厚情感和对生命意义的深刻感悟。即使面对人生最大的失去，我们仍可以坚守父母的叮嘱不随污逐流，仍可以找到内心的平静和前行的力量。

　　"唯有诗心能告慰，寒来犹见此山青。"结句表达了诗人在哀伤中告慰父母的方式——面对失去双亲的悲痛，理想主义的诗心不变，青山不改，绿水长流。

零落诗音久忘言，凭湖依旧雨如烟。

云中白翼归何处，梦里清河去那边。

麦地阳光晒风骨，春花大海向人间。

红尘纵使能蔽日，总有心灵一片天。

——二零零九年三月二十六日诗人海子去世二十周年，作于南宁南湖细雨中

注：诗中"云中白翼""梦里清河""麦地阳光""春花大海"等语句均选自海子诗作，以兹怀念。

读诗随笔

宋湛

记者、诗人、中国诗地文学网主编

中国梦，这是近些年的热门词。反复拜读云柯的这首诗后，我突然想说个带温度的感性词：中国梦，诗人梦！

诗人梦是什么？这里面肯定精神层面的东西更多些。"云中白翼""梦里清河""麦地阳光""春花大海"，只看看这些诗人从海子诗里精心"化"出来的美好意象，我们就该读懂诗人在向往什么了！

云柯是在海子去世二十周年时写下的这首诗。记得几年前，我曾写过一篇小文，里面有个观点，说是海子走了，也带走了诗歌。圈子里有朋友认可我的说法：从 20 世纪末到现在，尽管我们依然不愿意承认诗歌每况愈下的生存环境，但诗歌和诗意越来越被忽视，却是一个不争的事实。

海子所在的时代，人们对诗歌和诗人还有所关注，现在恐怕只有诗人自己关注自己和作品了。这是可悲的，同时也是希望的所在！因为古语里有句话叫物极必反，当社会对物质极度追求之后，心灵一定会有种窒息感，它一定渴望找到个出口，而温暖的诗歌，这时候便会起到抚慰的作用。

所以，云柯写下的这首诗，不仅是为诗人海子招魂，也是在为诗歌招魂。

"红尘纵使能蔽日，总有心灵一片天。"天空不会总被遮蔽的，我们坚信这一点！

入世懷明月

出塵戀舊人

湛堂柯先生句

楊家偉書

——《中秋酒話》摘句（全詩詳見338頁）

書法：楊家偉　內蒙古書協副主席，

內蒙古師大副教授，藝術研究院博士

入世懷明月，出塵戀舊人。

咏物抒怀

第四篇

新茶

闲看千秋事，清风煮绿茶。

诗心脱酒色，落笔一天霞。

——作于乙酉初夏

读诗随笔

胡海森
投资人

这四句诗，读来似有移步换景之味道，来回吟诵，琢磨，就如好茶的余韵，喉齿过处，滋味悠长。

作为爱茶之人，我也曾是各种尝试，各种探索，春饮花茶，夏饮绿茶，秋饮青茶，冬饮红茶，希望试过各种喝法各种茶类，终能得茶之妙韵。

但回想起来最爽的喝茶体验是因为茶本身，那是某一日在青海高原上奔波下来，在卓尔山的农家小院门口喝的大碗茶。

　　那个下午先是雨过天晴有双虹，再就是晚霞满天凉风扑面。恰是博士诗中"闲看千秋事，清风煮绿茶"的场景，几人闲坐，聊起千秋事，诗意茶情，如余音绕梁。

不沾江海事，
自在野湖中。
谁解童心乐，
佛说大象生。

——戊戌大年初四作于斯里兰卡

读诗随笔

陈菜根

投资人、区块链行业学者

生存是人生的第一要义，生存本身构成了人生意义的载体，生存就是在宏观的环境里，给微观个体找到一个可以延续的方式。

"不沾江海事，自在野湖中。"

汤老师的这首绝句里，微观里的野象虽然体态硕大，却不沾宏观下的江海滔天之事，在野湖的小环境里能怡然自得，这是一种逍遥的生存之道。

其实，江海洪流，一直都在遵循着潮起潮落的周期律，奔流不息，而每个生命都是这洪流里的一只只蜉蝣，生生灭灭，循环迭代。进化论的要义在于，给出了江海和蜉蝣的博弈密码：强大者未必生存，适应变化者永生。

对于每一个微观个体，都面临一场博弈，即在宏观环境出现上下行周期时，该如何做出选择，而选择的结果并无对错之分，因为每个选择都附着了成本，结果是对成本的交付。

当宏观环境处于上行周期时，微观个体的态度如果是积极的，则可以最大化地利用宏观杠杆，实现个人价值；如果个体态度是消极的，则会浪费宏观环境赋予的机会成本，泯然众人矣。

宏观周期下行时，微观个体同样有两个选择：以匹配实力的积极态度待之，则可能会逆风翻盘，成为下一个上行周期里的赢家；以消极态度待之，无论实力是否具备，大概率会泥沙俱下，沦为下行周期的燃料。

当然，宏观并不总是处在泾渭分明的两端，更多时间是在模糊地带里徘徊，而微观个体并不总是理性的，其决策往往受到情绪的掣肘。模糊的宏观和情绪化的微观，则演化出了芸芸众生相。

江海虽远，却联通着野湖的平静；大象虽乐，却受制于人类的理性。童心之乐，概不知大人操碎了心；大人之忧，概不知孩童乐在其中。谁解童心乐？这世界在底层是无限牵连的，而每个个体的认知却往往表现出巨大的鸿沟。一如计算机，大家用着相同的配置和操作系统，却玩出了千人千面的应用，而这构成了一个个不同的活法。

"佛说大象生。"汤老师的的结句一语双关，野生的大象得大自在，天地间大音希声，大象无形。

理解每一个选择，也尊重每一种结果。于我而言，无论宏观环境好坏，都希望能以理性偏乐观的心态待之，做一头知晓江海的野象，既戏水江湖，也人间清醒。正如罗曼·罗兰所言："世界上只有一种英雄主义，那就是看清了生活的真相后，依然热爱生活。"愿这份英雄主义的星星之火，能燎亮时代的夜空。

徐公牡丹图

冤攀富贵几千年，
红紫厅堂强作欢。
洗尽铅华还本性，
方知绝色在空山。

——徐忠平老师所画牡丹，生于石山，开于溪水，脱之虚华，还之天真，亦色亦空，深得吾心，辛卯冬题诗以赠

读诗随笔

邵秉仁

书法家、诗人、原国家体改委副主任

人生道路并非坦途。有成功高光时刻；也有失败至暗之时。人人追求成功，但苦难常伴人生。苦难对于成功者来说，是可以炫耀的资本，对苦难者却永远是一场噩梦。

国色天香的牡丹，长在庙堂固然雍容华贵，但山野之中不更耐风雨，更显妩媚娇妍吗?

这就是云柯在诗中告诉我们的道理。

对待人生的正确态度应该是：成功时不骄纵，失败时不放弃。"居庙堂之高则忧其民，处江湖之远则忧其君"。

与云柯对人生有同感，曾写过一首七绝："艺坛无意苦争春，落尽铅华欲守真。心香一片惟自许，甘作泥土化芳尘。"

可谓高山流水，志同道合！

青岛啤酒

百盏千杯饮未足，
黄醇黑厚麦香殊。
贪得一夜春风醉，
不做书生做酒徒。

——癸卯春日与在青岛工作的清华 MBA 诸同学欢饮畅谈

读诗随笔

和琴
文学硕士、教师、诗人

　　哈哈哈哈！"不做书生做酒徒"！可以想见在那春风沉醉的晚上，汤博士"与诸同学欢饮畅谈"已至哲学的境界。

　　《庄子·秋水》有言："往矣！吾将曳尾于涂中。"庄周无待，汤生不求。"百盏千杯"之间这一众书生亦或酒徒将秋天借来的"麦香"还给了春天，恐怕他们也借助几番醉意把自己还给了青春吧。"春天不是读书天，之乎者焉，太讨人嫌。"汤博士们真所谓"贪"心得着落，喝酒正当时。

中国有句俗语："一人不喝酒，二人不耍钱。"谪仙人李白不是说过"独酌无相亲"嘛。酒为"欢伯"，聚饮才更畅快。可是你看日剧里的男女"酒鬼"常常在下班后躲开所有的人，或寻一间饭馆，或采购食材后回家，在精心料理的小碟小碗的面前"嘭"一声打开听啤的拉环，独享轻松一刻。看到这一幕你会感到酒未尝不可独饮，而最宜独饮的非啤酒而无它。当代社会，利往利来，伊人难觅，友情难叙。独处怕是难以避免的常态，有时也会是刻意追求的佳境。

烈酒酣酣，交错觥筹以散其热；啤酒泠泠，自斟自酌便于镇心御气。饮亦有道，"道也者，……莫见乎隐，莫显乎微，故君子慎其独也"。

"贪得一夜春风醉"，独饮乐，不如众饮乐。

普洱茶

年年春色看新芽，
万里青山处处家。
世态纷纭皆草木，
人生大事一杯茶。

——丁酉春节于云南普洱

读诗随笔

徐锦川

文化学者、作家、编剧

　　我每天起床后要喝一个时辰的茶，不然就醒不过来。若中午起床，茶后就下午两三点钟了。

　　都说草木一生，然人非草木，有情，有感，要吃，要喝——有人喝酒，有人喝水。不知何年何月，人们在水里加了几片树叶，谓之"茶水"。

我喝普洱，生普。茶界——有这么个界么——人说，茶喝到普洱，就到头了。以我的经验，是这样的。这之前我什么茶都喝。有一年，澜沧的朋友约我，去了景迈山。在一个布朗人开的客栈里住了几天。每天喝茶，自然都是普洱。夜里，大月亮吊在当空，院子里点上火塘。当地人喝一种烤茶，使一只小铁盆装点炭火，茶叶放进去，扒拉一会，拿出来，冲水，喝。好喝！

自那年起，我连续在景迈山上过了五六个春节（其他季节也去过）。话说这又有五六个春节没去那儿了。就是说，我已经喝了十年以上的普洱了。

景迈山里有一片茶树林，都是千八百年的茶树。树是大树，所以普洱茶又叫"大树茶"。那是好久好久也走不到头的一大片茶树林。仰头看上去，片片叶子朝你绿绿地笑。脑子里闪出一个句子，是：茶叶，就是茶树的叶子。

世态纷纭皆草木，人生大事一杯茶。

印度洋蓝鲸

天上心情海上身，
碧波一跃起昆仑。
风云变幻无关我，
朋友全交万里人。

——戊戌大年三十乘船出海追鲸，写于斯里兰卡

读诗随笔

王鼎杰

文史学者、《二战大牌局》作者

当下写古体诗者多，有生气者鲜。有生气者多，能驾驭古体诗者鲜。写古体诗者常常死在古体上，而失其生气。有生气者，又常常难以或不屑寄情古体。

云柯兄的古体诗，能兼得之，是为难能。

"天上心情海上身，碧波一跃起昆仑。"于古人言，驾艨艟巨舰，渡万

里大洋，追鲸逐浪，可以说是近乎梦境的存在。所以才有海外仙山的传说，有骑鲸公子的想象。大航海之后，人类逐渐征服大洋。旧梦境成了新事实，事实也就意味着物质化。而过度的物化，常常是诗意消散的开始。

比如四十年前，糖和脂肪在中国还是稀缺品，但今天，我们已经进入低糖低脂的时代。这是人类历史上的物质巨变，同时也带来了人类精神世界的巨大挑战。在物质极大丰富的同时，如何保持文化的品位和追求，有时候比匮乏时代的不堕青云之志更难。尤其是互联网带来的信息爆炸，让我们在享受全天候咨讯、全天候通讯、全天候娱乐的同时，也陷入了全天候焦虑。

于是乎，古人行万里路，难在万里路本身难行。今人行万里路，难在缺乏品读万里路的心胸气度。"朋友全交万里人"，诗人借鲸鱼写己，但真要做到处变不惊，"风云变幻无关我"，人比鲸鱼难得多。

在这个时代，面对物质的昆仑，信息的巨浪，如何独善其身，交万里之友，恰恰要先从纷繁错落中看清那些与我无关的多余，然后方能得到属于自己的一瓢之饮。

不由想起少年时代，当我选择历史做爱好，甚至专业时，在亲友里是引发了一些非议的。在他们看来，这是个太不务实的想法。好在我父亲支持我，我最困顿的时候，他对我说："你的未来，也许有名，也许无名，也许有钱，也许没钱。究竟如何，我看不清，因为你走的这条路，我不懂。但我也不用看清。因为我已经看清了一点，无论走到哪一步，你这辈子，不会白活。作为一个父亲，看到这一点，足够了。"

这些年一路走来，父亲的话常常回响在心间，激励着我敢于追求一些无用之用。于是也才明白了务实是美德，过度务实是灾难。在今天这个时代，尤其如此。

睡莲

身在清波心在云，
仙姿出水梦如琴。
人寻花语听禅意，
花入诗中不染尘。

——己亥夏日作于邛海湿地

....

读诗随笔

邓明辉

公职人员、诗人

....

　　这首七绝《睡莲》之所以打动我，最先是因诗人写于邛海湿地公园。西昌是我的家乡，我魂牵梦绕的地方，那里有灼人的太阳、水洗的蓝天、碧绿的湖水；那里有诱人的烧烤、滑爽的醉虾、鲜美的果蔬；那里还有我儿时的回忆和曾经的梦想……

至于睡莲，仿佛是 2011 年修建邛海湿地公园后才有了集中的展现。作为全国最大的城市湿地，二期"梦里水乡"的睡莲随处可见。每到夏日，一朵朵粉红色的莲花，在绿叶的簇拥下竞相绽放，清丽脱俗、睡态娇媚，与波光树影交相辉映，构成一幅赏心悦目的夏日图景，令人仿佛步入了莫奈花园。

　　诗人对着炫彩瑶池般的景色陶醉了，也感悟了，于是便有了这首《睡莲》。细细品来，韵味无穷。睡莲有心，"身在清波心在云"，身在尘间，心在云端，展现出一种追求自由、独立、无拘无束的生命状态；睡莲有情，"仙姿出水梦如琴"，司马相如将卓文君比作"出水芙蓉"，"缪以令相重，而以琴心挑之"，从而成就了流传千古的爱情佳话；睡莲有意境，"人寻花语听禅意，花入诗中不染尘"。

　　睡莲"出淤泥而不染，濯清涟而不妖"的属性与佛性不谋而合，象征佛法之高洁。而禅意作为一种意境，更是从睡莲"不染诸境，闲闲自如"和"此心不动，自在从容"中得以充分体现。也许，这就是诗人与睡莲心意相通之处。

题清华园石榴树

仗剑天涯不忘根，
十年树木百年恩。
秋光又照家国事，
流火丹霞一片心。

——时逢七十年国庆，十二年前我们捐赠给母校的石榴树硕果繁枝惊艳校园，欣然题诗以记，并祝家国兴盛百姓安康。
二零一九年十月一日写于清华园

读诗随笔

逄焕磊

中央音乐学院教授、党委原副书记

又到了枫叶红似火，色彩斑斓的秋天，我拜读了云柯的《题清华石榴树》，心潮起伏，感慨万分。

我与云柯相识与接触是在1988年清华研会，当时他是第11届校研究生会的副主席，同时兼任清华大学华实科技服务中心的总经理，我是研会文艺部长，因此在研会开会和活动的时候，经常有见面和交流。从清华毕业以后，我们一直保持了友谊和交往，直到现在我们还每年相聚多次。

我们的相识和交往留下了浓浓的时代烙印。我们就学清华时正处于改革开放、思想解放的社会大背景下，在各种思潮奔涌交汇与撞击、波澜壮阔的大潮中，校园里的莘莘学子们思想活跃、心潮澎湃、奋发读书，校园里学术讲座和学术沙龙像雨后春笋，各种文体活动也琳琅满目，因此研会也组织开展了大量学术和文体活动，研会的各位成员风风火火、日夜奔波。我当时对云柯的印象是才华出众，有很强的组织能力、工作干劲和执行力，同时在那个时代背景下也感到了他对党和国家的赤诚满怀、丹心一片！但对他的才高八斗、文理兼容的李杜之才，以及深厚的中国文学的修养和底蕴，更多是毕业以后的交往才深深感知。

"仗剑天下不忘根，十年树木百年恩。"是我们这一代清华人对国家的使命感和对母校的感恩。"仗剑"写出了清华之子"把示君"的底气和豪气。"秋光又照家国事，流火丹霞一片心"，表达了诗人和我们这一代清华人的赤诚之心。我们虽然在不同的工作岗位，但都在践行着清华的"厚德载物，自强不息"，在各自的工作岗位上不断进取，为祖国的繁荣和发展尽自己的微薄之力。

时光荏苒，转眼我们都要退休了，望着窗外浸染的丛林和灿烂的晚霞，反复欣赏和回味着云柯众多的诗句，耳边仿佛回荡着青春之歌和时代的旋律，感到怡然欣慰！

感谢云柯给我带来了永久的美好记忆和绵绵不断的思绪……

《千秋好文字》出版

风来心定便无尘，
安坐书斋释骨文。
唯望童蒙识大体，
千秋汉字写国魂。

——戊戌深秋记于北京

读诗随笔

黄德宽

中国文字学会会长、清华大学文献保护中心主任

　　文字的出现是人类进入文明时代的最主要的标志，文字对人类文明传承和传播的作用是无可替代的。东汉许慎曾说到："盖文字者，经艺之本，王政之始。前人所以垂后，后人所以识古。故曰'本立而道生'，知天下之至赜而不可乱也。"在世界文明史上，汉字是唯一来源古老且至今使用的文字，

数千年来记载和传承着博大精深的中华文明。甲骨文是目前所发现的最早的成系统的汉字，从殷商甲骨文到今天的现代汉字，汉字的发展历史未曾中断，是中华文化真正的基因。

云柯博士作为清华理工科出身的杰出校友，视野广博，文理兼修，酷爱古代历史文化，且写得一手好诗。云柯沉浸于汉语言文字的审美世界，深切体味汉字的魅力及其对中华文明的重要意义，尤为关心当代儿童的古代文化启蒙教育，主编了一套生动有趣的《千秋好文字》读物。我有幸较早读到这套书稿，并与云柯切磋交流，他对汉字文化传播的热情、执着和严谨求是的精神，令我印象深刻！

《千秋好文字》出版之际，云柯所写的这首诗作，形象传神地记录了他主编这套书的精神状态及其深刻感悟。"风来心定便无尘，安坐书斋释骨文。"诗人以"风来"之动起兴，凸显"安坐书斋"之静，心境平和安定，如镜鉴般明澈"无尘"，远离尘世，神游往古，面对三千年前的甲骨文，欣赏古文字展现出的先人智慧，揣摩他们的奇思妙想。此刻的诗人静坐独处，驰骛思绪，会通古今，其"形"静而可观，其"神"动以沉潜，在动静结合中展现出一幅与古人晤对的情景。

结尾两句，则深刻揭示了诗人主编这套读物的主旨所在：在童蒙中播下汉字文化的种子，让他们通过汉字的耳闻目濡，体认国之"大体"，感受由汉字书写的伟大中华民族精神。

"千秋汉字写国魂"，既道出了汉字对中华文明传承弘扬的巨大历史功绩，也表达了诗人对少年儿童学好汉字，做中华文明传承者的热切期盼，其识亦卓，其愿亦宏！

读诗随笔

黄善卓

编辑、书评人

汉字是世界上最古老的文字之一，有五六千年的历史；汉字也是世界上最古老文字中唯一流传下来的文字，至今依然有强大的生命力。在中国数千年的历史中，汉字恰如星星火种，传递、延续着古老的中华文明。

从古至今，中国的童蒙教育常从学习汉字开始。由汤云柯博士担纲主编的《千秋好文字》，注重对汉字源流的梳理，引导孩子们从甲骨文、金文、篆书、楷体等字体流变中，去探求中华文明的根脉。这套书对中国儿童的汉字、文化启蒙具有独特意义。

我曾忝列编委，参与《千秋好文字》的撰写。这首诗中"风来心定便无尘，安坐书斋释骨文"一句，让我想起一个个夜晚与汤云柯博士及诸位编委相对而坐，吃着叫来的外卖，查找考释字形、辨析并编写字义的情形。

对我而言，那无疑是一段有价值的时光，能为中华文明的传承贡献绵薄，也让我备感荣幸。"唯望童蒙识大体，千秋汉字写国魂"，是汤云柯博士在主编本书时的夙愿，同样也是我的期待。

诗书三界外生死岂为然

落笔横沧海闲话动九天

才高形自朴骨傲气方谦

对酒蓬莱远相知不必言

云柯诗 王朋

诗书三界外，生死岂为然。才高形自朴，骨傲气方谦。对酒蓬莱远，相知不必言。

——《秋日怀友》（详见260页）

书法：王朋，中国出版集团教材中心《书法》教材编写组成员，北京市校外教育协会副会长，多年来一直在基础教育领域从事一线书法教学

飞天茅台

山飘水舞步悠悠，
岁月沉香久在喉。
名作飞天非戏语，
酒酣一梦上清秋。

——乙未年白露于贵州仁怀茅台镇

读诗随笔

项宇

书法教师、教育考试研究院特聘专家

我与茅台结缘大概是 2010 年的事情了。

那一年，我周边的酒友突然喝上了老白酒。酒桌上的重点从劝酒多少，变成了每个人都神秘地从包里拿出一瓶 20 世纪七八十年代的各个品牌的老酒，花花绿绿略带斑驳的酒标，形态各异的 20 世纪的酒瓶子，摆在一起颇有文化的样子。

那一段时间聚会喝酒，你要是带一瓶当年的酒，都不好意思往外拿，一个喝大酒的酒局，生生喝出了颇有文化考古的感觉。朋友之间的谈话内容，总充斥着年代感：昨天我和陈总喝了一瓶1984年的剑南春；张总还带来两瓶1990年的五粮液；李总拿了一瓶1988年的铁盖茅台，今天早上起来还口齿生香，诸如此类。

梁实秋先生有一篇文章，讲到他在青岛大学执教，"年少轻狂"时，"常与朋友三日一小饮，五日一大宴，划拳行令，一坛花雕，一夕而罄"。狂言"酒压胶济一带，拳打南北二京"，豪气干云，勇不可挡。温润如梁先生，年轻时也是个癫狂酒徒。

饮酒多年，总结了个经验，喝酒有个次序问题，就是无论喝几种酒，一定要最后喝茅台，一旦次序错了，先喝了茅台，后面的酒就显得寡淡。有点像演出，压轴的应该是名角。由浅入深，由俭入奢，总之最后请出茅台总能镇得住场子，"名作飞天非戏语，酒酣一梦上清秋"，云柯兄虽非好酒之人，但将此中天机一语道破，也给足了茅台称为飞天的理由。

酒和气总是分不开的，国人讲气总是感觉有些玄虚，国画、书法总讲气韵，好像总也讲不清楚，最后都是以高深莫测收场。饮酒之气不过是内外二气：其一为酒本身之气，开瓶后，闻酒之香气，馥郁醇香，体内酒虫为之一震，呼之欲出；入口干洌，如甘露琼浆，酒体饱满，浑然一体；饮下后回甘悠长，美不胜收。另外一气即是环坐四周饮者之气，必是同道之人，亦或亲朋佳友，虽然不能像梁实秋先生的酒中八仙，也应该是志同道合之辈，没有这个气氛，纵是玉露琼浆也会索然无味。俗语讲一人不喝酒，讲的应该就是这个道理，没有了喝酒的人气，也就没有了喝酒的乐趣。

醉乡路稳宜频到，他处不堪行。

七彩人生梦笔勾，
阴阳冷暖济刚柔。
祸福云外观虚幻，
唯与天心共眼眸。

——庚子夏日题清华本科同舍好友建涛
兄新创油画，作于北京

读诗随笔

高建涛

健康产业投资人，曾任上市公司高管

　　三年时间闲赋在家，重拾兴趣作油画几幅。多才多艺的清华同班们也各展才华，纷纷发诗文、书法、歌曲作品于班群中，兴致盎然发新作几幅。班中才子云柯秒题诗"人生画像"一首，为此画赋予精神与灵魂，令人茅塞顿开。

　　大道至简、大道归一。女属阴，男属阳，一阴一阳之谓道。天地与人无不包含看似矛盾的阴阳双方，一切事物无不处在不断运动变化之中。此消彼长，此长彼消；你中有我，我中有你；祸尽福来，物极必反；人生有大道，万物有规律；天人共眼，因果循环。

男女融合寓意"阳"与"阴"的合二为一，而"阴"和"阳"是两个对立统一的方面，贯穿于一切事物的始终，是一切事物运动和发展变化的根源及规律。

天与地的融合交织出世间万物，男与女的融合繁衍生息。以同理之心、共用眼眸凝思那缤纷万千、化解那凡间矛盾。这让只关心画面、只关心男女的我有些汗颜。色彩之蓝与粉、冷与暖、画面之男与女构成阴与阳，技巧之平面到立体，二元到三维，男女融合，合二为一，也只能称为"术"。而云柯的题诗提拔到思想和精神的境界才称为"道"。

生离死别使我们深悟"人生大道"并不容易走，人生必有生与死，坎坷和挫折！生死是规律，而挫折则是成功的先导，不怕挫折比渴望成功更可贵！祸临福至皆因果，人做天看俱报应。可谓之"祸福云外观虚幻，唯与天心共眼眸"。

油纸伞

烟雨泸州结善缘，
一氍一笑亦关山。
素食油伞清香味，
证得人生花果禅。

——戊戌秋应邀参加伞里古镇国际非物质文化遗产节，
诗赠油纸伞非遗继承人李欣睿老师

读诗随笔

卫海波

印制名家、武英造办品牌创始人

　　时光荏苒，一晃多年，重读云柯大哥的诗，一下又把我拉进了烟雨江南。那是一个秋天，在李欣睿老师的邀请下，我携武英造办博物馆项目，与云柯大哥一道，参加伞里古镇国际非物质文化遗产节。

　　李欣睿老师是位奇女子，是将来一定可以称之为"先生"的人，心如一天皓月，无私无畏，一身浩然正气，如长虹贯日！李老师深信，传统文化的智慧，经世致用，可以解决我们每一个中国人的生存和生命问题，十余年来，开课讲学，知行合一。几年前，为了一句承诺，挽一众人道心不泯，只身来到泸州，投身到泸州的文化事业当中，虽筚路蓝缕，亦乐在其中。正如诗中所写："烟雨泸州结善缘，一颦一笑亦关山。"

《南史》中有云："人生不得行胸怀，虽百岁犹为夭也"，但世人论成功，更多是名和利。而李老师却要用半个世纪的时间，十年磨一剑，二十年度春秋，三十年立大言，四十年成丰碑，五十年化千秋，矢志不渝地践行传播传统文化，立德立言！

子曰："不知天命，无以为君子；不知言，无以知人也。"天命之受，归于君子之自反，自见，自得，自适。多年前，我和伙伴们共同发起了武英造办博物馆项目，是一家定位于"传统文化创新再造"的民间博物馆，秉承"守正致新"之准则，认认真真做好一个专门展示和研究中国传统造纸、印刷、装帧等工艺的体验型博物馆，同时，通过与时俱进的文化创意思维，将武英造办建设成为文化艺术领域最具创新性的公共创意平台，引领公众发现传统之美，寻回文化根脉，创造符合当代民族文化精神的"中国制造"。

与李老师和云柯大哥一样，我知道自己传承文化的人生使命。多年来一直坚守在自己喜爱的印刷出版与传统文化教育行业中，虽半生风雨，仍固守此心。人生亦如李老师保护传承的油纸伞，清香隽永，花果自在。

那便是："素食油纸清香味，证得人生花果禅。"

大漠胡杨

人间绚烂此独尊，大漠胡杨秋胜春。

荒土长殷传至爱，狂沙不倒塑金身。

痴心守望生无悔，傲骨安居死有根。

亘古烟霞谁媲美，去留魂魄两昆仑。

——庚子深秋作于额济纳旗

读诗随笔

宋军

清华大学博士、中国科技发展基金会理事长

　　额济纳旗是全国著名的观赏胡杨林的景区之一，还是电影《英雄》的外景拍摄地。其实，酒泉卫星发射基地红旗发射场也在额济纳旗境内，不在甘肃省酒泉市。而在 2021 年深秋，胡杨小镇突发的消息蔓延了全国，让大家进一步知晓了内蒙古的额济纳旗。

我是在汤博士作诗《大漠胡杨》的次年，去额济纳旗观看神舟十三号载人飞船的发射，欣赏"大漠胡杨秋胜春"的美景时，体验了"疫"从天降就地隔离的"独尊"。眺望隔离酒店窗外黄透了的胡杨，再读汤博士"人间绚烂此独尊"的诱人垂涎的溢美诗句，别有一番感悟。

　　"痴心守望"来无悔，"傲骨安居"离有望。汤博士对胡杨的赞美，倒是可以借来释怀一下我滞留隔离的困境。人类与自然和谐共处，与病毒斗争共生，也彰显了千年不倒不朽不屈的胡杨精神。试问苍茫大地，谁主沉浮？

　　艰难三载，轮回已过；胡杨三千年，"金身"仍不破。来年再去额济纳，"荒土长殷传至爱"，"去留魂魄两昆仑。"

鼠年夸鼠

穿墙破壁纵横游，偶睡瓶中做宝囚。

小胆焉能行暗夜，寸光岂可觅粮油。

家中自在气猫狗，田里开心胜马牛。

猛虎身前同卖老，机灵智慧亦千秋。

——迎庚子新春作于北京

读诗随笔

张喆

清华大学 MBA、科技产业投资人

汤云柯博士在 2019 年末创作了这首《鼠年夸鼠》，以迎接鼠年的到来。从"穿墙破壁纵横游"的鼠身侠影，到"机灵智慧亦千秋"的鼠脑慧心，这首诗居然真的能从头到尾地夸老鼠，且从新的维度赞美了老鼠，作为一个属鼠的人，感谢汤博士！

"小胆焉能行暗夜，寸光岂可觅粮油。"大概诗人想在鼠年夸鼠，又实在找不到多少有关老鼠的褒义词，便顺手反用"胆小如鼠""鼠目寸光"等贬义词为老鼠喊冤。诗中对老鼠特点的刻画惟妙惟肖，把老鼠描述得让人忍俊不禁，让人不得不佩服作者的机智幽默和独一无二的视角。

2020 年是农历鼠年，新冠席卷全球。中国历史上鼠年往往会有很多风雨，民间说"鼠年不太平"，鼠作为十二属相之首，也许是在告诫所有人，人类社会发展越快，越要敬畏自然、尊重彼此、互帮互助。

在现今全球，每个国家、个体都不是完全独立的，复杂多变的环境，让决策越来越难做出，大家要思考的因素越来越多，不可以根据少数人的喜好去决定或改变大多数人的命运。随即到了 2022 年，俄乌战争、中东冲突相继开始。世界也许从未改变，"如果你不主动坐在餐桌旁，你就会被动成为菜单上的一道菜"，时不我待，不进则退。

"猛虎身前同卖老"，十二生肖中，唯虎和鼠可以称"老"，老虎因为勇猛，老鼠则因为智慧。我们也应该像老鼠一样，有强大的智慧和生命力，既活在当下，又放眼未来。

猪年拱猪

肥头圆耳拱新年，
对镜哼哼心自宽。
大象插葱谁怕壮，
嫦娥奔月我凭栏。
槽中万物皆知己，
梦里千秋尽了然。
舍去皮囊皈净土，
人间美味奉为天。

——迎己亥新春作于北京

注：今日周六，懒睡近午，起而寻食，饱餐后又补一觉，忽记起已近猪年，遂成咏猪七律一首，与诸友共乐。

读诗随笔

汤云舒

退休教授

猪年咏猪，弟弟在猪年把个长相不咋地的猪大大地美颜了一翻，让老猪的形象立马变得生动可爱了！的确十二属性中我最最喜欢的也是猪了，要问我为什么，回答很简单，因为我属猪啊！小时候，最怕别人问起我属啥的，因为一提起猪，就会让人把笨啊、蠢啊、傻啊等字眼联想起来，随着年龄增长，阅历的丰富，逐渐觉得猪乃是最最可爱的生物，正像弟弟夸赞的那样肥头圆耳心自宽，对镜哼哼美如仙。

我六十本命年的时候，弟弟问我有啥感想，我还真是一下子打开了记忆闸门，思绪一下回到了很久很久以前……在这里就先说说我这个弟弟吧，弟弟比我小七岁，他是"文革"刚刚开始的那年出生的，在那个每天收音机里轮流播放着样板戏、大喇叭天天高喊着"最高指示"的环境里，弟弟一岁多就会举着拳头说"武斗"，结果被别人检举揭发，还给父亲带来了一场批斗会。弟弟不到两岁时就能背诵毛主席的诗词，三岁时就能独自演出样板戏中经典场次的剧情，在大院里经常会被拦住，必须唱一段才能放行。用现在时髦的说法，弟弟当时就是我们大院里的红人啊！

随着"文化大革命"的深入，我家被下放到绥中县一个偏僻的山沟里，那个地方真是闭塞啊，很多人一辈子连汽车都没有见过，村里时常有野狼出没，夜里如果听到全村的狗一起吼叫，那一定是哪家的家禽被狼咬死或叼跑了。就是因为有狼，妈妈用狼油煎鸡蛋的当地偏方还把弟弟从小患有的气管炎治好了。弟弟记忆力出奇得好，我的总结就是小时候鸡蛋都让他吃了，我鸡蛋吃得少，所以啥都记不住。

村里没有幼儿园，弟弟三岁就随我去村前小河里抓小鱼，雨天还跟我一起逮"水牛子"（一种会飞的虫子），本来这些战利品是准备喂猫的，可是用火盆烧烤出香味后就成了我们当时最美味的小吃了……后来，同样是被下放的一年级班主任柳老师很喜欢弟弟，就让他去班里跟着听课，这样不到五周岁的弟弟就成为了学校里年龄最小的一名学生。1973年爸爸落实政策全家回城后，弟弟一路轻松上了清华，估计还是小时候吃鸡蛋吃得多的原因。

弟弟属马，用那句天马行空来形容再恰当不过了，国内跑个遍，就连国外都走了大几十个国家了。因为我属猪爱猪，他就给我收集了好多不同材质不同造型的猪，我家"猪圈"里的猪大多都是弟弟给我淘来的，有洋有土（国外国内），金的，银的，铜的，玉的，陶瓷的，木刻的，竹编的，泥塑的，塑料的……看着满圈形态各异、满脸喜兴的猪，别提我有多开心了！

我从上学到工作，一直没有离开过学校，属猪的属性，父亲给我起的名字汤云舒的本意，在我身上体现得很充分。心宽体壮能吃能喝，低调做事心态平和，不善观颜羞于计较，守职敬业知足常乐，简单随意云卷云舒。

猪年咏猪，弟弟把对猪的喜爱写进了对联，"槽中万物皆知己，梦里千秋尽了然。"看似贪吃贪睡，其实懂生活，重友情，而且心里什么都明白。我也在此祝猪友们诸事如意！年年快乐！

狂风忽作大王行，一啸丛林百兽惊。

凛凛飞身张锦绣，眈眈怒目起雷霆。

神威狐假欺三界，霸气符传领万兵。

天地与龙分踞守，千秋谁敢论英雄。

——迎壬寅新春作于北京

读诗随笔

张道顺

清华大学 MBA、基金公司总经理

虎，天生的百兽之王。诗句开篇描述了大王霸气十足的出场，虎啸山林，天地震动，百兽惊散，彰显虎年运程，势不可挡；中间颔、颈两联引用威风凛凛、虎视眈眈、狐假虎威、虎符调兵的成语和典故，既赞猛虎飞越山涧的雷霆之威和斑斓之美，又叹服其霸气横扫三界，乃至狐妖借势有欺兽之能，将军持符有领兵之信。作为大生肖的虎，拥有王的威严，守护正义的力量、自信和勇气，其英威之义与龙共舞，根植于中国传统文化认知和价值观中！

本人生肖属虎，对诗中猛虎形象的描写非常喜爱。生活中几乎见不到英武霸气的大王了，能见的不是在笼子里也是在园子里，虎威难寻。照猫画虎渐成现实，网搜下"虎年画虎"，出来的多是猛虎变萌虎系列，可见当下生肖萌宠化的趋势，联想到艺界受追捧的奶油小生，更令人生叹。

有道是："心有猛虎，细嗅蔷薇"，就让这些优美的诗句将最威风的山林之王刻画在心里，传颂下去吧。

鸡年咏鸡

坦荡峨冠头自昂，
春花入羽总呈祥。
司晨守信比君子，
济世安贫羞凤凰。
小利无争神若木，
大敌不畏气如狂。
休言寒夜千门闭，
且向东方待引吭。

——迎丁酉新春作于北京

读诗随笔

陈帆

清华大学 MBA、从事金融数据管理工作

鸡这种动物在中国的文化内涵或日常语境中，并不如龙、虎、马等被人们寄予很高的精神特质和美好愿景。在汤博士的这首《鸡年咏鸡》中，把鸡描绘成具有坦荡、吉祥、守信、君子特质的高大形象，视角独特，让人眼前一亮。中国在地图上的形状轮廓与雄鸡相似，也从一个角度描绘了五千年中华民族所传承的优秀特质，简朴、温良、勤谨，崇尚正义，不畏强暴。

中国人的思维方式与西方人略有不同，主要以归纳法总结事物规律，那么，我们在与人或事互动时总会先构建一个宏大叙事，也就是常说的"指导思想"。在农历新年伊始，面对来年的不确定性，人们也不例外，总是以宏大的祝福祝愿一切如意。

这首诗的起句"坦荡峨冠头自昂，春花入羽总呈祥"，雄鸡登场，顾盼生辉。紧扣新春祝福金鸡呈祥的主题，非常应景。紧接着"司晨守信比君子，济世安贫羞凤凰"尽写鸡的品格和事功。

颔联的上联将雄鸡的按时报晓比作君子守信。守信是世间少有的任何两个主体之间打交道所必须遵守的准则之一。人与人之间自不必说，人与国之间，商鞅徙木立信、周幽王烽火戏诸侯，就是讲国家法治与信用是社会稳定发展的基础。再则就是国与国之间的关系，在推崇均势的秩序中，外交家常引用19世纪英国首相帕麦斯顿的话"国家没有永远的朋友，只有永远的利益"。但历史表明，没有信用的国家在危急时刻是难以生存下去的。

下联则讲鸡实实在在能为百姓带来好处，比高高在上仅作为文化图腾的凤凰更有价值。这是一个很重要的评判人与事的标准，充满光环、耀眼夺目的举措未必能给百姓带来价值，而看似做着平凡无奇的事，却可能是社会真正需要的。

本诗颈联是全诗的诗眼，对仗工稳，用典驾轻就熟。《三国演义》中曹操嘲讽袁绍说"干大事而惜身，见小利而忘命，非英雄也"。而诗中"小利无争神若木，大敌不畏气如狂"对鸡的描述与曹操对袁绍的评价恰恰相反，巧用木鸡和斗鸡的对比，把鸡的形象再推上一个新的高度：这就是真英雄所具有的气质和胆色。

结句是我最喜欢的一句，人生总有低谷和高峰，在低谷时期要保持独立思考能力、保持定力，动作不能变形，而这往往是最难以做到的。一时的低谷、寂寞，是在为将来的一鸣惊人蓄积能量。

这首诗中虽然在描写鸡，但实际上是一步一步描绘大写的"人"。汤博士虽未居庙堂之上，但他基于大历史视角对人、对事物的判断标准，他广阔的胸怀和侠义之风，是我所非常钦佩的。

"休言寒夜千门闭，且向东方待引吭。"余味不尽。

龙年吟龙

瑞兽飞来稻谷丰，千秋风雨化图腾。

身前云气常吞吐，足底惊涛任纵横。

不与红尘争九五，只同沧海论英雄。

闲来且向深潭隐，破壁游天待点睛。

——迎甲辰新春作于北京

....

读诗随笔

杨士强

清华大学计算机系教授、中国计算机学会监事长

....

　　我对于自己属龙这件事本没有什么感觉，没有与红尘争九五，也没有成为人们心目中纵横沧海的英雄，而只是做了一名本本分分的人民教师。从教 40 多年，为国家的教育事业贡献了一点绵薄之力而已。不敢说是功成名就，只能说是培养清华大学计算机系的学生们桃李遍五洲，让他们站在当今最热门的人工智能、互联网、大数据、大模型等 IT 领域的潮头。几十年来，我自己

一直是低调知足的心态，默默无闻地工作着。反倒是云柯一直看好我，认为我可以凭借自己的背景和学识去大展宏图。

"身前云气常吞吐，足底惊涛任纵横。"看着云柯的诗作，大气且幽默，不由地让我想起了一些有趣的往事。我们的父辈是同事、世交，共同生活在一个学校大院里。我家弟兄两个，我年长他10多岁，他从小叫我"二哥"（因为我排行老二），我也习惯称呼他的小名（在这里就不透露了）。小时候见他瘦瘦小小，1969年我们都跟随父母上山下乡（东北叫"五七大军"）。"文革"后期落实政策，我们先后回到了城里。他不到5岁便开始读小学，他7岁时我进了清华大学，所以云柯上大学之前我一直是他心中的偶像（当时，他妈在筒子楼的楼道里说，长大以后要像你二哥一样上清华大学！这一景象至今我记忆犹新）。没想到9年之后，一个16岁的少年也随脚跟进了清华大学。同样还是瘦瘦小小的模样，但已经成为"别人家的孩子"和人家的偶像。

现在依然能记得他背着一袋家乡的大米（米是带给他"二哥"的）刚刚到清华大学的模样。再后来眼见他在清华读硕、读博、成为校研究生会副主席、海淀区人大代表，小小身躯却掩藏了巨大的能量。家国情怀、社会责任感、使命感令我这个曾经的"偶像"也已望尘莫及。

上学期间知道他喜欢写诗，我认定，肯定是受他中文教授父亲的影响和基因，再加上他喜欢读书交友，性格豪爽开朗，让一个地地道道的工科博士能够成为名副其实、著作颇丰的诗人。至今，我仍然保留着云柯送给我的第一本诗作"沧海一壶"，现在早就有第二、第三，更多壶了！

关于龙年的期许，从我们的祖先开始，便以龙为图腾，龙既是吉祥的象征，也是中华民族的象征。因此，世代尊龙、爱龙、写龙、画龙……

借用云柯的"龙年吟龙"，但愿2024这个龙年"瑞兽飞来稻谷丰，千秋风雨化图腾"。希望我们的国家从今以后风调雨顺，五谷丰登，国泰民安。

昂首青天俯首犁，岂同鼠虎论高低。

靡音入耳不为动，红布当头敢顶犄。

紫气函关老子道，秋风旷野牧童笛。

功名吹破皮毛事，跃上星空再奋蹄。

——迎辛丑新春作于北京

读诗随笔

徐勇

投资人、培训老师、《天使投资手册》作者

汤先生的诗，一直是操持平实的文字，融入质朴的感情，展开浪漫的想象，呈现极高的意境，和李白的风格很接近，因此被很多诗友称为"当代诗仙"。我个人觉得，此名不虚，实至名归。

这首《牛年吹牛》，是先生于 2020 年底（牛年春节前）推出的大作。汤先生提过，他的父亲比我年长 48 岁，属牛；他的公子比我年轻 48 岁，也属牛；这样奇妙的缘分，让同样属牛的老徐对这首诗有着特殊的情怀。这篇诗评，希望能写出一些我们这些"属牛人"的心声。

在十二生肖中，牛排在第二位，前面是聪明的鼠，后面是威猛的虎。牛是朴实的，也是难得的，它既有昂首青天的豪情壮志，又有俯首拉犁的实干精神。"昂首青天俯首犁，岂同鼠虎论高低。"有这样的境界，排名在鼠之后还是虎之前，都不重要，对属牛人而言，虚名往往不论高低。

古有成语"对牛弹琴"，隐喻像牛一样面朝黄土背朝天的粗鄙之人，不懂得阳春白雪的高雅。"靡音入耳不为动"，其实，不为各种靡靡之音所动，坚持自己的原则、坚持自己的风格，也是牛的美德。有人说，十二生肖各有所短，比如鼠健忘，比如虎无腰，比如牛无牙……牛没有锋利的牙齿，因此牛消化需要反刍。这和人们学习知识、掌握技能常常囫囵吞枣，需要反复复盘迭代的过程，很像。

牛虽然没有锋利的牙齿，但牛有强硬倔强的脾气，这两者并不矛盾。"红布当头敢顶犄"，斗牛现场，牛被挑衅后，一定会对着红布顶犄向前，尽管，这些斗牛最终都会以被杀的悲剧落幕。这个"不顾身后事，当报身前勇"的过程，恰恰展示了出头、担责、献己、成事最需要的气魄。为国、为民、为正义、为理想，无论缘由，明知不可为而为之，平常日子不动如松，紧要关头疾动如风！这是牛的做事风格。

2500年前，老子来到了函谷关，迎接老子的是令尹喜。令尹喜看见"日出东方，紫气东来"，意识到高人来了，便立即拜老子为师，虚心向他求道，并请老子著书。老子临行前交给令尹喜一篇五千字左右的著作，这就是后来传世的《道德经》。老子出函谷关后，是得道登仙，还是异域终老，不得而知，但伴随老子一道出关的，不是速度耐力兼备的马，也不是耐劳憨实的驴，而是一头青牛。所谓"牛中有道，道中有牛"，也许，老子觉得与世无争、怡然自得的牛最符合自己倡导的天道自然。

道家是中国原生的文化，中国人骨子里多少有些道家神韵。一位老人，银发银须，骑牛出关，关外是旷野万里，吹过萧瑟的秋风。这幅独特景致，给了中国人无尽的想象。"紫气函关老子道，秋风旷野牧童笛。"此后几千年，国人写诗成文，一旦涉及自然隐逸的话题，免不了要笔触"青牛"。"借问酒家何处有，牧童遥指杏花村。"没有写牛，但你一定想象得到骑牛牧童的悠悠笛声和远处酒家飘起的人间烟火。

属牛的人，低调、务实、谦逊，几乎是一种共识。我不止一次听到有企业家、创业者说过，喜欢重用属牛的部下。人们嫌弃巧言令色的人叫"吹牛皮"，但恰恰属牛的人多是实干家，最不擅长也不屑于做的事就是靠大吹牛皮来争功夺名。"功名吹破皮毛事，跃上星空再奋蹄。"属牛人向往的，是仰望星空与脚踏实地，在更辽阔的空间中、更宽广的舞台上，奋蹄疾行，发挥价值。

汤先生的《牛年吹牛》，全篇说牛，而无一"牛"字，皆是牛的特点、牛的典故、牛的品格，写透了牛的倔强与坚韧，写足了牛的实干与担当，升华了牛的精神与梦想。真的是每一位属牛人、每一位爱牛人都应该珍藏的好诗。

我的好朋友、美女书法家王琳老师也是汤先生的诗迷。她亲笔写的《牛年吹牛》卷轴，从三年前挂在我的床头，即使生肖轮转，我也没更换过。三年里，对这个自己最喜欢的诗轴，我时不时都会认真凝视，时不时都会轻声低吟，时不时都会心生感慨：昂头俯首随心动，顶犄奋蹄当如牛！

身在清波心在雲

仙姿出水夢如琴

入尋花語聽禪意

花入詩中不染塵

沸雲松先生詩睡蓮　王寅年秋日　胡育書

身在清波心在云，仙姿出水梦如琴。
人寻花语听禅意，花入诗中不染尘。

——《睡莲》（详见 292 页）

书法：胡育　法学博士，律师书法家

山中客

最爱深山住，
常听万壑松。
峰头雾霭重，
一啸在云中。

——乙未春宿于广西大明山

读诗随笔

周月亮

中国传媒大学阳明学院院长

云柯汤博士，常住北京，却说"最爱深山住"，也许因为不能反而最爱；因为工作的原因，常听到的是经济数据的起落，所以深山里万壑松涛的声浪反而更能叩响他的心弦。

《山中客》是道家诗，有魏晋风。竹林七贤里，刘伶才高八斗，却最不追求不朽，一生只写过一篇《酒德颂》。他经常携酒乘坐鹿车，命人荷锄跟随，放言"死便掘地以埋"。得知朝廷特使来访，他立刻喝得酩酊大醉耍酒疯，躲避征召。

刘伶参透了"无用之用"，就像庄子笔下的那则寓言，说一个木匠前往齐国，半路上看到一棵栎树，被当地人视为社神，享受祭祀。该树又粗又高，可容几千头牛乘凉，观者如堵。然而木匠路过时却目不斜视，径自离开。木匠的弟子追上他，不解道："这么大的木材，闻所未闻，您怎么看都不看一眼？"木匠说："那种'散木'，做船船沉，做棺棺朽；做器具容易折毁，做房梁会被虫蛀——不材之木，一无是处，所以才能活这么久。"当晚，木匠梦见栎树来找他："你在用什么标准衡量我？看看那些有用的果树，被人摘了果子，折了枝条，活不到自然的寿命，这是受了才能的牵累！万物莫不如此，我追求无用已经很久了，其间险些被砍死，但总算保全至今，这才是我的'大用'。如果我有用，能活这么久，长这么大么？况且，你我都是万物之一，你凭什么这么说我？你这个将死的散人，如何懂得我这棵散木？"木匠醒来后，把梦讲给徒弟听。徒弟又问："既然追求无用，为什么还要做社树呢？"木匠道："不做社树，岂不是很容易遭到砍伐？它的全身之道与众不同，不能以常理度之。"

庄子之意，是想说明做人应当介于"材"与"不材"之间，当进则进，当退则退，以"喜怒哀乐不入于胸次"的生活态度当一个"山中客"。

云柯身是"市中客"，心是山中人。现代隐士不好当，但他心里一点儿也不迷茫，面对峰顶重重雾霭，他的"一啸"像极了陶渊明的刑天。这个清华工科博士因为深爱传统老调调反而比文科生更能写出格律的清贵，真切有韵味。他是从生命里面往外涌，打的是内家拳。

我在庐山邓小平故居录制《道德经》课程，忽然想起他的《山中客》，心意相通，凑了个顺口溜以附骥尾：

庐山风起声如雨，蝉鸣唤醒古今情。道德口说犹可怜，坛经默诵也培根。繁花一树戴月美，虎溪三笑知己欣。心闲识得云雾趣，善念回生应马鸣。

赠书家

字见春风面，笔藏秋月光。

人生何所有，心底满书香。

——作于戊戌新春

读诗随笔

王琳

书法教师、博鳌教育论坛秘书长

"云中谁寄锦书来，雁字回时，月满西楼。"这曾是我中学时代最喜欢的诗人最喜欢的诗句最羡慕的情感，不曾想今日也能作为书家被如此礼遇。

书法本就是我生命中的一部分，从童年最初的记忆，到求学、工作、人生的不同阶段，伴随始终。或许我没有过颜真卿的愤然挥毫之举，也没有过王羲之的惬意抒怀之巅峰佳作，但我却把它当作一个无声友人，接纳着我的种种情感，输出着我的缕缕情绪，这也是我一直认为书法是有生命的原因所在。

"见字如面"！书中当有颜如玉和黄金屋，书法中也自有春风拂面与秋月照人，那是我们穿梭在笔墨之间，与自己内心的对话，提按捻转间触碰灵魂的声音。"盖闻德性根心，晬盎生色，得心应手，书亦云然"，人之美在于至真至善至纯，字之美亦如此，方有字如其人之说。

"书之相，旋折进退，威仪神彩，笔随意发，既形之心也。"这当是我笔下的秋月光了。凡身于世不过数载，何其为有，何其为无呢？观者多以良田财帛衡量其所拥有，而书家眼中自有河山，或诗酒天涯，或闲煮秋山，心底自满溢书香。

诗人是懂书家的，诗人用最精炼最激荡的语言描绘着这世间百态，情感万千。书家也是懂诗人的，书家用最恰当最恢宏的姿态张扬着众生足迹，尘世宿缘。诗酒湖山，书香天地，勿负平生！

游居四海不知年，

乐有亲朋伴岁寒。

纵使功名无一是，

敢凭诗酒论湖山。

——二零一二年一月一日新年短信

读诗随笔

王鼎杰

文史学者，著有《二战大牌局》等

这首诗不长，却是一首非常触动我的诗。诗以游起，以论终；以四海起，以湖山终。终始之间，有亲有朋，无功无名，却又有诗有酒。

现实中太多人常常为"功名"所累，所以失其真趣。在这一点上，我个人比较幸运。我生长在一个闭塞的小县城。读书是为了考试，考试是为了当官。这就是"功名"。但凡不能得"功名"的读书，都是无用的读书。与其读书，不如赚钱。但无论你赚了多少钱，在很多人心中，还是不如当官。

我的幸运在于，我的父母，尤其是父亲，能够跳出这个价值判断，支持我走自己的人生道路。让我从小能读很多非"功名"之书，做很多非"功名"之事，鼓励我立非"功名"之志，所以我才结识了越来越多的超"功名"之友，做了一些超"功名"之事。对诗酒也渐渐有了一些自己的小感悟。

曾经，酒是稀缺品。所以东坡二游赤壁有"安所得酒"的尴尬，五柳先生有"家贫不能常得"的无奈，杜甫对李白有"长安市上酒家眠"的羡叹。今天的人类已经进入了一个不缺酒的时代，如果说昔日欲求一醉，往往难在无酒，今日欲求一醉，则往往难在无友，难在没有可以共醉之人。

同是杯中之物，有人喝的是利，有人喝的是名，有人喝的是蜗角胜负，有人喝的是狗苟蝇营。但也有人喝的是情，喝的是义，喝的是心有灵犀的相逢一笑，是笑傲功名的洒脱不羁。

四海湖山，万古常在。功名利禄，更是不绝人间。无论身在何处，能有超脱功名的诗酒，有可以互诉心声的亲朋，有可以相逢一醉的知音——已是这个时代的莫大快事。足以共勉。

读诗随笔

王新
赞比亚华人商会会长

听我的朋友说，清华大学的汤博士既是一名旅行家，又是一名诗人。今天读到汤博士十二年前写下的《新年寄友》，心有戚戚焉。屈指算来，我来到非洲的赞比亚已经十六个年头有余，仅能维持自己和家人的温饱生活，所谓的"功名"更是无从谈起。在赞期间，若非朋友提及，常常忘记国内的节日。唯一感到欣慰的是，我在赞比亚结识了不少的朋友，有的急公好义，有的乐善好施，有的拼搏自强，正是有了他们的陪伴，让我战胜了工作中的困难和生活中的无聊。

从汤博士的诗中，我感受到他的豁达和自信。在游历世界各地的途中，他不仅饱览了风景名胜，而且结交了众多好友。于是，在新年来临之际，他感慨于"游居四海不知年，乐有亲朋伴岁寒"。

汤博士比我年长四岁，我们基本上属于同龄人，拥有类似的人生经历。在常人看来，他早已功成名就。然而，他依然"纵使功名无一是，敢凭诗酒论湖山"。在他的眼中，功名利禄不过是过眼云烟，而"诗酒"和"湖山"才是一生挚爱。

与汤博士相比，我虽已年过半百，却依然为了赚取几两碎银而在非洲奔波，对于"诗酒"和"湖山"唯有羡慕而已。古人云："高山仰止，景行行止；虽不能至，然心向往之。"谨借太史公的这句话来表达我对汤博士的敬慕之情，希望有朝一日能与汤博士相见。

生日宴即席

半生岁月几行诗，
浪迹童心山水知。
富贵不名朋友重，
一杯天下正当时。

——甲午本命年生日与众友同饮，即席而作

读诗随笔

张林先

中国人民大学博士、企业管理学者

....

　　我与云柯同庚，往往对一些事情能感同身受，此诗很值得玩味。这次本命年，"半生"已过，回想往事，留下的足迹是什么？留下的功绩是什么？唯有诗里湖山、兄弟情谊。

　　虽然于功名利禄不居不名，但童心未泯（浪迹童心山水知），壮志如前（一杯天下正当时），此心依旧！如果说有变化，那就是更重朋友情谊，而不再有分别之心，富贵贫贱皆我宾朋。

读诗随笔

李子迟

作家、诗人

....

诗人在自己生日时与朋友们欢聚畅饮即席而作，写得既低调、淡泊、实在：人生已快过了半辈子，只不过就写了几行小诗而已；平生就爱游览山水，浪迹天涯，一片童心，只寄托在那名山大川之间。又豪气、风趣、欢快：虽然没有大富大贵，但有一群良朋知己，那比什么都重要；趁着这大好岁月、人生韶华，好友们欢聚一堂，举杯畅饮，大快朵颐，有说有笑，岂不快哉！

对酒当歌，人生几何？"富贵不名朋友重，一杯天下正当时"，此番对功名财富的超然洒脱，对朋友的情义千金，正是汤兄人生写照，也只有座上这些投契的朋友兄弟能体会吧。

回锦中

学园一梦觅青葱，
愧报家国老未成。
幸有新桃传旧李，
归来犹可笑春风。

——癸卯春日写于家乡锦州

注：癸卯清明前夕回乡祭祖，应邀回母校锦州中学参观，并与分别比自己晚 20 年和晚 40 年考入清华的两位学弟一起接受电视访谈。家国之本在民，民之兴在教，希望锦州中学和锦州的教育、锦州的人才，能够取代烤串和辽沈战役纪念馆，成为家乡的新名片。欣然受聘担任锦州市教育发展顾问。

读诗随笔

张宏强

锦州中学校长

语言浅淡，但情致醇厚。这首七律以质朴的诗语，表达了真挚的爱校之情。这真挚，既有回到母校的如梦似幻的亲切，又有新桃传旧李的释然。一"幸"，一"笑"，诗人的万般惬意油然而出，没有遮拦。

云柯校友是应邀回到母校参加"三代清华人，锦中家国情"访谈节目的，访谈是纪念锦州中学建校 110 周年的系列活动之一。三位校友依次相差 20 年，但他们对母校的情感毫无二致。云柯校友着意于这档访谈节目的创意，欣然应邀回到母校参加节目录制。欣然中，便有了这首诗所流露出的对母校的感激之情。

其实，对一所学校来说，对一位校长来说，最欣慰的也正是像云柯校友一样，更多的校友永怀有对母校、对老师的真挚的深情。

我想用"经营"这个词语来形容一所学校的管理。"经营"与"管理"不同，它更侧重动态谋划，从而促进发展。而且，它往往又带有悉心尽意的意思，这非常符合现代学校的管理要求。而悉心尽意地经营管理一所学校有一个任务不可缺少，就是让学生经过三年的高中学习，永远带有这所学校的印记。

"哟，你是锦中毕业的！""咱们是校友啊！"一所学校的成功，理想的状态就应该是这样，不用互换纸质的或电子的名片，彼此相熟。学校的特质，不是校标或校徽的单一具象，而是具象和抽象的中间状态，既有形又有神。我们不妨把这个叫作"留痕教育"。我们说的"留痕教育"并非工作上的形式主义，而是教育深入学生内心的对理想精神的渐染，它如春风化雨，如润物无声，潜移默化地让学生把学校的特质深植于内心。

这让我又想起汤云柯校友在访谈中说过的一件事儿：当年教云柯校友语文课的是陈嗣同老师，陈老师讲授《荷塘月色》时边讲边在黑板上用彩色粉笔作画，生动形象的赏析同时，一幅塘上月色图跃然于黑板！

从云柯校友对陈老师《荷塘月色》那节课教学神采的惟妙惟肖的回忆，以及能在节目中精准背出《荷塘月色》，我知道，一位好老师对学生该有多么大的影响力！我顿悟到，从学校的经营式管理，到留痕式的教育，它绝不是一所学校从广大的宣传层面所能赋予的，而是需要由一位位老师特别是一位位名师、一位位大先生一届届、一代代在课堂内外实现的。

如果学生毕业以后，他心心念念的所有中，有那么一份两份属于他曾经的母校，这所学校对他而言就是成功地给予了他以后继续前行的信心和力量。

于学校，每一位校友就是一张无形的精美名片；于校友，学校便是他总也挥之不去的精神烙印。

幸有新桃传旧李，归来犹可笑春风。

一次遇见，一首诗，一点感悟。

和浪子歌

沉浮岁月本苍茫，
红袖羌笛趁酒尝。
莫对江湖轻浪子，
相期一剑破寒霜。

——虎年伊始，内蒙才子锦衣郎醉酒高歌，原韵附和一首

附锦衣郎原诗：浪子歌
红袖白驹两渺茫，连城美酒与谁尝。
胡笳萧瑟羌笛冷，长夜无端一剑霜。

读诗随笔

王锦江

笔名锦衣郎，央视签约撰稿人、导演、诗人

"长剑好诗人间至宝，白驹红袖君子共求。"青春二十，我与诗友执手眺望尚不可知的人生远方，慨然写下这副对联。只觉得未来好生无穷。

时间的故事如同一只狭长的盲盒，一段一段抽开顶盖，生命的里程渐次暴露出妩媚与狰狞。一滴微粒，化为人形，来到历史的入口行走一场。快意如夏芒，寒意如秋叶。弹指破空，我居然已透支了一多半的天赐之寿。揽镜

自顾，领略了"鬓生华发"的前人之叹。比平庸者略鲜华些，比精深者又浅陋些。这便是我的形骸。

愧不及一干领先弟兄那般壮阔，吾兄汤郎，五十余龄喜获爱子，此人真潇洒，纵横于寰球，捭阖于极地。有痴无醉，空樽向壁，酒非不能饮，须挚交遥归、烹鹅煮豚之日，略可幸慰。

我当年触目猛醒之际，果断遁出了仕途赛跑，带病归隐，偷欢于市井一角，拥有两三处文创空间，足以容纳自己的狂想与静思。在光线熹微处，在匹夫与草民之间，从容切换着身份，关怀着受伤的世界。纸张虽然单薄，铺展开来，却是承载杀气的阵地。

文人的自由心，是一枚任谁也夺不走的天良灯盏。羌笛响起，胡笳吹遍，千年孤独覆盖了俗世繁华。

腊八遥寄

寒年心意总牵留，
冷暖蓝天论未休。
莫道朔冬无彩色，
且将绿蒜就红粥。

——丁酉腊八，诗寄东北老家诸友

. . . .

读诗随笔

王雅茜
营养学学者、药企高管
. . . .

  北方的腊月初八，通常就是三九天。北方的三九天，儿时的记忆里是炉火正旺，家人围坐，谈笑可亲的美好时节。那时候我们还不知道什么雾霾、PM2.5，也没有网上动不动就吵得翻天覆地的热搜。那时候可以静下来把自己的思绪捋清楚，可以欣赏冬日里的活色生香：一颗碧绿的腊八蒜，或者一碗红彤彤冒着热气的腊八粥。

一首诗里有情意、有社会热点、有色彩、有味道、有几分怀旧、又有几分洒脱，也只有汤博士能驾驭这样的组合。

我喜欢汤博士诗中的生活气息，或者叫人间烟火，就是那么淡淡的一点，便可在时下繁忙焦虑的生活中，给予我们许多安宁和温暖。

我想，这也许就是我们还需要诗，还需要诗人的原因吧！

家乡聚友

一别沧海话秋凉，
老友围炉串串香。
浪迹湖山明月在，
云天万里鹤家乡。

——戊戌中秋辽宁锦州

读诗随笔

孙志海

政府公务员、古诗词爱好者

　　岁月不居，一晃在锦州生活已三十几年，与汤博士往来也已二十几年。记不得从哪一年起，读"汤"诗成了生活的重要一部分。有了微信后，总是期盼在"回锦州"群里第一时间看到他的新诗，特别是其回乡聚友之作。

　　汤博士回锦，无论长住短停，也无论春夏秋冬，必不可少的，便是约三五好友，寻一爿小店，围炉而坐，浅斟慢饮，品家的味道，享不一样的人间烟火。

每每此时，也是我们为之惬意的时刻，乐于在他的博闻强记间涨见识、看世界。

依稀记得，《家乡聚友》是 2018 年秋汤博士回锦我们在一起欢聚时所作。"一别沧海话秋凉，老友围炉串串香。"寥寥数字，一幅民间素常、恬淡祥和的生活场景便跃然纸上。秋天的夜晚，渤海北岸的滨海小城，几位久别的老友围炉夜话，碳火融情，肉串生香。秋夜虽凉，但心却是暖的。

"浪迹湖山明月在，云天万里鹤家乡。"写罢家乡，笔锋一转，思绪直接远方。浪迹湖山，明月相伴，虽云天万里，但哪里又不是家乡呢？笔力开张之处，不仅让人真切看到一个归乡游子志在远方的旷达胸怀和四海为家的洒脱境界，更让人深深感受到他与世界的联通、同时代的俱进。其实，这何尝又不是一个游子爱如满月、心怀家国的真实内心写照呢？

海为龙世界，云是鹤家乡。愿汤博士的诗意人生绚丽芬芳，其中有家乡明月，亦有他乡远方。

多行千里路，常卧一山云。

入世怀明月，出尘恋旧人。

学游生道骨，劳事养佛心。

吟啸中秋夜，仙槎载酒樽。

——丙申中秋作于广西钦州

读诗随笔

吕峥

中国作家协会会员、《明朝一哥王阳明》作者

这首诗充满哲思，道尽了人生的两难，尤其是"入世怀明月，出尘恋旧人"一句。

所有漂泊的人生都怀念平静、童年和杜鹃花，正如所有平静的人生都梦想旅行、乐队与伏特加。萨特认为，人是一种在特殊性与普遍性之间无休无止、软弱无力的来来往往。对自我实现的渴望，总能激发人性中不安于现状

的一面，希求摆脱共性迈向个性。而一旦开始，这种内外之间的游移不定就成为一切苦痛的根源。

然而，明知是苦，仍要追寻。"学游生道骨，劳事养佛心"，"六便士"永远不可能替代"月亮"，因为为意义而活，是人类有别于其他生物的特性，用马克斯·韦伯的话说便是："人是悬挂在自己编织的意义之网上的动物"。

人类进入现代社会后，世界被"祛魅"了。理性之光对从古至今的神秘主义来了场大扫除，"天人感应"和"万物有灵"都成了封建迷信，新时代的宗教是科学，以至于福楼拜相信"早晚有一天，我们能找到写小说的科学办法"。可惜，科学只能回答"实然"（"实际如此"）的问题，对万事万物做事实判断，却无法回答"应然"（"应该如此"）的问题，因为在价值领域，在"怎么活才算不枉此生"的命题上，没有一把通用的尺子可以衡量一切。因此，当科学理性把原本与世界连为一体的人从"母体"中剥离出来后，当人们丧失了那些值得他献身的崇高目标后，孤独的现代人一边秉持工具理性，一边陷入巨大的精神危机，空虚迷茫，恐惧焦虑。

面对人与自然的关系从"我在自然中安居"变成"自然是我的资源"，面对人与他人的关系从"人同此心"变成"这个人对我有什么用"，越来越多的有识之士选择告别那个只为规模和效率欢呼的时代，开始认同哲学家西美尔的观点"金钱只是通向最终价值的桥梁，而人无法栖居在桥上"，以及作家博尔赫斯的说法"凡事总有一个经济学的解释，但除此之外，无疑也有其他的解释"。

画家刘小东曾经反思，为什么要画画呢？因为艺术是当今世界为数不多真正自由的职业。

暮春

俯仰观天地，乘风四海行。

养拙不废酒，率性岂藏名。

百业身边事，千秋纸上兵。

诗心足富贵，一笑大江横。

——二零一五年五一节与家乡好友畅饮，写千辽宁锦州

读诗随笔

赵政文

投资人、设计师

人的一生几十年其实如春花短暂，白驹过隙，不过一寂一灭之间，当坦荡随性，快意人生，才不负此生皮囊。

云柯兄家学有成，少年得志，便入清华，鲜衣怒马，看尽长安之花，如今峨冠华服，胸藏五斗，坐论簧门，人生得意，也莫不如此！然诗情文华，底蕴流光，云柯兄如大江浩浪，愈发奔涌！负手云光，荡气回肠。

人生便到此时，才不过是刚刚开始，发肤虽微，但心境重开。三十而立、四十不惑，五十知命，柯兄得窥大智，气概豪天。

此诗看是兴致所然，随手拈来，依我所想，却是云柯兄对半生的回味和对当下心境的写照，尽是其朗朗胸中之意！

三十年前，当时意气风发，独上高楼，俯仰天地，乘风四海，少年侠气，结交五都雄；那时云柯兄志如鲲鹏，扶摇万里，指点江山，手可摘星辰，欲与天公试比高！

二十年前，如当年太守，千骑卷平冈，西北射天狼，又或莫使金樽空对月，诗万首，酒千觞，铁板大江东！人生得意须尽欢，率性岂藏名！

又或十年前，功成名就，心平气和，回首来时萧瑟路，也无风雨也无晴！最难的便是自我的成长和顿悟，世事纷扰，沧海桑田，便是秦皇汉武，不过一捧黄土，神马浮云！是非成败转头空，千秋纸上兵！

届此刻当时，归来仍是少年。塞缪尔·厄尔曼说，"青春不是年华，而是心境；青春不是桃面、丹唇、柔膝，而是深沉的意志，恢宏的想象，炽热的感情；青春是生命的深泉在涌流。"无论二八芳龄，抑或年近花甲，心中皆应有生命之欢乐，人的心灵应如浩淼瀚海，只有不断接纳美好、希望、欢乐、勇气和力量的百川，才能青春永驻、风华长存。

让喜悦、达观、仁爱充盈心田。于是有青崖白鹿，一壑万松，清风明月，空山照影；从此遥望晴空一鹤，碧霄诗情，秋月春花，闲云野趣。蓦然回首，一笑淡然。

呜呼，若有诗心足富贵，便是大好人生！

岁月杯中琥珀光，人生重聚总堪狂。

怎将白发分先后，谁与青山论短长。

身在江湖常任性，胸怀天地有担当。

童心依旧文章老，笑看千帆下五洋。

——母校清华大学一百零六年校庆，与三十年前同窗好友欢饮，
二零一七年四月二十八日写于北京

读诗随笔

顿世新

清华校友、退休外交官

　　我和云柯都是 1982 年进入清华园学习的。清华校友有一个独特的暗语，"你是几字班的？"我们 82 级的被称为"二字班"。我在清华本硕学习 7 年出头，而云柯则是清华的本硕博"三清团"。个人认为，云柯担得起清华大学 1982 级（二字班）第一才子的盛名。这首《毕业三十年聚会感怀》，一如

管中窥豹，展示了云柯的才情、豪情、性情。

对中国人来说，三十年是一个神秘的时间段。

古人讲三十而立。立，站立，独立，树立；顶天立地，兴邦立国，修身立节，安生立命，成家立业，标新立异。毕业 30 年，是我们走上社会的 30 岁。"身在江湖常任性，胸怀天地有担当。"古人用一个"立"字，赋予了三十岁无限空间。

三十岁之后再过三十年，则称之为耳顺。耳顺，就是没有什么意见不能听。换句话说，就是不以他人的非议为意，言论自由。自由无价；"不自由，毋宁死"。

近代以来的中国，三十年又像是一个神秘的周期。从 1919 年到 1949 年刚好三十年，尽管德先生、赛先生进入中国，但这三十年的主基调是战争，如军阀混战、北伐战争、抗日战争、国共内战。1949 年到 1978 年年底十一届三中全会召开，这三十年被称为"站起来"，但国内阶级斗争不断。1978 年到 2008 年奥运会举办，这三十年被称为"富起来"，国家的主基调是竞争。我和云柯兄就是在这个时期通过高考进入清华园的。这个时期的一句口号颇有代表性"时间就是金钱，效率就是生命"。奥运会在北京举办，中国人第一次在世界竞技舞台上夺得最多数量的奖牌。

如今我们正处于近代以来又一个三十年，也被称为"强起来"。我们经历了战争、斗争、竞争，希望我们能进入"不争"的新时代。

我和云柯都认为，强起来是不争的底气，不争是强起来的目的。老子说"上善若水，水利万物而不争。夫唯不争，故莫能与之争"。云柯兄说"怎将白发分先后，谁与青山论短长"。诚哉斯言！

读诗随笔

袁剑雄

清华校友三创大赛秘书长

....

清华的校友文化是清华大学文化的一个极其重要的组成部分,概括起来就是"爱国、爱校、互助"。在这样文化主导下的校友活动充满了温暖、积极和凝聚的特点。

这其中最有魅力的应该就是"秩年校友返校活动"了。所谓秩年校友指的是毕业年数为十的整倍数的校友。每年四月的最后一个星期日是清华大学校庆,那一天校园最热闹最开心的地方当属秩年校友的聚会场所,学校也会专门为秩年校友预留出聚会的场地。以我的感觉,"秩年校友返校活动"中最重要的又是二十年、三十年和五十年这三个。

毕业二十年的时候,绝大部分校友事业上可以说是上升到中流砥柱、足堪大任的地位,经验分享、资源整合、携手共赢、百尺竿头更进一步的愿望颇为强烈,聚会席间往往是以回忆青葱的求学时光始,中间各种工作生活汇报穿插其中,最后以相约"明天会更好"结束。记得云柯师兄毕业二十年时曾在校刊上写过:"我们前有古人,后有来者,我们比'古人'更豁达更随意,比'来者'更厚重更坚强,我们既不崇高也不媚俗,我们会使自己越过越好,会使国家越变越强,会使母校为我们骄傲。行者如歌,步法飘忽散乱,内心坚如磐石。"

毕业三十年的时候,大家的人生发展基本大势已定,经历过无数的坎坷、奋起、分崩离析、破镜重圆。"怎将白发分先后,谁与青山论短长。"对人生已是冷暖自知,企图心不再那么强了,亲情友情愈发看得重了,聚会时的欢乐愈发的纯、愈发的厚,正所谓"童心依旧文章老,笑看千帆下五洋"吧。

现在,我很期待云柯师兄毕业五十年的毕业感怀。

眼入白雲少胸藏翠嶺

深山行野老赤腳

踏秋河

雲柯博士詩十渡涉水

甲辰 之春 趙庚華

眼入白云少，胸藏翠岭多。
深山行野老，赤脚踏秋河。

——《十渡涉水》（详见 032 页）

书法：赵庚华 中国书协会员，锦州市书协副主席

时空看尽两苍茫，
却信诗情能久长。
壮岁无功心不老，
半生得子意犹狂。
孤帆浪迹八荒美，
万乘尘烟一卷凉。
富贵浮名皆换酒，
醉将山水付儿郎。

——二零二一年七月八日写于广西人民医院

读诗随笔

李志明

易学学者、南宁铁路高管

老子云："道生一、一生二、二生三、三生万物。"其真义是：其中的"一"是本源阴；另一个"一"是本源阳；再另外一个"一"是本源灵魂。一个本源阴和一个本源阳合为"二"，故曰一生二，成为太极体，"二"再加上"一"个灵魂就是"三"，故三生万物，此万物就是阴阳太极体有了灵魂所生成的"物"，这是道生万物的玄机法则所在。

时间是本源阴，空间是本源阳，时空是构成宇宙这个本源太极体，加上不同的灵魂"一"就生成宇宙中的不同的"万物"。老子又曰"道可道，非常道；名可名，非常名"，道在三生万物的法则下，言语不足以表达其奥义。根据不同的灵魂，"一"生出来万物之前是没有名的，"道"生成后天之物后，根据不同的灵魂体来命名区分。

云柯兄诗中的"时空看尽两苍茫"深得"道"之玄机，在云柯兄一生的时空宇宙太极体里，以其真知灼见的精神为灵魂体，衍生出其种种言简意赅的经典诗句，谱写出其一生波澜壮阔的诗词人生篇章，其中真意非笔墨可以言表。

古人云"命里有时终须有，命里无时莫强求"。与云柯兄结缘于易经玄学，得益于玄学，结下了深厚的友谊。命理学中有云"三午子嗣艰，三午四午富贵朝天子，三午人奔波"等论述。云柯兄八字里有四个午而不是三个午，物极必反，转祸为福，贵不可言。"壮岁无功心不老，半生得子意犹狂。"若响的出生就是最好的应验和福报！可喜可贺！

读诗随笔

徐文益

金融工作者

....

汤兄云柯，其人若青松碧梧，其志在流水高山，每读其诗，俊逸磅礴，气象寥廓，令人有满浮大白方称快意之叹。

戊戌正月初一我家小儿降生，晚来得子，欣喜无限，起名明悦。云柯兄受我之托欣然命笔赠诗："明自晨阳起，悦从新岁生。初心恒若玉，一世满春风。"并附注曰："晨阳喻其先天之足，新岁喻其后天之兴；恒谓之寿，满谓之福；若玉者，弄璋之喜，亦心性也；春风者，得意之情，亦运程也。是以为贺。"诗文注文，瑞色缤纷；吟之咏之，如沐春风。将之发于朋友圈，引来众多赞叹，或戏曰："令郎甫出生即为网红矣。"

辛丑仲夏忽传佳音，云柯兄亦喜获麟儿。年逾半百，芝兰新苗，实为人生第一大幸事！"富贵浮名皆换酒，醉将山水付儿郎。"此情此境，感同身受，宁馨在抱，其乐何如。

孩子予父母以无限希望，父母予孩子以无限挚爱，生生不息，绵绵不绝，生命之意义在于此，人类进步发展之永恒动力亦在于此。

国庆抒怀

一品天高万里云，
烟霞秋色染光阴。
仙游四海怀儒念，
俗卧京城有道心。
把盏湖山轻富贵，
奔波风雨重亲伦。
常凭诗酒回唐宋，
拙守真情越古今。

——二零一四年十月一日写于北京

读诗随笔

孟圆
国务院国资委新闻中心记者

2014 年，是农历甲午年，是中华人民共和国成立 65 周年。在这一年的"万里云"之下，《中国好声音》第一季开播，当时全球最大的比特币交易平台 Mt.Gox 关闭交易，"3·8"马来西亚航班失踪事件发生，俄罗斯宣布与乌克兰断绝外交关系，ISIS 建立……

那时，没人意识到，动荡起伏的浪花，在歌舞升平中越翻越劲，影响深远。而作者的"光阴"，却如烟霞一般，过得浪漫、恣意又沉静。何以智慧常存？内有儒念道心，外有山湖至亲。"把盏湖山轻富贵，奔波风雨重亲伦。"

"儒念"和"道心"都是天下观念，而非国家观念。翻开中国历史，春秋时期是个少有的能称之为"国"的篇章，但那时诸子百家对于政治理想的预设的着眼点大体在于"天下"，而非"国家"。

什么是"天下"？《礼记·礼运》："大道之行，天下为公，选贤与能，讲信修睦。"《管子·霸言》："化人易代，创制天下，等列诸侯，宾属四海，时匡天下。"《吕氏春秋·贵公》："天下非一人之天下，天下之天下也。"梁漱溟说："中国人心目中所有者，近则身家，远则天下，此外，便多半轻忽了。"

在古代世界里，中国传统政治的特质是"天下"政治，将"国家"纳入其下，和谐共融。但是，近代以后，以"国家"政治见长的西方，用武力征伐打破了中国传统政治的宏伟追求。西欧现代国家出现于 1100 年到 1600 年间。约瑟夫·R·斯特雷耶在《现代国家的起源》中总结了一个特点："忠诚从家庭、地方团体、宗教转向国家，人民需要一致同意一个权威来做最终裁决，且效忠于该权威的观点被广泛接受。"这个价值观，历朝历代中国人很容易接受。

武力之外，主动融入全球化，是晚清时期梁启超认为的中国政治向"国家"变化的另一个原因。只不过，百年之后，全球这个"生命体"在商贸、交通、数字等不同的建构链接中，自发地走回了"天下"政治，这一西方并不擅长解的难题。

此时，作为中国人，再回春秋战国看看，曾子早已留下了极富智慧的答案。《大学》里讲，"古之欲明明德于天下者，先治其国；欲治其国者，先齐其家；欲齐其家者，先修其身；欲修其身者，先正其心；欲正其心者，先诚其意；欲诚其意者，先致其知，致知在格物。"

作者便是这样，至今守着修身、齐家、治国、平天下这个亘古不变的顺序。"常凭诗酒回唐宋，拙守真情越古今。"在诗与酒之中，寄托今世之思、之为、之盼。

不论是唐宋还是现代，不论是风雨还是富贵，只要守得住"拙"性和"真"情，就是普天之下最可爱的生命。

题庚子中秋

一岁光阴似转篷，
红黄满眼入秋风。
金戈梦里平戎策，
野鹤山前种树翁。
堂上时传裳舞曲，
心中犹念捣衣声。
亲朋万里无相忘，
遥指云山待月明。

——二零二零年国庆中秋合璧，题诗寄怀

读诗随笔

刘开南

南宁数字科技学院执行校长、高等教育追梦人

与云柯兄初识于 2018 年博鳌教育论坛筹备期间，早年虽不曾识面却已嘉名贯耳。那日得见，云柯兄全情投入对未来人才发展的教育情结更令我敬仰。

作为 30 多年高等教育的追梦人，我从祖国最北端到首都，又到天涯海角，目前转战到绿城南宁，7 所各式大学的人生旅程，每一个都有不同的风景和体验。也正是这样的人生体验，才更加慨叹于云柯兄"一岁光阴似转篷"的细腻笔触。

庚子年中秋是合家团圆的，因为无处可去，无处能去，无处敢去；这个庚子的中秋又注定是举国寂寥的，因为已无车马喧，已无人潮涌。光阴如穿梭，时针却似驻停，只剩下满眼红黄的秋意记录着生命的流逝。作为一名教育人，是不能停下脚步的，全面线上教育模式令师生们猝不及防，国家层面"双减"等一些列的举措引起了社会对教育变革的热议；其后随着 AI 技术不断发展，吸引了更多学者思考未

来教育。

面对变革，我有焦虑，也有美好愿景。焦虑的是中国的教育应该如何顺应时代的发展，回归到"*教育是人的灵魂的教育，而非理智知识和认识的堆集*"，去除"*输在起跑线上*"的应试教育担忧。不能让教育成为训练机器人的工具，不断重复类似现在 AI 中的大模型预训练（基础公共教育）和微调（专业教育）的过程，否则人类会被数智时代所淘汰，成为 AI 的奴隶。

回归教育的本质，应该尊重每个人的尊严和价值，通过爱的教育，去实现教育对人类命运的终极关怀。在这个庚子中秋，怀揣平戎策的，只能梦回金戈铁马；向往闲云野鹤的，行遍山河的脚步也被一键暂停。然而，种树翁还在坚持种树，十年树木，百年树人，诗人"*犹念*"的始终是民间的"*捣衣声*"。透过云柯兄的寥寥几行文字，我感受到的是作为一个教育人面临逆境时的情怀与责任。

教育的愿景应该是引领学生通过生命情感浸润、科技与文化陶冶，营造净化的充满活力的内心世界，培养独立思考、自主学习和解决问题的能力，形成创新意识和批判性思维素养，使他们能够在不断变化的社会环境中立足，实现人生价值。

当今社会发展和技术进步，网络已经打破物理国界，实现了物理与网络虚拟空间融合，教育和社会发展进入超越时空的新阶段。新的时代需要新的教育，需要重新定义教育的本质，使教育超越技术文明和宗教束缚，追求人的改变，而不是追求技术生产力的最大化目标，把人变成社会流水线上的螺丝钉、工具人，最终被机器人所取代！教育的目标应该成就真正的人，去不断创造和掌握技术，成为世界的主人。

时代的高速发展已让时空不再成为人与人交流的阻隔，然而物理的距离终究不能替代心流的交汇，如同线上的数字人老师再先进，也不能替代我们这些有血有肉的线下教书匠对学子们的爱心。

无论艰难之中，还是艰难过去之后，万里亲朋都需一个眼神的默契，一个拥抱的温度，一场心灵的碰撞。重读云柯兄的诗，感怀于心，痴情不改，终将守得云开雾散，心清月明。

题刀郎新曲《罗刹海市》

叉杆马戶镀金蹄，罗刹国中好画皮。

花场升迁营苟苟，门楣上禄喜迷迷。

鞋拔如意真高雅，又鸟嘲鸡假问题。

莫对勾栏夸海市，一丘河下尽黄泥。

——癸卯夏日刀郎新曲大火，凑兴一首

读诗随笔

杨军

综合设计师、策划人

　　"莫对勾栏夸海市，一丘河下尽黄泥。"汤兄为刀郎的《罗刹海市》所做七律中，此末联闪闪发光——当然金句。

　　鉴于流行音乐界的高曝光传媒属性，海量资本涌向这里，催化着兴盛之态。繁荣之下，难免黄泥暗涌。

近年来，以"华语乐坛怎么了"为主题的文章在各大中小媒体上频出，加上各种蹭热度的解读、访谈、分析等传媒行为，造成了对华语乐坛衰落的沸沸扬扬的反思。

郑钧说："如果让我推荐优秀作品，我还是会选择过去的经典。现在的音乐已经不再是纯粹的艺术了，那些看起来很火的歌大多都是屎。各大排行榜也崩了，他们选出屎来喂给大众吃。"**崔健说**："我们的音乐教育太差了，如今年轻人听的音乐是包装出来的，因为人长得好看。"**齐秦说**："我觉得（乐坛）有点倒退，让五大唱片公司给毁掉了。这些唱片公司就是一个罐头工厂，他们的东西全是一个模式出来的。大家应该做多元化的市场。"

"鞋拔如意真高雅，又鸟嘲鸡假问题。"小丑在殿堂，大师在流浪。流行音乐榜单没有注水，因为全是水——泛滥的黄泥水。信息太流通，抄袭容易被抓，那就模仿，主旋律不好抄，那就套和弦，抄编曲。

AI工具来了，大数据统计很好用，使用新工具的新的音乐"工业化"流水线生产效率极高——4小时不仅可以出一首歌，而且可以投放到市场上（上线）。都是根据大数据测算出来的热点创作和批量生产的口水歌，与大众随"××神曲"欢跳舞蹈《科目三》的普遍愉悦交相辉映。

于是，全力打造热门单曲的"全力"，就都可以放在AI工程以及花钱买流量上了。甚至，当把注意力聚焦到"神曲打造"上的时候，连歌手都可以考虑排除在分账体系之外——毕竟AI虚拟形象及AI语音正在高速发展。

在这种高端局里，可以不带词曲作者玩儿了，甚至取代歌手也指日可待。

面对历史性的"不愿为内容付费"的沉疴痼疾，以及未来性的AIGC（人工智能生成式内容）和大数据监测及智能推送机制，资本策动，AI助力，楼面豪华，基底崩坏。如何解决"华语乐坛低迷"的问题——实在一筹莫展。

唯愿资本有行业追求，AI莫成创作主导。

新春兄弟酒会

又是新春把盏时，
醉言酒胆论相知。
高山低谷半生路，
平淡辉煌两任之。
千里单刀唯义重，
桃花潭水只情痴。
风流代有金兰事，
不负韶华万古诗。

——丙戌正月与中青企协朋友聚于北京，酒后命题而作

读诗随笔

王瑜
中国高级演出经纪人、编剧

云柯爱写诗，一个本硕博学理工科的企业家，文学造诣达到这个程度，真是不要太抢文人饭碗了！他被中国青年企业家协会官方和一众兄弟姐妹公认为"中青企协第一大才子"。

《新春兄弟酒会》一诗，画面感十足，读诗的一刹那，仿佛又置身于大家欢聚一堂的场景里。中青企协的聚会又何只在新春，所有的聚会都宛若新春！中青企协的聚会也不只于北京，天南地北，五湖四海，有中青企协成员的地方，都有聚会，那点点星火，可以燎原九州！

"把盏"也是聚会的必选项，白的、红的、黄的、啤的、地方特酿的一应俱全。大家都坐过庄，无论组织者是谁，酒都是管够的。"论相知"是聚会的内容，聚会时少则十几位，多则二三十位，那百人以上的聚会也不罕见。"论相知"的新面孔总是不多，这相知，从初见到相处，话题无穷。若就聚会上每人单讲一句话，发言者自饮一杯酒而论，始终清醒者也不多见。往往是组织者提三杯，来宾各提一杯，一圈儿下来，已是酒不醉人。待到自由敬酒，就难免"醉言酒胆"了。但也恰恰是这样的时刻，更让人有归属感，从此自然成为家人。

　　"高山低谷，平淡辉煌"是中国改革开放四十年间，中国企业家群体中时有发生的事，在我们中间也并不罕见。但真正的企业家精神是百折不挠，是卧薪尝胆，是东山再起！我们的相识大多已超过二十年，早已看尽潮起潮落，但"半生路，两任之"却是一种豁达，一种慰藉，让每一位企业家内心温暖。

　　"千里单刀，桃花潭水"，没有参加过中青企协活动的人们，是无法理解这句诗的意义的。我们在这二十年间，不知随组织去过多少地方参加经贸考察活动，促进区域经济合作，交流创业经验，参与公益活动，而每次参加活动，企业家都是自出路费准时赶赴指定地点且满心欢喜。而"中青企协"若不是拥有"桃花潭水"的向心力，又哪能换得这些"最忙人"的"唯义重，只情痴"呢？

　　"风流代有金兰事，不负韶华万古诗。"如今的我们，大多数已成为"资深青企协"成员，却依然时常找机会小聚。聚时依然"论相知"，也论"代有金兰事"，并不是人不在组织里就不关心组织事的状态，这说明"中国青年企业家协会"是个具有永久魅力的组织。

　　我们的青春，我们的奋斗，我们的相识相知，我们共同的韶华和永远情谊，借云柯的"不负韶华万古诗"，都成为我们每个人一生中最珍爱的记忆！

安居线上祝安康，盛世尤须艾草香。

几见直声效屈子，谁倾热泪过端阳。

品茗老友隔山远，开卷先贤对语长。

但为生民驱疫疠，兴衰不废酒雄黄。

——壬寅五月初五

读诗随笔

邹爱标

中国医学营养理念倡导者、生物科技公司董事长

2022 年端午，这个以往与家人朋友约定赏玩的佳节时刻，大多数人却只能待在家中闭门读书。"品茗老友隔山远，开卷先贤对语长。"诗人云柯满腔愁绪，唯有借诗抒情，唯有"线上祝安康"。只能透过文字展现对健康、平安、友情、发展的向往与祝愿。

在端午这个佳节时刻，诗人将被大环境困于方寸之间的无奈，自然而然地

投射到历史的另一位诗人之上。"几见直声效屈子，谁倾热泪过端阳"，不同的时代，相似的困境与孤寂，两千年之前是被排挤而无处安放的悲凉，两千年之后是相隔仅一个小区也难以聚首的感伤，不一样的际遇，却是一样的家国情怀。屈子的直言与当下的沉寂，躺平与热泪满腔，互为反衬，历史古风与现实寓意的交织，不言而喻。

对未来的希望和信心，为生民驱疫疠的理想，一直是我和云柯的共通之处。20 世纪 80 年代的清华校园，我们一起创办了《水木清华》；步入新世纪，云柯曾在诚志股份副总裁的岗位上主抓过生物医药与健康产业，而我从毕业后创业直到今天还在苦苦追寻"慢性病非药物疗法"。

"盛世尤须艾草香"，即便生活在一个"繁荣"的时代，人们最需要的还是健康。尤其是在那个特殊的关口而分居于天南海北的亲人朋友，更需要借难以共享的"艾草香"，寄托一句珍惜安康。

过去的三年是一场惨痛的挑战，因而这场挑战提出的诸多问题不会被遗忘。人们对个体健康的关注因此增长，社会对健康话题的讨论度也与日俱增。RNA 科技的发展，为大健康论题也提出了新的解题思路，更激励我在英纽林新健康管理模式的基础上，不断探索研发"慢性病非药物疗法"新成果，让人类永远充满"端阳"的阳刚之气。

"但为生民驱疫疠，兴衰不废酒雄黄"！

贺《诗词之友》百期

健笔雄词一代兴，
廿年文胆聚高朋。
铜琶铁板宋唐韵，
北海南山魏晋风。
儿女情思明月夜，
家国浩气大江东。
休言书袋多褴褛，
诗酒天涯亦纵横。

——庚子夏写于北京

....

读诗随笔

张脉峰

中国诗词春晚总导演、《诗词之友》主编

....

中华民族历史上的唐诗宋词，是中国传统文化的顶级高峰。《诗词之友》自1998年年底创刊至庚子夏，整整二十年，出版发行了一百期。一步一步，抓地有痕，作为一部传统文化纸媒来说，实属不易。

"健笔雄词一代兴，廿年文胆聚高朋。"做诗人的知己、己的朋友。巧妙地运作、不懈地耕耘、成功地销售、广泛地结交，诗文质量始终坚持高标准。这就是能够坚守的"诀窍"，而没有其他。

诗词之道在于传承文化，诗词之趣在于充实人生，诗词之妙在于陶冶情操，诗词之得在于增益知识，诗词之求在于推陈出新，诗词之本在于提升自我。"铜琶铁板宋唐韵，北海南山魏晋风。"而坚持一个期刊二十年的不老不变不懈不徨，又怎地是一个"坚韧"了得？持之以恒地坚守并办好一件事情，是自己对唐诗宋词的挚爱与承继传统文化的执着。

"儿女情思明月夜，家国浩气大江东。"一直欣赏诗人汤云柯的"三杯淡酒一壶茶"的温文尔雅，更敬佩其"敢凭诗酒论湖山"的豪迈气概。时光荏苒，转眼又是一年过去。因为很久未见面，只是微信互通，春雨后的冷，也只能是各自肉体的轻抚、相持、挤靠和对抗。来自情感的温度，也因不能对视，而孤冷了很多，心灵的感应只在梦里重复演绎。

二十年，被时间清洗，诗词的天空除了白云飘飘，霞光万里外，还有那弯成门的形状、挂在天边的靓丽彩虹。无数个大家名家，在这里润色添彩，诗意栖居；无数个枝芽藤蔓，在这里含苞结果，诗花怒放。诗与远方，门里门外的绚烂和馨香，辉映并温暖着尘世与人生。

如今岁月，数字化盛行。自媒体大有一统天下之势，叱咤于网群微信只需一个指头瞬息的动作，实体纸媒报刊遭受着几乎毁灭性的打击。生存于夹缝中、发育在缝隙里，成长与坚强，一起成就了这本由老一辈诗词大家鼎力支持的普及性专业刊物《诗词之友》。

诗心不老，情怀依旧。我热爱我们的母语，陶醉于汉字之美妙、韵律之和谐、平仄之节奏。我以流淌在笔端的真诚文字，书写生命的感动与快乐，书写友谊与四季花开，书写山水人文之爱，书写岁月之河中流过的闪光记忆。或许写诗对于我们来说，只是一种形式，如何能真正做到诗意栖居，乐享诗意人生，将更值得我们去努力追寻。

文学是一方净土，诗是这净土上生长出的最雅致、最迷人的花朵，我愿意在此耕耘。

休言书袋多褴褛，诗酒天涯亦纵横。

野夫不屑英雄梦风雨人生句凯旋

白柯诗句

甲辰白彬华书

——《告别巴黎》摘句（全诗详见162页）

书法：白彬华，中国书协会员，北京书协理事，北京书协
青少年工作委员会副主任，北京市特级教师。

后记

　　写诗这件事儿，对我来说一开始就是写日记，直到现在大体还是。和现在大多数的中国小朋友一样，两岁左右父母就开始教背唐诗，背多了就觉得说话和写日记押韵，是件很好玩的事。能记住的最早的"诗作"是我四岁半上小学不久写的，由于随父母下放的山村没有办法托儿，只好把小学当幼儿园上。那时家里清贫拮据，一次爸爸图便宜从山外买回来两斤鸡蛋，敲开一闻全是臭的，让妈妈很不高兴，却引发了我的诗兴："吾父出门买鸡蛋，买来全是臭鸡蛋。卖鸡蛋的大坏蛋，买鸡蛋的糊涂蛋。"于是全家开心，扔了臭鸡蛋，留下了我的打油诗。

　　随着读书、工作和游历四方，诗的内容逐渐丰富起来，形式上打油也进步成了格律，但对我来说仍是快速记录当时所见所闻所思所想的日记。也是由于把写诗当成写日记工具的原因，我的诗写后极少修改，进入微信时代后更是在朋友圈里现写现发，毛病是时常疏于用典和推敲而使诗作打油化，但身边亲友和一起出游的朋友多数并不写诗，说读我的诗明白顺口应景过瘾，我也就乐在其中不思进取了。觉得已有很多诗词大家认真进行艺术创作，多我一个随手写顺口溜记录大千世界的，也算是对当代诗歌创作的一个补充吧。同样原因，为了让大多数不懂入声的朋友读着顺畅，我只写新韵，不写平水韵。

这本书最初的想法，只是请朋友们在我的诗作中自行挑选喜欢的诗句写点感想，编成一本加载朋友们思想与情感共鸣的格律诗集。但收到诸多师长和好友的读诗随笔后，却发现随笔的质量和能量都远远超过了我的诗作本身，本书的价值也因此由一人之诗作，跃升为当代一百多位杰出学者与读书人的思想合集，成为一个时代的思考与情感的记录，成为人类在技术跑赢思想的这段惊险路途上思想史的一章。

这本书的完成过程中，得到吴思、周月亮、黄德宽、徐锦川、余世存、马国川等一百二十四位当代学者和邵秉仁、聂成文、杨广馨、杨家伟等十九位书法家的抬爱加持，就思想水平、文学水平和艺术水平而言，他们都是在本书中比我更重要的共同作者。多年来一直坚守在筚路蓝缕的传统文化教育和出版印刷行业的好友莫真宝、张天罡、王琳、卫海波、陈天鸿，设计大师田之友，上海三联出版社的黄韬、程力、东方月老师都对本书形成和出版给予了巨大的支持和帮助。

向各位老师和朋友致谢，也向他们致敬。

汤云柯

2024 年 5 月

本书作者：

随笔作者（124 人，按姓氏音序排列）

白文刚	陈菜根	陈 帆	陈海云	陈 蕾	陈 玫	程泊霖	楚天舒	邓明辉
东方止	董 斌	董 巍	顿世新	樊 华	冯卫东	冯 新	付 莉	复 强
傅 涛	傅微薇	高建涛	高 瑄	和 琴	何忆平	贺 彩	贺 平	胡海森
霍中彦	韩景阳	黄德宽	黄善卓	江济良	姜 彦	康国栋	李浩荣	李红豆
李景新	李 鸣	李镇西	李志明	李子迟	蓝波涛	蓝 飞	刘开南	刘 宏
刘 溪	刘元煌	刘兆琼	吕俊义	吕 玮	吕 峥	林 薇	马国川	马 晓
孟 圆	莫真宝	杉 木	宁向东	逢焕磊	齐志江	邱钦伦	任振广	邵秉仁
宋 军	宋 湛	孙绍先	孙志海	涂方祥	邰志强	檀 林	田熹东	汤云舒
吴 华	吴 思	伍晓鹰	韦 伯	卫海波	魏福生	魏无忌	汪 敏	王鼎杰
王 弘	王锦江	王 琳	王启波	王世红	王 玮	王秀云	王 新	王雅茜
王 瑜	肖 江	肖武男	徐东来	徐海林	徐锦川	徐文益	徐 勇	辛 欣
修 磊	解 峰	项 宇	熊卫民	余 晨	余龙文	余世存	余帅兵	袁剑雄
姚 坚	杨 军	杨士强	赵政文	周月亮	邹爱标	张道顺	张宏强	张 磊
张林先	张脉峰	张树新	张天罡	张 翔	张 喆	张志勇		

书法作者（19 人，按姓氏音序排列）

白彬华	白 伟	大生刘蟾	田熹东	聂成文	李 玮	梁晓军	陆 东
刘源涛	胡 育	姜 彦	项 宇	孙晓材	邵秉仁	杨广馨	杨家伟	王 琳
王 朋	赵庚华							

诗作者

汤云柯

图书在版编目（CIP）数据

只同沧海论英雄：当代百名学者读诗随笔集 / 汤云柯等著 . -- 上海：上海三联书店，2025. 1. -- ISBN 978-7-5426-8723-4

I. 1227

中国国家版本馆 CIP 数据核字 2024NW6652 号

只同沧海论英雄：当代百名学者读诗随笔集

著　　者 / 汤云柯　等

责任编辑 / 陈马东方月
图书策划 / 九合天下 & 兰亭卓品
装帧设计总监 / 田之友
监　　制 / 姚　军　卫海波
责任校对 / 王凌霄

出版发行 / 上海三联书店
　　　　　（200041）上海市静安区威海路 755 号 30 楼
邮　　箱 / sdxsanlian@ sina. com
联系电话 / 编辑部：021-22895517
　　　　　发行部：021-22895559
印　　刷 / 北京武英文博科技有限公司

版　　次 / 2025 年 1 月第 1 版
印　　次 / 2025 年 1 月第 1 次印刷
开　　本 / 787mm×1092mm　1 / 16
字　　数 / 207 千字
印　　张 / 22.75
书　　号 / ISBN 978-7-5426-8723-4 / I · 1914
定　　价 / 99.00 元

敬启读者，如发现本书有印装质量问题，请与印刷厂联系 13311318450